国家古籍整理出版
专项资助项目

中国古典文学
读本丛书典藏

初唐四杰诗选

倪木兴 选注

人民文学出版社

图书在版编目（CIP）数据

初唐四杰诗选/倪木兴选注. —北京：人民文学出版社，2017（2023.4重印）
（中国古典文学读本丛书典藏）
ISBN 978-7-02-012919-5

Ⅰ.①初… Ⅱ.①倪… Ⅲ.①唐诗—诗集 Ⅳ.①I222.742

中国版本图书馆CIP数据核字（2017）第123304号

责任编辑　徐文凯
装帧设计　陶　雷
责任印制　张　娜

出版发行　人民文学出版社
社　　址　北京市朝内大街166号
邮政编码　100705

印　　刷　三河市鑫金马印装有限公司
经　　销　全国新华书店等

字　　数　236千字
开　　本　880毫米×1230毫米　1/32
印　　张　10.625　插页3
印　　数　9001—11000
版　　次　2001年7月北京第1版
印　　次　2023年4月第3次印刷

书　　号　978-7-02-012919-5
定　　价　38.00元

如有印装质量问题，请与本社图书销售中心调换。电话:010-65233595

目 录

前言 1

王 勃

上巳浮江宴韵得沚字 1
春日宴乐游园赋韵得接字 2
山亭夜宴 3
咏风 4
怀仙 4
忽梦游仙 6
杂曲 7
秋夜长 8
采莲曲 9
临高台 12
滕王阁 15
江南弄 16
圣泉宴 17
寻道观 18
散关晨度 19
别薛华 20
重别薛华 21
游梵宇三学寺 22
麻平晚行 23
送卢主簿 24

饯韦兵曹 25

白下驿饯唐少府 26

杜少府之任蜀州 27

仲春郊外 28

郊兴 28

郊园即事 29

观佛迹寺 30

山居晚眺赠王道士 31

八仙迳 32

春日还郊 33

对酒春园作 34

观内怀仙 35

秋日别王长史 36

上巳浮江宴韵得遥字 37

长柳 37

铜雀妓二首 38

羁游饯别 40

易阳早发 41

焦岸早行和陆四 42

深湾夜宿 43

伤裴录事丧子 43

泥溪 45

三月曲水宴得烟字 46

秋日仙游观赠道士 47

晚留凤州 48

羁春 49

林塘怀友　50

山扉夜坐　50

春庄　51

春游　51

春园　52

林泉独饮　52

登城春望　53

他乡叙兴　53

夜兴　54

临江二首　55

江亭夜月送别二首　56

别人四首　57

赠李十四四首　59

早春野望　61

山中　61

冬郊行望　62

寒夜思发三首　63

始平晚息　64

扶风昼届离京浸远　64

普安建阴题壁　65

九日　66

秋江送别二首　66

蜀中九日　67

寒夜怀友杂体二首　68

落花落　68

九日怀封元寂　70

出境游山二首　71

　　河阳桥代窦郎中佳人答杨中舍　73

杨　炯

　　广溪峡　74

　　巫峡　76

　　西陵峡　77

　　从军行　79

　　刘生　80

　　骢马　81

　　出塞　82

　　有所思　83

　　梅花落　84

　　折杨柳　85

　　紫骝马　86

　　战城南　87

　　送临津房少府　88

　　送丰城王少府　88

　　送郑州周司空　89

　　送梓州周司功　90

　　送杨处士反初卜居曲江　91

　　途中　92

　　送刘校书从军　93

　　游废观　94

　　和石侍御山庄　95

　　送李庶子致仕还洛　96

　　早行　97

和崔司空伤姬人　98

　　和骞右丞省中暮望　99

　　和酬虢州李司法　100

　　和郑雠校内省眺瞩思乡怀友　102

　　和旻上人伤果禅师　103

　　和刘侍郎入隆唐观　105

　　夜送赵纵　107

卢照邻

　　关山月　108

　　上之回　109

　　紫骝马　110

　　战城南　111

　　梅花落　112

　　结客少年场行　113

　　咏史（四首选二）　115

　　赠李荣道士　119

　　早度分水岭　120

　　三月曲水宴得尊字　122

　　奉使益州至长安发钟阳驿　123

　　和王奭秋夜有所思　125

　　望宅中树有所思　126

　　宿晋安亭　126

　　于时春也慨然有江湖之思寄赠柳九陇　127

　　至望喜瞩目言怀贻剑外知己　129

　　赤谷安禅师塔　131

　　赠益府裴录事　132

赠益府群官　133
送梓州高参军还京　134
大剑送别刘右史　135
同临津纪明府孤雁　136
失群雁　137
行路难　140
长安古意　143
明月引　147
狱中学骚体　149
怀仙引　150
七日登乐游故墓　151
刘生　153
陇头水　154
巫山高　155
芳树　155
雨雪曲　156
昭君怨　157
折杨柳　158
十五夜观灯　159
入秦川界　160
文翁讲堂　160
相如琴台　161
石镜寺　162
辛法司宅观妓　163
春晚山庄率题二首　164
江中望月　165

元日述怀　166

益州城西张超亭观妓　167

还京赠别　168

至陈仓晓晴望京邑　169

晚渡潯沱敬赠魏大　169

和吴侍御被使燕然　170

七夕泛舟二首　171

西使兼送孟学士南游　173

送郑司仓入蜀　174

绵州官池赠别同赋湾字　175

还赴蜀中贻示京邑游好　176

初夏日幽庄　177

山庄休沐　178

山林休日田家　179

宴梓州南亭得池字　181

山行寄刘李二参军　182

首春贻京邑文士　183

赠许左丞从驾万年宫　184

晚渡渭桥寄示京邑游好　185

羁卧山中　187

酬张少府柬之　188

过东山谷口　190

送幽州陈参军赴任寄呈乡曲父老　191

登玉清　193

曲池荷　193

浴浪鸟　194

临阶竹 194

　　含风蝉 195

　　葭川独泛 195

　　送二兄入蜀 196

　　宿玄武二首 196

　　九陇津集 197

　　游昌化山精舍 198

　　九月九日登玄武山 198

骆宾王

　　晚憩田家 200

　　出石门 202

　　至分陕 203

　　寓居洛滨对雪忆谢二 204

　　北眺春陵 205

　　夏日游目聊作 206

　　同崔驸马晓初登楼思京 207

　　月夜有怀简诸同病 208

　　叙寄员半千 209

　　从军中行路难（二首选一） 211

　　帝京篇 216

　　畴昔篇 226

　　艳情代郭氏答卢照邻 241

　　代女道士王灵妃赠道士李荣 248

　　从军行 255

　　王昭君 256

　　渡瓜步江 257

途中有怀　258

至分水戍　259

望乡夕泛　260

久客临海有怀　261

西京守岁　262

送郑少府入辽共赋侠客远从戎　263

送费六还蜀　264

秋日送别　265

别李峤得胜字　266

在兖州饯宋五之问　267

游灵公观　268

夏日游山家同夏少府　269

冬日宴　270

镂鸡子　271

宪台出繁寒夜有怀　272

冬日过故人任处士书斋　273

送刘少府游越州　274

赋得春云处处生　275

在狱咏蝉　276

秋晨同淄川毛司马秋九咏（选三）　277

　　秋蝉　277

　　秋水　278

　　秋菊　278

陪润州薛司空丹徒桂明府游招隐寺　280

棹歌行　281

海曲书情　283

蓬莱镇 284

冬日野望 285

晚渡黄河 286

宿山庄 287

晚度天山有怀京邑 288

夕次蒲类津 290

远使海曲春夜多怀 291

早发诸暨 292

望月有所思 294

寒夜独坐游子多怀简知己 295

在军中赠先还知己 296

秋日山行简梁大官 297

晚泊江镇 299

浮槎 300

边城落日 302

宿温城望军营 304

咏怀 306

在军登城楼 308

于易水送人 308

玩初月 309

挑灯杖 310

咏鹅 310

忆蜀地佳人 311

前　言

　　初唐四杰是七世纪下半期才华四溢的诗人。唐代伟大的现实主义诗人杜甫对四杰极为推崇，充分肯定、高度评价了四杰在唐诗发展史上的地位。其《戏为六绝句》中的两首写道：

　　　　王杨卢骆当时体，轻薄为文哂未休。
　　　　尔曹身与名俱灭，不废江河万古流。

　　　　纵使卢王操翰墨，劣于汉魏近风骚。
　　　　龙文虎脊皆君驭，历块过都见尔曹。

　　四杰确如杜甫所说"龙文虎脊"之骏马，"过都越国，蹶如历块，追奔电，逐遗风"（王褒《圣主得贤臣颂》），驰骋初唐诗坛。

　　"初唐四杰"的提法，最早见于郗云卿《骆宾王文集序》：骆宾王"婺州义乌人也，年七岁，能属文。高宗朝，与卢照邻、杨炯、王勃文词齐名，海内称焉，号为四杰，亦云卢骆杨王四才子"。郗云卿是受唐中宗之命编辑这个集子的。从他的叙述中，可见"初唐四杰"在当时已名扬海内。而对初唐四杰的气质禀性、人生经历，闻一多先生在其《唐诗杂论·四杰》中又作了恰当的概括：四杰"年少而才高，官小而名大，行为都相当浪漫，遭遇尤其悲惨"。这里，我们对四杰生平作一番简要的介绍：

　　王勃（650—676），字子安，绛州龙门（今山西河津）人。祖父王通，号文中子，是隋末著名的学者、教育家。叔祖父王绩，是由隋入唐的著名诗人。父亲王福畤，曾任太常博士等官。王勃自幼受到良好的文化熏陶，才华早露，十五岁上书司刑太常伯刘祥道（《上刘右相书》），被刘赞为神童。经刘的表荐,应幽素科举,对策及第,授朝散郎。乾封初(666)被沛王李贤征为府修撰。他恃才傲物,招来横祸,二十岁那年,诸王子斗鸡游嬉,王勃戏为《檄英王鸡》文,触怒了高宗,被逐出府。高宗总章二年(669)往巴蜀游历,过着流浪生活。漂泊三年后回长安。咸亨三年(672)设法补了虢州参军,又因擅杀官奴曹达,当受死刑,幸遇大赦,被免职释放。其父受累,由雍州司功参军迁调交趾令。此时的王勃视宦海为畏途,怀着弃官沉迹、专心著述的心情,先到洛阳,后回故乡龙门。上元三年(676)南下探父,经广州,渡海前往交趾,不幸溺水惊悸而死。明崇祯中张燮辑有《王子安集》。

杨炯(650—695?),华阴(今属陕西)人。伯祖父杨虔威,官至右卫将军。杨炯自幼聪敏,博学多闻,善诗能文。显庆四年(659)被举为神童。年轻的杨炯仕途蹇滞,直至上元三年(676)才应制举及第,补秘书省校书郎,命为弘文馆学士。后迁詹事司直,掌东宫太子事务。武后垂拱元年(685),因叔父的儿子杨神让参与徐敬业起兵,犯叛逆罪,杨炯受累被贬为梓州(今四川三台)司法参军。天授元年(690)前离梓州返京,因禀性不趋炎附势,又属涉逆之身,只能任职于洛阳宫中习艺馆。如意元年(692)秋后,迁盈川(今四川筠连)县令,世称杨盈川。吏治以严酷著称,不久卒于任上。中宗继位后,以其旧官职,追予"著作郎"之衔。明人童佩辑有《盈川集》。

卢照邻(约634—685?),字升之,自号幽忧子,幽州范阳(今河北涿县)人。年少时,从曹宪、王义方受小学及经史,博学能文。初为邓王府典签,掌文书,极受邓王爱重,比之为司马相如。但在邓王府多年,没能走上辉煌仕途,最终黯然离开,于高宗乾封(666—668)初出为益州新都(今四川成都北面)尉。任满后漫游蜀中,后离蜀居洛阳。大约于总章元年(668)因事入狱,幸为友人救护得免。武后屡聘贤士,皆不应召。后染风疾,居太白山,因服丹药中毒,手足残废。后隐居东龙门山,得友人资助,买园数十亩,疏凿颍水,环绕住宅,预筑坟墓,偃卧其中。由于仕途失意和不堪风痹症折磨,大约于垂拱年间自投颍水而死。明人张燮辑有《幽忧子集》。

骆宾王(约630前后—684后),婺州义乌(今属浙江)人,其父官青州博昌(今山东博兴)县令。骆宾王七岁时写了《咏鹅》诗,幼年崭露才华。此后曾随家人到父亲任职的博昌居住,在齐鲁学风熏陶下,成为著名的才子。约在唐高宗龙朔元年(661)被道王李元庆辟为府属,开始步入仕途。后拜奉礼郎、东台详正学士。咸亨元年(670)因事被谪,从军西域。两三年后返回,又从军四川,入姚州道大总管李义军幕,掌管书檄。仪凤三年(678)入朝为侍御史,因事被诬下狱。次年遇赦得释,出狱后离长安北赴幽燕,再度投身戎幕。调露二年(680)被贬为临海(今属浙江)丞,世称骆临海。嗣圣元年(684)因感失志,弃官客居扬州,遇到徐敬业。这年武则天废中宗李显为庐陵王,积极准备改唐为周。同年九月徐敬业据扬州起兵反对武则天,任骆宾王为艺文令,掌文书机要,骆宾王写下了著名的《代徐敬业传檄天下文》(即《讨武曌檄》)。十一月徐敬业兵败被杀,骆宾王下落不明。有明张燮刊《骆丞集》。

初唐四杰才华过人,但性格孤傲,为时世所不容,他们空怀报国之志,官场失意,四人中除杨炯外,其馀三人都不得善终。但是,他们给后代留下了不少的重要诗作,据《全唐诗》载,王勃存诗二卷,共八十九首;杨炯存诗一卷,共三十三首;卢照邻存诗二卷,共一百零五首;骆宾王存诗三卷,共一百三十首。四杰的诗虽未尽摆脱六朝馀习,然整体而论,仍闪烁着夺目的光辉。

四杰所处的时代是初唐中期。龙朔年间(661—663),宫廷诗人上官仪官居宰相,极力写作绮错婉媚的宫体诗,人多效之,成了风靡一时的上官体。上官体承袭了齐梁宫体诗的遗风,内容空虚,风格卑下,无非是一些歌功颂德、风花雪月之作,可以说是六朝诗歌的回光返照。初唐四杰则代表着一种新思潮的兴起。杨炯在《王子安集·序》中指出:"龙朔初年,文场变体,争构纤微,竞为雕刻,糅之金玉龙凤,乱之朱紫青黄。影带以徇其功,假对以称其美,骨气都尽,刚健不闻。思革其弊,用光志业。薛令公朝右文宗,托末契而推一变;卢照邻人间才杰,览清规而辍九攻……后进之士,翕然景慕,久倦樊笼,咸思自择。"对于"争构纤微、竞为雕刻"的不正之风,王勃"思革其弊,用光志业",与卢照邻、杨炯、骆宾王一道大张旗鼓地起来反对,并获得了文坛的广泛响应。初唐四杰,冲破了上官体的牢笼,摆脱了宫体诗的羁绊,勇于革新,敢于探索,开拓了诗歌题材,完善、发展了诗歌形式,提高了诗歌的思想意义和艺术技巧,使唐诗走上了一条刚健清新的路子,为唐诗的发展繁荣作出了重要的贡献。

关于四杰创作,闻一多先生在其《唐诗杂论·四杰》中有这样一段论述:"正如宫体诗在卢骆手里是由宫廷走到市井,五律到王杨的时代是从台阁移至江山与塞漠。"四杰的确把诗歌从狭窄的宫廷引向了广大的市井,从狭小的台阁推向了广阔的山川和边塞,以真实的感情,宏大的气势,反映了自己的风云际遇和社会生活的各个方面,显得新颖而刚健,深沉而悲壮,赋予了诗歌新的生命。四杰的诗,题材丰富多采,境界新颖,表现在如下几个方面:

抒写遭际,忧愤深沉。这类诗为数最多。四杰才华横溢,却身世坎坷,仕途失志,穷愁潦倒。时运遭际使他们悲愤满腔,骆宾王在其《夏日游德州赠高四》的序中曰:"夫在心为志,发言为诗。诗有不得尽言,言有不得尽意。"他们的心志,在诗中虽然不能"尽言""尽意",却也得到了充分的表现,有的甚至是非常深刻的,王勃《晚留凤州》:

宝鸡辞旧役,仙凤历遗墟。
去此近城阙,青山明月初。

诗中引用了"宝鸡""仙凤"两个传说故事,暗示了自己的遭遇,面对青山初月,抒发了自己的感叹。《夜兴》一首又以嵇康、阮籍自况,由于才华不得施展而寄情于诗酒琴瑟。

骆宾王的遭遇极为悲惨,这在他的《畴昔篇》中得到了充分的表现。《畴昔篇》是一首声情并茂、沉郁激越的好诗,诗中历述了他前半生的坎坷,抒发了壮志未酬、怀才不遇的情怀,并对自己被诬下狱而含冤叫屈。他的《浮槎》也是这类诗的典型。他触景伤情,托物述怀,以"浮槎"自比,抒发了怀才不遇的感慨:

> 昔负千寻质,高临九仞峰。
> 贞心凌晚桂,劲节掩寒松。
> 忽值风飙折,坐为波浪冲。
> 摧残空有恨,拥肿遂无庸。
> 渤海三千里,泥沙几万重。
> 似舟飘不定,如梗泛何从?
> 仙客终难托,良工岂易逢?
> 徒怀万乘器,谁为一先容?

卢照邻《同临津纪明府孤雁》则以孤雁自比,突出鸿雁的风险、惊悸、孤单,寄寓自己身世之叹。借物抒情,委婉细密:

> 三秋违北地,万里向南翔。
> 河洲花稍白,关塞叶初黄。
> 避缴风霜劲,怀书道路长。
> 水流疑箭动,月照似弓伤。
> 横天无有阵,度海不成行。
> 会刷能鸣羽,还赴上林乡。

讽刺时世,鲜明深刻。初唐四杰都曾在朝廷做事,在地方为官,他们目睹统治阶级的昏庸奢华、官僚间的明争暗斗、权贵的豪华淫靡,在他们的诗作中对此或直接揭示,或间接暴露。王勃的《临高台》是一首歌行体的长诗,诗以"绝浮埃"开篇:"临高台,高台迢递绝浮埃,瑶轩绮构何崔嵬。"着墨于繁华淫靡的渲染,落笔于建筑物、娼家女的描绘,长安的富丽奢华,贵族外戚的淫逸,暴露无遗。诗又以"生黄尘"作结:"君看旧日高台处,柏梁铜雀生黄尘。"抒兴衰之叹,构思极妙。

杨炯的《刘生》,写刘生的飞黄腾达、烜赫一时。诗中从三个方面:金玉酬谢、剑马荣耀、歌曲逸乐,刻画人物形象,暴露了统治阶级的奢华:

  卿家本六郡,年长入三秦。
  白璧酬知己,黄金谢主人。
  剑锋生赤电,马足起红尘。
  日暮歌钟发,喧喧动四邻。

卢照邻的《长安古意》和骆宾王的《帝京篇》更是此类诗的代表作。两诗都描绘了京都的繁华、上流社会的骄奢淫逸、官僚权贵的互相倾轧,流露了兴衰之叹和中下层知识分子的感慨。

  春去春来苦自驰,争名争利徒尔为。
  久留郎署终难遇,空扫相门谁见知?
  当时一旦擅豪华,自古千载长骄奢。
  倏忽抟风生羽翼,须臾失浪委泥沙。
        ——《帝京篇》

  专权意气本豪雄,青虬紫燕坐春风。
  自言歌舞长千载,自谓骄奢凌五公。
  节物风光不相待,桑田碧海须臾改。

昔时金阶白玉堂,即今唯见青松在。

——《长安古意》

这两首诗借汉喻唐,托古讽今,具有一定的批判意义。内容丰富,感情充沛,笔力雄厚,是唐初七言歌行的佳作。

　　从戎征戍,邈远悲壮。唐朝是中国封建社会的鼎盛时期,初唐时有着一股积极向上的朝气,许多诗人投笔从戎,奔赴边关,忠君报国,博取功名。而战争又给人民带来了深重灾难,造成千万人生离死别的悲剧。初唐四杰投身戎幕,接触将士,对战争生活有深刻的体验,这反映在他们的诗作中,有写戍边征战艰辛的,有写赴边将士的英勇气概的,有写塞外风光的,有写征夫思妇的,有写久戍边地怀乡思友的。杨炯《从军行》:

　　烽火照西京,心中自不平。
　　牙璋辞凤阙,铁骑绕龙城。
　　雪暗凋旗画,风多杂鼓声。
　　宁为百夫长,胜作一书生。

抒写了一个书生投笔从戎、赴边参战的爱国精神、报国理想,雄劲刚健,明快激昂。骆宾王的《从军行》则描绘了驰骋沙场的将士的英姿,抒发了为国从军、视死如归的气概:

　　平生一顾念,意气溢三军。
　　野日分戈影,天星合剑文。
　　弓弦抱汉月,马足践胡尘。
　　不求生入塞,唯当死报君。

　　卢照邻的《战城南》描绘了战场的惨烈、将士的骁勇,紧张而悲壮:

　　将军出紫塞,冒顿在乌贪。

笳喧雁门北,阵翼龙城南。
雕弓夜宛转,铁骑晓参驔。
应须驻白日,为待战方酣。

骆宾王的《边城落日》极写边疆的遥远、旷阔、荒漠、昏暗,映衬了军旅生活的艰苦,突出了立功报国的豪情壮志:

紫塞流沙北,黄图灞水东。
一朝辞俎豆,万里逐沙蓬。
候月恒持满,寻源屡凿空。
野昏边气合,烽迥戍烟通。
膂力风尘倦,疆场岁月穷。
河流控积石,山路远崆峒。
壮志凌苍兕,精诚贯白虹。
君恩如可报,龙剑有雌雄。

卢照邻的《和吴侍御被使燕然》是一首描绘塞北风光,抒旷迈怀抱的好诗,爽朗而舒坦。而征夫思妇题材在四杰诗中也有所表现。王勃的《采莲曲》描写了江南水乡采莲女思念征夫的离愁别恨,诗的结尾推及了一般劳动妇女的不幸:"裴回莲浦夜相逢,吴姬越女何丰茸。共问寒江千里外,征客关山路几重?"这首诗揭示了唐初拓边战争给人民带来的灾难,造成了夫妻生离死别的痛苦,使主题更具社会意义。

怨女弃妇,哀怨深沉。封建时代被压迫、被侮辱的各个阶层的妇女,命运悲惨,身世不幸。四杰诗中,此类诗为数不少,有舞妓倡妇的痛苦,有宫观女道士的痴情,有朝廷宫妃的怨恨,有被弃妇女的哀伤。王勃的《落花落》写一个女子被冷落的情境,以落花起兴,并以落花缀连全篇。其中"落花春正满,春人归不归?""落花春已繁,春人春不顾!"抒写了女子烦乱、怨恨的心情。《铜雀妓》(其二)则写了一个深宫歌舞

妓被弃的痛苦,揭露了最高统治者的荒淫无情,诗中融入"铜爵妓"的典故,情思凄苦:

> 妾本深宫妓,层城闭九重。
> 君王欢爱尽,歌舞为谁容?
> 锦衾不复襞,罗衣谁再缝?
> 高台西北望,流涕向青松。

杨炯的《梅花落》以梅写人,托物抒情,比兴自然,情思凄楚:

> 窗外一株梅,寒花五出开。
> 影随朝日远,香逐便风来。
> 泣对铜钩障,愁看玉镜台。
> 行人断消息,春恨几裴回?

卢照邻的《明月引》和《昭君怨》写了蔡文姬、王昭君的不幸和怨情。后一首抒写了昭君失宠后只身赴匈奴的哀怨和思归的心境,诗中对偶映照,哀怨深切,归思绵绵:

> 合殿恩中绝,交河使渐稀。
> 肝肠辞玉辇,形影向金微。
> 汉地草应绿,胡庭沙正飞。
> 愿逐三秋雁,年年一度归。

骆宾王的《艳情代郭氏答卢照邻》《代女道士王灵妃赠道士李荣》是两首典型的作品,写的是真人真事,虽为代笔,却有真情实感。前一首写弃妇,卢照邻在新都尉任上,有个情妇郭氏。郭氏怀孕时,卢回洛阳,曾许诺不久回蜀结婚。时隔二年,卢失约不返,并有新欢。郭氏候音不至,孩子又死,悲痛欲绝。骆宾王抱着满腔同情,用血和泪写下了这个被弃妇女的悲惨命运和怨恨之情。后一首写痴女。李荣在长安时与王灵妃有过一段恋情。李荣久留蜀中不归,王灵妃思念心切,骆宾王代她写了这首诗给李荣,情思缠绵往复,曲尽思妇的愁绪,深切而凄苦。这两首诗与当时风靡一时的艳情诗大相径庭,对唐人长篇歌行的开拓有着重要的意义。

  登临送别,惆怅情深。珍重友谊是中华民族的优良传统之一,在各个时代、各种社会,人们在交往中,总是与志同道合、意气相投、能够同舟共济、艰苦与共的人结成朋友,有的成了生死之交。一旦朋友分离,彼此依恋,互相勉励,表现出一种缠绵悱恻、惆怅哀愁的心境。初唐四杰留下的送别诗颇多,充分表现了朋友间纯真深挚的友谊。王勃的《杜少府之任蜀州》是一首千古传诵的佳作:

    城阙辅三秦,风烟望五津。
    与君离别意,同是宦游人。
    海内存知己,天涯若比邻。
    无为在岐路,儿女共沾巾。

诗于放达中见深情、质朴中有精警,表现了唐初乐观爽朗、积极奋进的时代精神。他的《别薛华》《江亭夜月送别二首》却表现了另一种心境,凄凉悲苦。

  杨炯的《送刘校书从军》是一首别致的送别诗:

    天将下三官,星门召五戎。
    坐谋资庙略,飞檄伫文雄。
    赤土流星剑,乌号明月弓。
    秋阴生蜀道,杀气绕湟中。
    风雨何年别?琴尊此日同。
    离亭不可望,沟水自西东。

诗中描绘了人物的英武,抒发了深切的感情,格调雄浑。他的《夜送赵纵》也是一首好的送别诗,诗中以战国时赵国宝物喻友情的珍贵,以"明月满前川"喻友人前程光明,情调爽朗,联想自然,比喻恰切。

骆宾王一生不得志,对武则天的统治不满,决心为重振唐室干一番事业,但境遇沉沦压抑,心中苦闷,写下了《于易水送人》一诗,借古喻今,表达了志向,勉励了友人,感情深沉,含蓄而有馀韵,是唐初五绝成熟的标志:

　　此地别燕丹,壮士发冲冠。
　　昔时人已没,今日水犹寒。

卢照邻的送别诗,以《送二兄入蜀》为佳:"关山客子路,花柳帝王城。此中一分手,相顾怜无声。"兄弟二人,将一南一北,手足分离,离情别绪,苦不堪言。结句极妙,"此时无声胜有声",贯注了深切的感情。

吟咏山水,清新峻峭。四杰的山水田园诗,上承陶渊明、谢灵运、谢朓,下启王维、孟浩然,是唐代山水田园诗的先声。其中不乏名篇佳作,词秀调雅,意新境惬。如王勃的《滕王阁》:

　　滕王高阁临江渚,佩玉鸣鸾罢歌舞。
　　画栋朝飞南浦云,珠帘暮卷西山雨。
　　闲云潭影日悠悠,物换星移几度秋。
　　阁中帝子今何在?槛外长江空自流。

诗中描绘了滕王阁周围的景色,抒发了盛衰之感,有情景交融、寄慨遥深之致。另一首《春庄》,写春日山庄的所见所感:

　　山中兰叶径,城外李桃园。
　　岂知人事静,不觉鸟声喧。

兰径、桃园、鸟喧,寂静幽雅,没了城市的喧闹,没了世事的纷扰,置身其境,悠然恬适。

长江三峡,自古咏颂者不少,杨炯的《西陵峡》含蕴深婉,想象丰富,境界旷阔而雄伟。结尾两联,赞赏了西陵峡的瑰奇:"及余践斯地,瑰奇信为美。江山若有灵,千载伸知己。"

卢照邻的《入秦川界》也是一首好诗:

陇孤长无极,苍山望不穷。
石径萦疑断,回流映似空。
花开绿野雾,莺啼紫岩风。
春芳勿遽尽,留赏故人同。

写秦川春天优美的景色,山水、莺花、风雾,构成了一幅山水春色图,鲜明清新,赏心悦目。他的《山庄休沐》描绘了农村景色的优美,闲居生活的舒适,流露了对田家乐的向往,清朗疏畅,情韵超逸。骆宾王的《夏日游山家同夏少府》也写了山家景色,抒发了高洁情怀。以景启情,静雅舒坦:

返照下层岑,物外狎招寻。
兰径薰幽佩,槐庭落暗金。
谷静风声彻,山空月色深。
一遣樊笼累,唯馀松桂心。

咏物寓情,清新隽永。"人禀七情,应物斯感。"(《文心雕龙》)四杰把睹物生情诉于笔端,精巧地描绘物体的色彩、形态,借以抒发自己的情怀。如王勃的《咏风》以风况人,借风咏怀。风于炎热中送来清凉,于迷茫中带来明净,于寂静中吹响松涛,揭示了风的高尚,寄寓了自己的情怀:

肃肃凉风生,加我林壑清。

　　　　驱烟寻涧户,卷雾出山楹。
　　　　去来固无迹,动息如有情。
　　　　日落山水静,为君起松声。

　　卢照邻的《浴浪鸟》写得小巧玲珑:

　　　　独舞依磐石,群飞动轻浪。
　　　　奋迅碧沙前,长怀白云上。

诗中通过鸟的一舞一飞、一奋迅一长怀,表现了鸟的轻捷、迅疾、奋发,寄寓了自己的凌云之志。

　　唐高宗仪凤三年(678),骆宾王迁任侍御史,因多次上书讽谏,得罪了武则天,被诬以贪赃罪下狱。他在狱中写下了《在狱咏蝉》一诗:

　　　　西陆蝉声唱,南冠客思深。
　　　　不堪玄鬓影,来对白头吟。
　　　　露重飞难进,风多响易沉。
　　　　无人信高洁,谁为表予心?

由蝉兴感寄意,抒发了一腔悲愤。《咏鹅》是骆宾王七岁时写的:

　　　　鹅,鹅,鹅,曲项向天歌。
　　　　白毛浮绿水,红掌拨清波。

诗中描绘了鹅在绿水中浮游的优美形象。语言生动,色彩鲜明,是一首充满童趣的咏物诗。

　　四杰以自己的创作实践,改变了唐初淫靡的诗风,端正了诗歌的方向,推动了唐诗的发展和繁荣。而在诗歌形式上也进行了一定的开拓,他们广泛地运用歌行、乐府、近体、古风等各种形式进行写作。既有大量的五言名篇,也有不少七言歌行佳作。四杰中,王、杨重在五律的发展,而卢、骆则重在七言歌行的创作。

"魏建安后迄江左,诗律屡变。至沈约、庾信以音韵相婉附,属对精密。及宋之问、沈佺期又加靡丽,回忌声病,约句准篇,如锦绣成文。"(《新唐书·宋之问传》)"五言至沈、宋,始可称律。律为音律法律,天下无严于是者,知虚实平仄不得任情,而法度明矣!"(王世贞《艺苑卮言》)建安以后,诗歌走上了骈偶道路,自沈约创"四声八病"说之后,诗歌律化加快了步伐。经过庾信、上官仪、四杰的努力,律体基本上确定下来,到了沈佺期、宋之问则已完全成熟、定型。

初唐四杰,尤其是王、杨,对五律的成熟、定型有着重要的贡献。在四杰诗中,五律为数颇多,其代表作有王勃的《杜少府之任蜀州》、杨炯的《从军行》,以及卢照邻的《入秦川界》、骆宾王的《在狱咏蝉》。闻一多先生说:"前乎王(勃)杨(炯),尤其应制的作品,五言长律用的还相当多,这是该注意的!五言八句的五律,到'王杨'才正式成为定型,同时完整的真正唐音的抒情诗也是这时才出现的。"(《唐诗杂论·四杰》)四杰的五律,为稍后于他们的沈佺期、宋之问的律体打下了基础。

卢照邻、骆宾王的歌行体现着七言歌行形式的演变轨道,他们的创作为歌行的成熟做出了巨大贡献。胡应麟在其《诗薮·内编》卷三称:"建安以后,五言日盛。晋宋齐间,七言歌行寥寥无几。独《白纻歌》《行路难》时见文士集中,皆短章也。梁人颇尚此体,《燕歌行》《捣衣曲》诸作,实为初唐鼻祖。陈江总持,卢思道等,篇什浸盛,然音响时乖,节奏未协,正类当时五言律体。垂拱四子,一变而精华浏亮,抑扬起伏,悉协宫商,开合转换,咸中肯綮,七言长体,极于此矣!"卢照邻、骆宾王在歌行的发展历程中,承上启下。他们的歌行多数沿用旧题,一部分自命新题,比起以前的歌行,主题深化了,表现手法则借用了赋最常用的叙述手法,诸如卢照邻《行路难》《长安古意》,骆宾王的《帝京篇》《艳情代郭氏答卢照邻》《代女道士王灵妃赠道士李荣》等,这种特征明显可见。其中,《长安古意》和《帝京篇》如星月相照,可谓七言歌行的双璧,难怪乎胡应麟对卢照邻的《长安古意》赞不绝口:"七言长体,极于此矣!"七言歌行到了唐初才兴盛起来,卢、骆的这些宏篇巨著为七言歌行走向成熟开了先河。

初唐四杰是我国诗歌发展史上承前启后、继往开来的诗人。他们反对六朝绮靡文风,继承六朝以来艺术技巧的成果,在诗歌题材内容上突破了宫廷的藩篱。他们的革新、创造为唐诗的健康发展开辟了道路。

初唐四杰诗注,惟有清陈熙晋《骆临海集笺注》和蒋清翊《王子安集注》,现代只散见于一些注本,且为数极少。本书共选诗二百六十五首,占初唐四杰现存诗的四分之三,其中王勃八十八首、杨炯三十首、卢照邻八十二首、骆宾王六十五首。以王、杨、卢、骆为顺序,按《全唐诗》中初唐四杰诗的排序,加以编次。希望本书对读者在理解和欣赏初唐四杰诗作时,能有所帮助。但注者学识浅薄,书中谬误处在所难免,亦希望能得到专家学者的指导。

倪木兴
一九九八年农历十一月十六日
于泉州鲤城三务馆

王　勃

上巳浮江宴韵得阯字[1]

披观玉京路[2],驻赏金台阯[3]。逸兴怀九仙[4],良辰倾四美[5]。松吟白云际[6],桂馥青溪里[7]。别有江海心[8],日暮情何已[9]?

〔1〕此诗是作者于沛王府期间所作,他厌于尘俗的烦扰,萌发了隐居之意。诗中极写良辰美景,反衬隐居之心不已。构思奇巧,别有一番情趣。上巳:旧时节日名。汉以前以农历三月上旬巳日为"上巳";魏晋以后,定为三月三日,不必取巳日。《后汉书·礼仪志上》:"是月上巳,官民皆絜于东流水上,曰洗濯祓除去宿垢疢为大絜。"唐朝则赐宴曲江,倾都禊饮踏青。浮江:浮游江上。韵得:宴饮作诗时,先规定若干字为韵,各人分拈,依韵作诗。阯(zhǐ止):同"址",基址。

〔2〕披观:流览观赏。玉京:指帝都长安。

〔3〕驻赏:停下来观赏。金台:华美的台。

〔4〕逸兴:超逸豪放的意兴。九仙:众仙。《云笈七签》卷三:"九仙者,第一上仙、二高仙、三火仙、四玄仙、五天仙、六真仙、七神仙、八灵仙、九至仙。"

〔5〕良辰:美好的时光。四美:即良辰、美景、赏心、乐事。

〔6〕松吟:松涛声。际:中间。

〔7〕桂馥(fù父):桂花飘散芳香。

〔8〕江海:旧时指隐士的居处,此处引申为退隐。《庄子·刻意》:"就薮泽,处闲旷,钓鱼闲处,无为而日矣。此江海之士,避世之人。"海,一作"汉"。

〔9〕何已:反问的语气,表示无尽。

春日宴乐游园赋韵得接字〔1〕

帝里寒光尽〔2〕,神皋春望浃〔3〕。梅郊落晚英〔4〕,柳甸惊初叶〔5〕。流水抽奇弄〔6〕,崩云洒芳牒〔7〕。清尊湛不空〔8〕,暂喜平生接〔9〕。

〔1〕此诗描写春日游宴的情景,先写京都郊野的春色,后写琴诗饮酒的喜悦。诗中景佳情悦,优美俊逸,是一首较好的颂春曲。春日:立春之日。乐游园:古苑名。亦称"乐游原""乐游苑"。故址在今陕西西安南郊。本为秦时的宜春苑,汉宣帝时改建乐游苑。唐时,为长安士女游赏的胜地。赋韵:同"韵得":见作者《上巳浮江宴韵得址字》注〔1〕。

〔2〕帝里:帝都。寒光:带有寒意的日光。

〔3〕神皋(gāo高):指京畿良田。浃(xiá峡):周遭,遍及。

〔4〕梅郊:盛开梅花的郊野。晚英:迟开的花。

〔5〕柳甸:广植柳树的郊外。初叶:新叶。

〔6〕抽:弹奏。奇弄:美妙的乐曲。

〔7〕"崩云"句:王充《论衡·效力篇》:"贤者有云雨之知,故其吐文万牒以上。"崩云,碎裂的云彩。洒,挥洒。芳牒(dié 蝶),简札的美称,借喻优美的诗篇。牒,古代可供书写的简札。

〔8〕清尊:即"清樽",酒器。湛(zhàn 占):澄清貌。不空:《后汉书·孔融传》载孔融语:"座上客常满,樽中酒不空,吾无忧矣。"

〔9〕平生:此生。接:持。

山亭夜宴[1]

桂宇幽襟积[2],山亭凉夜永[3]。森沉野径寒[4],肃穆岩扉静[5]。竹晦南汀色,荷翻北潭影[6]。清兴殊未阑[7],林端照初景[8]。

〔1〕此诗写秋夜山亭周围的景色和通宵达旦饮宴的雅兴,颇有隐逸意。诗中景色清凉幽静,胸襟幽深,情兴清雅。以情写景,以景抒情,气息清新。山亭:山上的亭子。一作"松台"。

〔2〕桂宇:形容幽雅的屋宇。幽襟(jīn 今):隐藏在内心的感怀。

〔3〕凉夜:秋夜。永:长。

〔4〕森沉:谓林木繁茂幽深。野径:村野小路。

〔5〕肃穆:指岩洞所产生的气氛,使人有凛然之感。岩扉(fēi 非):岩洞的门。

〔6〕"竹晦"二句:意谓竹林的青苍遮掩了南面的水边平地,荷花影像在北边的水池中摇曳晃动。晦,遮掩。南汀,南面水边平地。汀,一作"阿"。北潭,北边的深水池。

〔7〕清兴:清雅的兴致。殊:犹、尚。未阑:未尽。
〔8〕林端:林木的末端。初景:朝旭。

咏风〔1〕

肃肃凉风生〔2〕,加我林壑清〔3〕。驱烟寻涧户〔4〕,卷雾出山楹〔5〕。去来固无迹〔6〕,动息如有情〔7〕。日落山水静,为君起松声〔8〕。

〔1〕此诗为咏物诗,以风况人,借风咏怀,描写风给人间于炎热中送来清凉,迷茫中带来明净,寂静中吹响松涛的崇高品质和勤奋精神,寄托了自己高尚的情怀。诗中对因风而引起的动态景象,进行拟人化的描绘,形象生动。宋计有功《唐诗纪事》称此诗"最有馀味,真天才也"。
〔2〕肃肃:风声。
〔3〕加:施及。林壑(hè 贺):山林涧谷。
〔4〕驱烟:驱散云雾。涧户:山谷中的人家。
〔5〕出:出现,显露。山楹(yíng 盈):山中房屋。
〔6〕固:本来。
〔7〕动息:活动与停息。
〔8〕松声:松涛声。风撼松林,声如波涛。

怀仙〔1〕

鹤岑有奇径〔2〕,麟洲富仙家〔3〕。紫泉漱珠液〔4〕,玄岩列丹葩[5]。常希披尘网[6],眇然登云车[7]。鸾情极霄汉[8],凤想疲烟霞[9]。道存蓬瀛近[10],意惬朝市赊[11]。无为坐惆怅[12],虚此江上华。

[1] 题下有序云:"客有自幽山来者,起予以林壑之事,而烟霞在焉。思解缨绂,永咏山水。神与道超,迹为形滞,故书其事焉。"此诗是作者在沛王府期间所作。作者十七岁应幽素科举,对策及第,得到朝散郎的官职,后被沛王李贤招为府修撰。诗中先写清幽雅致的仙境,次写超凡脱俗的情怀,结尾感伤于未能隐逸。情思轻荡缠绵,意境邈远飘逸。

[2] 鹤岑:指修仙者所居的山。奇径:奇特的路。

[3] 麟洲:指凤麟洲。《海内十洲记》中提到的洲名,传说为神仙所居之地。仙家:仙人所居之处。

[4] 紫泉:即紫渊,水名。《山海经》:"紫渊水出根耆之山,西流注河。"《述异记》:"林屋洞为左神幽虚之天,中有白芝紫泉,乃神仙之饮饵。"漱:冲荡。珠液:泉水的美称。

[5] 玄岩:黑色的岩石。丹葩:红花。

[6] 尘网:旧谓人在世间受到种种束缚,如鱼在网,故称。

[7] 眇然:高远貌。云车:传说中仙人的车乘。仙人以云为车,故称。

[8] 鸾情:谓乘鸾仙去之情。

[9] 凤:传说中的神鸟,雄的叫凤,雌的叫凰。

[10] 蓬瀛:蓬莱和瀛州。神山名,相传为仙人所居之处。

[11] 惬:称心。朝市:尘世。赊:遥远。

[12] 无为:不用,不须。惆怅:伤感、懊恼。

忽梦游仙[1]

仆本江上客[2],牵迹在方内[3]。寤寐霄汉间[4],居然有灵对[5]。翕尔登霞首[6],依然蹑云背[7]。电策驱龙光[8],烟途俨鸾态[9]。乘月披金帔[10],连星解琼珮[11]。浮识俄易归[12],真游邈难再[13]。寥廓沉遐想[14],周遑奉遗诲[15]。流俗非我乡[16],何当释尘昧[17]。

〔1〕此诗是作者在沛王府期间所作。诗中先写梦中仙游,后抒厌烦尘世之情。富有想象,重于藻饰。飘游中含真情,华采中有韵致。

〔2〕仆:自称的谦词。江上客:江上旅人。

〔3〕迹:形迹。方内:指尘世。

〔4〕"寤寐"句:谓梦想升仙。霄汉,天空。

〔5〕灵:神灵,指仙人。

〔6〕翕(xī 希)尔:突然。霞首:犹云表。

〔7〕蹑(niè 聂):踩,登。

〔8〕电策:闪电。闪之光如鞭形,故名。龙光:龙身上的光辉。

〔9〕烟途:烟雾缭绕的道路。俨(yǎn 掩):宛如。鸾态:鸾鸟的姿态。鸾,传说的神鸟、瑞鸟。

〔10〕金帔(pī 丕):犹霞帔,以云霞为服。帔,帔肩,此处指衣服。

〔11〕连星:与星相连辉映。琼珮:玉制的佩饰。

〔12〕浮识:意即浮性、浮心。指梦游。俄:不久。

〔13〕真游:作仙境之游。邈:遥远渺茫。"真游"句,一本作"真魂

莫雄再"。

〔14〕寥廓:辽阔的天空。

〔15〕周遑:亦作"周惶",彷徨,犹疑不定。奉:尊奉。遗诲:前人的教诲。

〔16〕流俗:指平庸的世间。

〔17〕何当:何时。释:消除。尘昧:世俗的愚昧。

杂 曲〔1〕

智琼神女〔2〕,来访文君〔3〕。蛾眉始约〔4〕,罗袖初薰〔5〕。歌齐曲韵〔6〕,舞乱行纷〔7〕。若向阳台荐枕〔8〕,何啻得胜朝云〔9〕。

〔1〕此诗假托仙女智琼拜访文君,寄望欢会久长。作者想象自然,糅合了三个故事,并以装饰、歌舞烘托仙女美丽的姿色,天上人间,浑然一体,短小精巧,情趣横生。杂曲:乐府歌曲名。《乐府诗集·杂曲歌辞一》宋郭茂倩题解:"杂曲者,历代有之。或心志之所存,或情思之所感,……兼收并载,故总谓之杂曲。"

〔2〕智琼:仙女名。晋干宝《搜神记》卷一:"魏济北郡从事掾弦超,字义起,以嘉平中夜独宿,梦有神女来从之,自称天上玉女,东郡人,姓成公,名智琼,早失父母,天帝哀其孤苦,遣令下嫁从夫。超当其梦也,精爽感悟,嘉其美异,非常人之容,觉寤钦想,若存若亡。如此三四夕,一旦,显然来游……遂为夫妇。"神女:仙女,指智琼。

〔3〕文君:卓文君,汉临邛富翁卓王孙之女,貌美有才学。司马相如

饮于卓氏,文君新寡,相如以琴曲挑之,文君遂夜奔相如。见《史记·司马相如传》。

〔4〕蛾眉:蚕蛾触须细长而弯曲,以喻女子美丽的眉毛。约:涂饰。

〔5〕罗袖:丝罗的衣袖,指华丽的衣着。薰(xūn 勋):原为香草名,一名蕙草,此指熏香。

〔6〕齐:符合。曲韵:曲词的音律。

〔7〕"舞乱"句:言舞姿行态迷人。乱,纷乱。

〔8〕阳台:指男女欢会之所。战国楚宋玉《高唐赋序》:楚襄王与宋玉游云梦之台,望高唐之观。其上有云气变化无穷。玉谓此气为朝云,并对王说,过去先王曾游高唐,怠而昼寝,梦见一妇人,自称是巫山之女,愿侍王枕席,王因幸之。巫山之女临去时说:"妾在巫山之阳,高丘之阻,旦为朝云,暮为行雨,朝朝暮暮,阳台之下。"荐枕:亦作"荐枕席",进献枕席,借指侍寝。

〔9〕何啻(chì 赤):亦作"何翅",犹何止,岂只。

秋夜长〔1〕

秋夜长,殊未央〔2〕。月明白露澄清光〔3〕,层楼绮阁遥相望〔4〕。遥相望,川无梁〔5〕。北风受节南雁翔〔6〕,崇兰委质时菊芳〔7〕。鸣环曳履出长廊〔8〕,为君秋夜捣衣裳〔9〕。纤罗对凤皇〔10〕,丹绮双鸳鸯〔11〕,调砧乱杵思自伤〔12〕。思自伤,征夫万里戍他乡。鹤关音信断〔13〕,龙门道路长〔14〕。君在天一方〔15〕,寒衣徒自香〔16〕。

〔1〕此诗写秋天夜半思妇怀念征夫的情景。诗中人物的心理描写细腻生动,触物生情,夸饰比兴,其间有怨恨、有烦乱、有悲哀,缠绵悱恻,情切而意深。秋夜长:乐府杂曲旧题。出魏文帝曹丕诗:"漫漫秋夜长,烈烈北风凉。"

〔2〕未央:未尽。《诗经·小雅·庭燎》:"夜如何其,夜未央。"

〔3〕白露:秋天的露水。澄:清澈明净。

〔4〕层楼:高楼。绮(qǐ启)阁:华丽的楼阁。

〔5〕川:河流。无梁:楚辞《哀时命》:"江河广而无梁。"梁,桥。

〔6〕受节:时令交替。南雁翔:晋傅玄《杂诗》:"仰观南雁翔。"

〔7〕崇兰:丛兰,丛生的兰草。楚辞《招魂》:"光风转蕙,泛崇兰些。"委质:置身于地。时菊:应时而开的菊花。

〔8〕鸣环:指身上佩带的环佩碰击有声。曳(yè业)履:拖着鞋子。履,一作"佩"。

〔9〕捣(dǎo倒):捶击。

〔10〕纤罗:细薄透气的丝织品。对:成双。

〔11〕丹绮:红色而有花纹的丝织品。

〔12〕调:摆弄。砧(zhēn珍):捣衣石。杵:捣衣用的棒槌。

〔13〕鹤关:指边关。梁昭明太子《答湘东王求文集及诗苑英华书》:"陟龙楼而静拱,掩鹤关而高卧。"

〔14〕龙门:古楚国都城郢都的东门。此指都门,国门。

〔15〕君:一作"所"。在天一方:庾肩吾《有所思》:"佳人远千里,乃在天一方。"

〔16〕寒衣:御寒的衣服。

采莲曲〔1〕

采莲归,绿水芙蓉衣〔2〕,秋风起浪凫雁飞〔3〕。桂棹兰桡下长浦[4],罗裙玉腕轻摇橹。叶屿花潭极望平[5],江讴越吹相思苦[6]。相思苦,佳期不可驻[7],塞外征夫犹未还,江南采莲今已暮。今已暮,采莲花,渠今那必尽娼家[8]?官道城南把桑叶[9],何如江上采莲花?莲花复莲花,花叶何稠叠[10]!叶翠本羞眉[11],花红强如颊[12]。佳人不在兹[13],怅望别离时。牵花怜共蒂[14],折藕爱连丝[15]。故情无处所,新物从华滋[16]。不惜西津交佩解[17],还羞北海雁书迟[18]。采莲歌有节,采莲夜未歇,正逢浩荡江上风,又值裴回江上月[19]。徘徊莲浦夜相逢,吴姬越女何丰茸[20]!共问寒江千里外,征客关山路几重?

〔1〕此诗被编入宋郭茂倩《乐府诗集·清商曲辞》中,题为《采莲归》。诗中抒写了江南水乡采莲女思念征夫的离愁别恨,并由此推及一般劳动妇女的不幸,反映了唐初拓边战争给人民带来的深重苦难,使思妇征夫的主题更具社会意义。寓情于景,以物拟人,用典贴切,顶真自然,情思凄婉而深沉。采莲曲:梁武帝萧衍改《西曲》为《江南弄》七曲,此其一。

〔2〕芙蓉衣:曹丕《游宴诗》:"兰芷生兮芙蓉披。"芙蓉,即荷花。衣,意同"披",指伏盖于水上。

〔3〕凫(fú 俘):野鸭。

〔4〕桂棹(zhào 照)兰桡(ráo 饶):此处指船。桂、兰,都是香木;棹、桡,都是船桨。浦:水边。

〔5〕"叶屿"句:意谓极目望去,岸边与小岛之间是一片荷花。潭(xún 旬),水边。

〔6〕江讴越吹(chuì 垂四声):指江南一带的民间歌曲。讴,徒歌。

吹,管乐之声。

〔7〕佳期:指离别前相聚的欢乐日子。驻:留。

〔8〕"渠今"句:意谓女子并没有都沦落为娼女。渠今,一作今渠。渠,伊,她。

〔9〕官道:大道。城南把桑叶:汉乐府《陌上桑》:"罗敷喜蚕桑,采桑城南隅。"把,采。

〔10〕稠叠:言花与叶茂密相覆盖。

〔11〕"叶翠"句:意谓采莲女蛾眉凝翠,让翠绿的荷叶也自愧不如。

〔12〕"花红"句:意谓采莲女的红润容颜,连红艳的荷花也比不上。

〔13〕佳人:指远戍边地的征夫。

〔14〕"牵花"句:意谓牵引荷花,爱慕它们并蒂开放。怜,爱。

〔15〕"折藕"句:意谓折断莲藕,喜爱它们丝丝相连。丝,思,谐音双关。

〔16〕新物:指眼前的花藕。因是别离后才长出的,故称。华滋:长得茂盛。

〔17〕西津:西边的渡口。佩解:解下佩带的饰物。汉刘向《列仙传·江妃二女》:江妃二女出游江汉之滨,遇郑交甫,见而悦之,遂手解佩以赠。解佩相赠,是爱情的表示。

〔18〕北海雁书:汉班固《汉书·苏武传》:汉时,苏武出使匈奴,被囚禁于北海牧羊,音讯断绝。后汉朝派使者往匈奴,要求放回苏武,匈奴诡称武已死,使者因言皇帝射猎得雁,雁足系有书信,知道苏武的下落。北海,原指贝加尔湖,此处指塞外。雁书,即雁足书,系于雁足的书信。此处指征夫寄来的书信。

〔19〕裴回:连绵词,此处形容月影移动的样子。

〔20〕吴姬越女:指江南水乡的采莲女。丰茸:妆饰标致。

临高台[1]

临高台,高台迢递绝浮埃[2]。瑶轩绮构何崔嵬[3],鸾歌凤吹清且哀[4]。俯瞰长安道[5],萋萋御沟草[6]。斜对甘泉路[7],苍苍茂陵树[8]。高台四望同[9],帝乡佳气郁葱葱[10]。紫阁丹楼纷照耀[11],璧房锦殿相玲珑[12]。东弥长乐观[13],西指未央宫[14]。赤城映朝日[15],绿树摇春风。旗亭百隧开新市[16],甲第千甍分戚里[17]。朱轮翠盖不胜春[18],叠榭层楹相对起[19]。复有青楼大道中[20],绣户文窗雕绮栊[21]。锦衾夜不襞[22],罗帷昼未空[23]。歌屏朝掩翠[24],妆镜晚窥红[25]。为君安宝髻[26],蛾眉罢花丛[27]。尘间狭路黯将暮[28],云间月色明如素[29]。鸳鸯池上两两飞[30],凤凰楼下双双度[31]。物色正如此[32],佳期那不顾[33]?银鞍绣縠盛繁华,可怜今夜宿娼家[34]。娼家少妇不须颦[35],东园桃李片时春[36]。君看旧日高台处,柏梁铜雀生黄尘[37]。

〔1〕此诗写长安富丽繁华景象和贵族外戚的奢淫生活,以汉喻唐,抒兴衰之叹。作者着墨于繁华淫靡,落笔于建筑物与娼家女。先写一片佳气:青草绿树、观宫楼台、旗亭市道、香车宝马;后写片时春情:青楼歌妓,梳妆打扮,公子哥儿,寻欢作乐。以"绝浮埃"开篇,以"生黄尘"作结,构思极妙。诗华丽而精巧,峻拔而纤细。临高台:乐府鼓吹铙歌

旧题。

〔2〕迢递:高峻貌。浮埃:附着在物体表面上的尘土。

〔3〕瑶轩:饰玉的栏杆。绮构:华美的建筑物。崔嵬:高峻貌。

〔4〕鸾歌:鸾鸟鸣唱,喻美妙的歌乐。凤吹(chuì 垂四声):对笙箫等细乐的美称。哀:凄清。

〔5〕长安:汉唐帝都,故址在今陕西西安。

〔6〕萋萋:草木茂盛貌。御沟:流经宫苑的河道。

〔7〕甘泉:宫名,故址在今陕西淳化西北甘泉山。本秦宫,汉武帝增筑扩建,在此朝诸侯王,飨外国客,夏日亦作避暑之处。《三辅黄图·甘泉宫》:"一曰云阳宫……始皇二十七年作甘泉宫及前殿,筑甬道自咸阳属之。汉武帝建元中增广之。周回一十九里,中有牛首山,望见长安城。"

〔8〕茂陵:汉武帝刘彻的陵墓,在今陕西兴平东北。《汉书·武帝纪》:"(后元二年)二月丁卯,帝崩于五柞宫,入殡于未央宫前殿。三月甲申葬茂陵。"

〔9〕四望:眺望四方。

〔10〕帝乡:京城。一本无此二字。佳气郁葱葱:《后汉书·光武帝纪》载,望气者曰:"佳气哉,郁郁葱葱然。"佳气,古代以为是吉祥、兴隆的象征。郁葱葱,气旺盛貌。

〔11〕紫阁:金碧辉煌的殿阁。丹楼:红楼,指宫、观。

〔12〕璧房:以璧玉装饰的房屋。锦殿:饰有彩雕的殿阁。玲珑:精巧貌。

〔13〕弥:终极。长乐观:即长乐宫。西汉高帝时,就秦兴乐宫改建而成。为西汉主要宫殿之一。汉初皇帝在此省朝。惠帝后,为太后居地。故址在今陕西西安西北郊长安故城东南隅。

〔14〕未央宫:故址在今陕西西安西北长安故城内西南隅。汉高帝

七年建,常为朝见之处。新莽末年毁。东汉末董卓复茸未央殿。《三辅黄图·汉宫》:"未央宫,周回二十八里,前殿东西五十丈,深五十丈,高三十五丈。"

〔15〕赤城:指帝王宫城,因城墙红色,故称。

〔16〕旗亭:市楼。古代观察、指挥集市的处所,上立有旗,故称。百隧:纵横交错的市道。

〔17〕甲第:旧时豪门贵族的宅第。千甍(méng 蒙):千屋。甍,屋脊。戚里:帝王外戚聚居的地方。

〔18〕朱轮翠盖:古代王侯显贵所乘的车子。朱轮,用朱红漆轮。翠盖,饰以翠羽的车盖。

〔19〕叠榭:重叠的台榭。层楹:指高楼大厦。楹,柱子,借指楼房。

〔20〕青楼大道中:陈朝江总《闺怨篇》:"寂寂青楼大道边。"青楼,指妓院。

〔21〕绣户:雕绘华美的门户。文窗:刻镂文彩的窗。绮栊:雕绘美丽的窗户。

〔22〕锦衾:锦缎的被子。夜:一作"昼"。襞(bì 辟):折叠衣物。

〔23〕罗帷:丝制帷幔。昼:一作"夕"。

〔24〕歌屏:歌馆的屏风。翠:借指歌女。

〔25〕窥:看,指照镜。红:借指歌女。

〔26〕君:一作"吾"。安:梳结妆饰。宝髻:古代妇女发髻的一种。

〔27〕蛾眉:蚕蛾触须细长而弯曲,因以比喻女子美丽的眉毛。

〔28〕尘间狭路:一作"狭路尘间"。间,一作"开"。黯:昏暗。

〔29〕素:白色生绢。

〔30〕鸳鸯池:鸳鸯栖息的水池。

〔31〕凤凰楼:帝王宫中的楼阁。

〔32〕物色:物华景色。

〔33〕佳期:指男女约会的日期。

〔34〕"银鞍"二句:意本梁简文帝《乌栖曲》:"青牛丹毂七香车,可怜今夜宿倡家。"银鞍,银饰的马鞍,代指骏马。绣毂(gǔ谷),即绣轮,雕饰花纹的车子。毂,车轮的中心部位。

〔35〕颦(pín贫):忧愁。

〔36〕"东园"句:陈朝江总《闺怨篇》:"念妾桃李片时妍。"

〔37〕柏梁:指柏梁台,汉代台名。故址在今陕西长安西北长安故城内。《三辅黄图·台榭》:"柏梁台,武帝元鼎二年春起此台,在长安城中北门内。《三辅旧事》云:以香柏为梁也,帝尝置酒其上,诏群臣和诗,能七言者乃得上。太初中,台灾。"铜雀:铜雀台。汉末建安十五年曹操建。高十丈,周围殿屋一百二十间。楼顶置大铜雀,故名。故址在今河北临漳西南。生:一作"尚"。

滕王阁[1]

滕王高阁临江渚[2],珮玉鸣鸾罢歌舞[3]。画栋朝飞南浦云[4],珠帘暮卷西山雨[5]。闲云潭影日悠悠[6],物换星移几度秋[7]。阁中帝子今何在[8]？槛外长江空自流[9]。

〔1〕唐高宗上元三年(676),王勃往交趾(今越南北部)省父,路经洪州,适逢洪州都督阎伯屿于九月初九日重阳节在阁上大宴宾客,王勃也参加宴会,即席作了《滕王阁序》,并在《序》后附了这首诗。此诗描绘滕王阁周围景色,抒发盛衰之感。诗中描写的环绕滕王阁的周围景物,有众星拱月之妙,又有情景交融、寄慨遥深之致。滕王阁:唐高祖李渊之

子滕王李元婴任洪州(今江西南昌)都督时所建。故址在今江西新建西章江门上,下临赣江。

〔2〕江渚:原指江中小洲,此处指江边。

〔3〕珮玉:古代系于衣带用作装饰的玉。《礼记·玉藻》:"古之君子必佩玉。"鸣鸾:即鸣銮,装在轭首或车衡上的铜玲,銮声似鸾鸟之鸣,故称。

〔4〕画栋:有彩绘装饰的栋梁。南浦:地名,在今江西南昌西南,章江至此分流。

〔5〕珠帘:珍珠缀成的帘子。西山:在今江西新建西,一名南昌山,即古散原山。

〔6〕闲云:悠然飘浮的云。潭影:潭中景物的倒影。悠悠:悠闲貌。

〔7〕物:指四季景物。秋:指年。

〔8〕帝子:帝王之子,指滕王。

〔9〕槛:栏杆。

江南弄[1]

江南弄,巫山连楚梦,行云行雨几相送[2]?瑶轩金谷上春时[3],玉童仙女无见期[4]。紫雾香烟渺难托[5],清风明月遥相思。遥相思,草徒绿,为听双飞凤凰曲[6]。

〔1〕此诗以巫山梦为典,以仙女玉童作喻,写人间男女刻骨的相思。美梦短暂,时光虽好,会面却无期;雾烟自渺茫,情爱实难托。虚拟仙界,实写人间。境界邈远,情思缠绵,哀怨深切。江南弄:乐府清商曲

旧题。据《古今乐录》曰,梁天监十一年(512),梁武帝改制《西曲》,作《江南弄》七曲。这是一种吸取民歌和外域音乐的优点而创作的新声。

〔2〕"巫山"二句:典出楚王梦巫山神女故事。见宋玉《高唐赋》。巫山,见《杂曲》注〔2〕。楚梦,借指短暂的美梦。行云行雨,喻男女欢会。

〔3〕瑶轩:雕饰华丽的小屋。金谷:晋石崇金谷园,在金谷涧。故址在今河南洛阳东北郊。此指华美的园林。上春:孟春,指农历正月。

〔4〕玉童:仙童。

〔5〕紫雾香烟:形容烟霞云雾缭绕的神仙境界。雾,一作"露"。托,托付。

〔6〕凤凰曲:古代琴曲有《双凤离鸾曲》,见《西京杂记》。梁何思澄《拟古》诗:"妾有凤皇曲,非为陌上桑。"

圣泉宴〔1〕

披襟乘石磴〔2〕,列席俯春泉〔3〕。兰气熏山酌〔4〕,松声韵野弦〔5〕。影飘垂叶外〔6〕,香度落花前。兴洽林塘晚〔7〕,重岩起夕烟〔8〕。

〔1〕此诗是作者入蜀后游玄武山时所作。诗中写圣泉宴游的情景。兴浓意逸,情韵横生,景与意会,清新爽朗。诗前有序:"玄武山有圣泉焉,浸淫历数百千年,垂岩泌涌,接磴分流,下瞰长江。沙隄石岸,咸古人遗迹也。兹乃青蘋绿芰,紫苔苍藓,遂使江湖思远,瘖瘵寄托。既而崇峦左峻,石壑前萦,丹崿万寻,碧潭千顷,松风唱响,竹露薰空,潇潇乎人

间之难遇也。方欲以林壑为天属,琴樽为日用。嗟呼,古今代谢,方深川上之悲;少长同游,且尽山阴之乐。盍题芳什,共写高情。"此序项家达刊本作自序,《全唐文》入骆宾王卷。圣泉:在玄武山,今四川中江东南。

〔2〕披襟(jīn 巾):敞开衣襟,胸怀舒畅。乘:登。石磴(dēng 登):石台阶。

〔3〕列席:依次而坐。席,一作"籍"。春泉:春天的泉水,指圣泉。

〔4〕山酌:山野人家酿的酒。

〔5〕韵:声音相应和。野弦:在山野演奏的乐曲。

〔6〕垂叶:低垂的树叶。

〔7〕兴洽:兴致和谐融洽。林塘:树林池塘。

〔8〕重岩:高峻、连绵的山崖。夕烟:傍晚时的烟霭。

寻道观〔1〕

芝廛光分野〔2〕,蓬阙盛规模〔3〕。碧坛清桂阈〔4〕,丹洞肃松枢〔5〕。玉笈三山记〔6〕,金箱五岳图〔7〕。苍虬不可得〔8〕,空望白云衢〔9〕。

〔1〕诗中先写道观的位置和规模,次写道观的幽清肃穆,再写道观的图书,后抒寻求而不可得的慨叹。此诗藻饰华丽,隐曲委婉,意境浩渺幽静。道观:道教的神庙。此观即昌利观,张天师所居。按,张天师,汉张道陵后裔的封号,后民间亦泛称张道陵及其后裔、门徒为"张天师"。观址在今四川成都。

〔2〕芝廛(chán 蝉):仙家住处,此处指道观。清厉荃《事物异名

录·仙道·道院》:"《山堂肆考》:芝廛、蓬阙,皆道士观也。"分野:星次下临之区域。古以十二星次划分州国。星谓分星,野为分野。如鹑火对应周,鹑尾对应楚等。

〔3〕蓬阙:蓬莱宫。神仙居住的地方,借指道观。规模:范围,气势。

〔4〕碧坛:青石道坛,道教举行法事的场所。桂阈(yù 域):桂木造的门槛。

〔5〕丹洞:指道观。松枢(shū 书):松木制的门的转轴。

〔6〕玉笈(jí 及):玉饰的书箱。三山:传说中的海上三神山。晋王嘉《拾遗记·高辛》:"三壶,则海中三山也。一曰方壶,则方丈也;二曰蓬壶,则蓬莱也;三曰瀛壶,则瀛洲也。"

〔7〕金箱:金饰的箱,用以珍藏宝物。五岳:道教谓五座仙山。即东岳广乘山,南岳长离山,西岳丽农山,北岳广野山,中岳崑苍山。见明杨慎《丹铅总录·地理》。

〔8〕苍虬(qiú 求):青色的龙。虬,传说中的一种无角龙。

〔9〕白云衢(qú 瞿):通往仙境的道路。衢,大路。

散关晨度〔1〕

关山凌旦开〔2〕,石路无尘埃〔3〕。白马高谭去〔4〕,青牛真气来〔5〕。重门临巨壑〔6〕,连栋起崇隈〔7〕。即今扬策度〔8〕,非是弃繻回〔9〕。

〔1〕此诗为作者于高宗总章二年(669)五月从长安去西蜀经过大散关时所作。诗中写清晨过大散关的情景,刻画了一个不畏山川险阻、

从容挥鞭策马、谈吐高雅、刚气正盛的英雄形象,表现了誓死立功的气概。语言轻快,格调豪壮,形象鲜明。散(sǎn伞)关:即大散关。在陕西宝鸡西南大散岭上。当秦岭咽喉,扼川陕间交通,为古代兵家必争之地。度:过。

〔2〕凌旦:拂晓。

〔3〕"石路"句:陈朝徐陵《山斋》诗:"石路本无尘。"

〔4〕"白马"句:典出《韩非子·外储说左上》:"儿说,宋人善辩者也。持白马非马也。服齐稷下之辩者,乘白马而过关。"高谭,侃侃而谈。

〔5〕"青牛"句:周老子过关事。《高士传》上:"老子为府藏史,后周德衰,乃乘青牛车去。入大秦,过西关。关令尹喜望气,先知焉,乃物色遮候之。已而老子果至。"

〔6〕重门:指关门。巨壑(hè贺):深沟大谷。

〔7〕连栋:一幢接一幢的房屋。崇隈(wēi威):高山之旁。

〔8〕策:驱马的鞭子。

〔9〕弃繻(rú如):《汉书·终军传》:"初,军从济南当诣博士,步入关,关吏予军繻。军问:'以此何为?'吏曰:'为复传,还当以合符。'军曰:'大丈夫西游,终不复传还。'弃繻而去。"繻,帛边。书帛裂而分之,合为符信,作为出入关卡的凭证。弃繻,表示决心在边关创立事业。

别薛华[1]

送送多穷路[2],遑遑独问津[3]。悲凉千里道,凄断百年身[4]。心事同漂泊[5],生涯共苦辛。无论去与住,俱是梦中人[6]。

〔1〕题一作"秋日别薛升华"。此诗为送别诗,抒写与友人薛华的离情别绪。王勃年少才高,因写《戏为檄英王鸡文》,触怒高宗被废,而后入蜀。此为入蜀后所作。诗中的独特之处在于,既抒惜别之情,又叹身世之感,景与情浑然一体,蕴含深邃,情韵绵邈。薛华:王勃的同乡、通家、良友,两人情深意厚。按,薛升华,名曜,元超之子,以文学知名。

〔2〕送送:送了一程又一程。穷路:荒僻的路,喻行程艰苦。庾信《拟咏怀诗》:"唯彼穷途哭,知余行路难。"

〔3〕遑遑:惊恐匆忙,心神不定。问津:原指询问渡口,此处指问路。

〔4〕断:极。百年身:终身。

〔5〕心事:心情,情怀。

〔6〕"无论"二句:谓彼此均如在梦中。去与住,指行者与送者。梦中人,《庄子·齐物论》:"梦之中又占其梦焉,觉而后知其梦也。且有大觉而后知此其大梦也。而愚者自以为觉,窃窃然而知之。君乎牧乎,固哉。丘也与女皆梦也。予谓女梦亦梦也。"

重别薛华〔1〕

明月沉珠浦〔2〕,风飘濯锦川〔3〕。楼台临绝岸〔4〕,洲渚亘长天〔5〕。旅泊成千里〔6〕,栖遑共百年〔7〕。穷途唯有泪〔8〕,还望独潸然〔9〕。

〔1〕此诗是作者被废入蜀在锦江所作。诗中先写景,后抒情。景色晦暗阴凉、险峻辽远,情思惶怨绸缪、凄惊悲苦。情景融合,将彷徨凄苦和盘托出,平白而深切。题一作"重别薛升华"。

〔2〕沉珠浦:河岸的美称。浦,江岸。

〔3〕濯(zhuó浊)锦川:即锦江。岷江分支之一,在今四川成都平原,传说蜀人织锦濯其中则锦色鲜艳,濯于他水,则锦色暗淡,故称。

〔4〕绝岸:陡峭的江岸。

〔5〕洲渚(zhǔ 主):水中小块的陆地。亘(gèn 艮):绵延。长天:辽阔的天空。

〔6〕旅泊:飘泊。旅,一作"飘"。

〔7〕栖遑(xī huáng 西皇):同"栖皇",奔波不定,神情不安。遑,一作"迟"。

〔8〕"穷途"句:典出晋阮籍。《世说新语·栖逸》注引《魏氏春秋》:"阮籍常率意独驾,不由径路,车迹所穷,辄哭而返。"

〔9〕潸(shān 山)然:流泪。

游梵宇三学寺[1]

香阁披青磴[2],雕台控紫岑[3]。叶齐山路狭,花积野坛深[4]。萝幌栖禅影[5],松门听梵音[6]。遽忻陪妙躅[7],延赏涤烦襟[8]。

〔1〕此诗是作者离开沛王府入蜀后,到金堂县游佛教胜地三学山寺所作。诗中写佛寺周围的景象,抒心悦忘返的情绪。作者刻意雕饰,语言华丽,意境寂静幽深,情兴爽朗。梵(fàn 饭)宇:佛寺。三学寺:即三学山寺。《明一统志》六七《成都府》:"三学山在金堂县东北一十里,上有法海、普济、广济三寺"。

〔2〕香阁:佛阁。《维摩诘经·香积佛品》:"有国名众香,佛号积香,其国香气,比于十方诸佛世界。人天之香,最为第一,其界一切,皆以香作楼阁。"香,一作"杏"。青磴(dèng 邓):青石磴道。

〔3〕雕台:经雕饰绘画的台。紫岑(cén 涔):紫色的山峰。

〔4〕野坛(dàn 旦):指寺外佛坛。坛,即曼荼罗,念诵佛经的坛场。

〔5〕萝幌:以萝为幌。禅影:和尚打坐参禅的身影。

〔6〕松门:前植松树的门。听:一作"引"。梵音:梵呗。南朝梁慧皎《高僧传·经师论》:"咏经则称为转读,歌赞则号为梵音。"

〔7〕遽(jù 巨)忻(xīn 欣):骤然欣喜得意。妙躅(zhuó 浊):留连徘徊。

〔8〕延赏:长时间地观赏。烦襟(jīn 今):烦闷的心怀。

麻平晚行〔1〕

百年怀土望〔2〕,千里倦游情〔3〕。高低寻戍道〔4〕,远近听泉声。碉叶才分色〔5〕,山花不辨名。羁心何处尽〔6〕?风急暮猿清〔7〕。

〔1〕此诗写离开麻平途中夜间景色,抒厌倦宦游、眷恋乡土之情。诗中景物描写,紧扣"晚行";首尾呼应,突出乡思。语言平淡而清新,情思深切而凄凉。麻平:亦麻坪,在今四川乐山之东。

〔2〕百年:谓一生。怀土:怀念故土。《论语·里仁》:"君子怀德,小人怀土。"

〔3〕倦游:厌倦游宦生涯。

〔4〕戍道:指山路。戍,防边的营垒、城堡。

〔5〕磵(jiàn 见)叶:山间水沟的树叶。

〔6〕羁心:羁旅之思。鲍照《还都道中》诗:"羁心苦独宿。"

〔7〕暮猿清:谓夜猿凄清的叫声。鲍照《登庐山》诗:"叫啸夜猿清。"

送卢主簿〔1〕

穷途非所恨〔2〕,虚室自相依〔3〕。城阙居年满〔4〕,琴尊俗事稀〔5〕。开襟方未已〔6〕,分袂忽多违〔7〕。东岩富松竹〔8〕,岁暮幸同归〔9〕。

〔1〕诗中先写卢主簿居官届满,自得其乐;后写离别和希望。此诗叙写简约,慨叹沉郁,情凄意笃。卢主簿:名字、生平不详。主簿,汉代中央及郡县官署多置主簿,其职责为主管文书,办理事务。唐时以主簿为初事之官。

〔2〕穷途:指处境艰辛。

〔3〕虚室:指静心。《庄子·人间世》:"虚室生白,吉祥止止。"释文引司马彪云:"室,喻心,心能空虚,则纯白独生也。"

〔4〕城阙:宫阙,指朝廷。居年:居官的时间。

〔5〕琴尊:琴和酒,此两物为文士悠闲生活必备。俗事:世事。

〔6〕开襟(jīn 今):敞开胸怀,指愉快。陆机《猛虎行》:"人生诚未易,曷云开此襟。"

〔7〕分袂(mèi 妹):离别。袂,衣袖。

〔8〕东岩:东边的山。
〔9〕岁暮:岁末。

饯韦兵曹〔1〕

征骖临野次〔2〕,别袂惨江垂〔3〕。川霁浮烟敛〔4〕,山明落照移〔5〕。鹰风凋晚叶〔6〕,蝉露泣秋枝〔7〕。亭皋分远望〔8〕,延想间云涯〔9〕。

〔1〕此诗写秋天傍晚在江边饯别韦兵曹的情景。景色惨淡,情思深切,景与意会,浑无痕迹。饯:设酒食送行,古代的一种礼仪。韦兵曹:名字、生平不详。兵曹,古代管兵事等的官员。汉代为公府、司隶的属官,唐代为府、州设立的"六曹"(或"六司")之一,在府称"兵曹参军",在州称"司兵参军"。

〔2〕征骖(cān 餐):远行的马车。骖,指驾车的马。野次:止宿野外。

〔3〕别袂:犹分袂,举手道别。江垂:江边。

〔4〕川霁(jì 记):晴朗的原野。浮烟:飘动的云雾。敛(liǎn 连):收藏,消散。

〔5〕落照:夕阳的馀辉。

〔6〕鹰风:指秋风。《汉书·五行志上》:"立秋而鹰隼击。"

〔7〕蝉露:清露。《说苑·正谏篇》:"园中有树,其上有蝉。蝉高居,悲鸣饮露。"

〔8〕亭皋:水边的平地。

〔9〕延想:长久的思念。

白下驿饯唐少府[1]

下驿穷交日[2],昌亭旅食年[3]。相知何用早[4],怀抱即依然[5]。浦楼低晚照[6],乡路隔风烟[7]。去去如何道[8],长安在日边[9]。

〔1〕此诗当为作者在江宁(今南京)时所作。作者因匿杀官奴曹达事,遇赦免官,后经洛阳回故乡龙门。二十六岁时赴交趾省父,路经江宁。唐少府当是作者此时的知交,其欲赴长安,作者为之饯别,写下此诗。诗中写在白下驿站饯别唐少府的情景,充满对自己寄食境遇的慨叹,对朋友远去的担忧和依恋思念之情。景色渺茫邈远,情绪低徊沉郁。白下:在今江苏南京西北。唐移金陵于此,改名白下县,后因用为南京的别称。白下驿,在白下门。李白《金陵白下亭留别》:"驿亭三杨树,正当白下门。"少府:县尉的别称。宋赵彦卫《云麓漫钞》卷二:"唐人则以明府称县令,……既称令为明府,尉遂曰少府。"

〔2〕穷交:患难之交。

〔3〕昌亭旅食:谓寄食南昌亭长处。《汉书·韩信传》:"韩信,淮阴人。家贫无行,不得推择为吏,……从下乡(属江苏淮阴)南昌亭长食。"此处作者自喻寄人篱下。

〔4〕相知:知心朋友。陶潜《答庞参军》诗:"相知何必旧,倾盖定前言。"

〔5〕怀抱:心意。

〔6〕浦楼:江边楼房。
〔7〕乡路:指还乡之路。
〔8〕去去:谓远去。
〔9〕长安:唐京都,在今陕西西安。日边:犹言天边。《世说新语·夙惠》:"(晋元帝)问明帝:'汝意谓长安何如日远?'答曰:'日远。不闻人从日边来,居然可知。'"

杜少府之任蜀州[1]

城阙辅三秦[2],风烟望五津[3]。与君离别意,同是宦游人[4]。海内存知己,天涯若比邻[5]。无为在岐路[6],儿女共沾巾。

〔1〕此诗是作者在长安供职时写的一首著名的送别诗。诗中一反古代别离的哀婉气息,格调昂扬,气势豪放,语言质朴,情意真挚,放达中见深情,质朴中有精策,表现了初唐乐观爽朗、积极奋进的时代精神。少府,唐人称县尉为少府。之任:赴任。蜀州:今四川崇庆。一作"蜀川"。
〔2〕城阙(què 却):城郭、宫阙,指长安。辅:护持、拱卫。三秦:泛指长安周围的关中大地。项羽灭秦后,将关中分为雍、塞、翟三国,故称三秦。
〔3〕五津:指蜀中自灌县至犍为一段岷江上的五个渡口,即白华津、万里津、江首津、涉头津、江南津。
〔4〕宦游人:为做官而离乡远游的人。
〔5〕"海内"二句:曹植《赠白马王彪》:"丈夫志四海,万里犹比邻。

恩爱苟不亏,在远分日亲。"此化用其意。海内,四海之内,天下。比邻,近邻。

〔6〕岐路:岔路口。孔稚圭《北山移文》李善注《文选》引《淮南子》曰:"杨子见岐路而哭之,为其可以南,可以北。"

仲春郊外〔1〕

东园垂柳径〔2〕,西堰落花津〔3〕。物色连三月〔4〕,风光绝四邻〔5〕。鸟飞村觉曙,鱼戏水知春〔6〕。初晴山院里〔7〕,何处染嚣尘〔8〕?

〔1〕诗中写春天郊外明媚佳丽的景色,抒清静恬适的心情。这是一首优美的颂春曲,显得幽寂、清新而明净。仲春:春季的第二个月,即农历二月,因处春季之中,故称。

〔2〕东园:泛指园圃。

〔3〕堰(yàn 燕):挡水的低坝。津:渡口。

〔4〕物色:景色。

〔5〕绝:一作"绕"。四邻:四方。

〔6〕鱼戏:乐府古辞《江南》:"鱼戏莲叶间。"

〔7〕山院:山间庭院。

〔8〕嚣(xiāo 消)尘:喧闹的俗尘。

郊 兴〔1〕

空园歌独酌〔2〕,春日赋闲居〔3〕。泽兰侵小径〔4〕,河柳覆长渠^[5]。雨去花光湿^[6],风归叶影疏^[7]。山人不惜醉^[8],唯畏绿尊虚^[9]。

〔1〕题一作《春郊兴后》。此诗抒写春天雨后郊野的景色和闲情逸致。景色宜人,清新爽朗,情怀幽闲,悠然自得。情与景水乳交融。
〔2〕独酌:乐府杂歌谣辞有《独酌谣》,郭茂倩《乐府诗集》引陈后主序曰:"齐人淳于髡善为十酒,偶效之作《独酌谣》。"
〔3〕闲居:指潘岳《闲居赋》。《晋书·潘岳传》:"既仕宦不达,乃作《闲居赋》。"
〔4〕"泽兰"句:谢灵运《游南亭》诗:"泽兰渐被径。"泽兰,菊科,多年生草本植物,叶对生,茎叶芳香,秋季开白花。
〔5〕河柳:即柽,又名观音柳、三春柳,落叶小乔木。长渠:长的沟渠。
〔6〕花光:花的色泽。
〔7〕叶影:树叶的影象。
〔8〕山人:隐居在山中的士人,作者自况。不惜醉:不顾醉。
〔9〕绿尊:酒杯。虚:空。

郊园即事〔1〕

烟霞春旦赏〔2〕,松竹故年心〔3〕。断山疑画障〔4〕,悬溜泻鸣琴〔5〕。草遍南亭合〔6〕,花开北院深〔7〕。闲居饶酒赋〔8〕,随兴欲抽簪〔9〕。

〔1〕此诗写春晨佳丽的景致,明自己引退的心志。诗中,烟霞、松竹、山水、花草构成了一幅春晨的山水画,画面清彩秀美,令人赏心悦目。运用比喻、对偶,状物生动;融入闲情雅意,自然和谐。郊园:城外的园林。即事:以目前事物为题材作诗。

〔2〕春旦:春天的早晨。旦,一作"早"。

〔3〕松竹:松与竹,喻坚贞的节操。

〔4〕断山:陡峭壁立的高山。画障:画屏。

〔5〕悬溜:瀑布。鸣琴:琴声,喻泉声。

〔6〕南亭:南边亭子。

〔7〕开:一作"浓"。北院:北面的庭院。

〔8〕饶:逸乐。酒赋:《西京杂记》卷四:"梁孝王游于忘忧之馆,集诸游士,各使为赋……邹阳为《酒赋》。"后遂以"酒赋"指喜好饮酒赋诗。

〔9〕抽簪:谓弃官引退。古时作官的人,须束发整冠,用簪连冠于发,故称引退为"抽簪"。钟会《遗荣赋》:"散发抽簪,永绝一丘。"簪,古人用来绾定发髻或冠的长针。

观佛迹寺[1]

莲座神容俨[2],松崖圣趾馀[3]。年长金迹浅[4],地久石文疏[5]。颓华临曲磴[6],倾影赴前除[7]。共嗟陵谷远[8],俄视化城虚[9]。

〔1〕此诗是作者漂泊西蜀,至金堂县游三学寺时所作。诗中写佛迹的衰颓和对时光流逝、世事变迁的感叹,是作者当时沉闷心境的反映。

作者着墨佛迹，以情写景，以景启情，委婉而含蓄。佛迹寺：即三学寺。见作者《游梵宇三学寺》注〔1〕。该寺东壁有佛迹，相传是释迦牟尼将入寂灭之时留在石上的足迹。

〔2〕莲座：莲花座，即佛座。佛座作莲花形，故名。神容：指佛的容貌神态。俨：庄严。一作"促"。

〔3〕松崖：长有青松的崖壁。圣趾(zhǐ止)：佛的足迹。趾，脚。一作"迹"。

〔4〕年长：时间久长。金迹：指佛迹。

〔5〕地久：形容历时悠久。石文：指石上佛迹的纹理。文，一作"芝"。疏：稀疏。

〔6〕颓华：指衰败的花。曲磴：曲折的石阶。

〔7〕倾影：倾斜的日影。前除：殿前台阶。

〔8〕陵谷：《诗·小雅·十月之交》："高岸为谷，深谷为陵。"此处喻世事巨变。

〔9〕俄：须臾。化城：佛教用以比喻小乘境界。佛欲使一切众生都得到大乘佛果，然恐众生畏难，先说小乘涅槃，犹如化城，众生中途暂以止息，进而求取真正佛果。见《法华经·化城喻品》。此处指佛寺。虚：虚幻。

山居晚眺赠王道士〔1〕

金坛疏俗宇〔2〕，玉洞侣仙群〔3〕。花枝栖晚露〔4〕，峰叶度晴云〔5〕。斜照移山影〔6〕，回沙拥溜文〔7〕。琴尊方待兴〔8〕，竹树已迎曛〔9〕。

〔1〕此诗当是作者入蜀后在金堂县山居怀王道士时所作。诗中写远眺所见,抒清雅情趣。景,静中有动,动而见静;情,意切兴浓,清高超逸。虽有雕琢之痕,却也不失为一首好诗。山居:山中的住所。王道士:事迹未详。

〔2〕金坛:道教供奉神仙的坛。俗宇:世俗人家的房屋。

〔3〕玉洞:指仙道的住所。侣仙群:与群仙为伴。

〔4〕露:一作"雾"。

〔5〕峰叶:状如树叶的山峰。度:飘飞。

〔6〕斜照:西斜的夕阳。斜,一作"落"。

〔7〕回沙:回旋的沙洲。拥:环绕。溜文:水流的波纹。溜,一作"籀"。

〔8〕琴尊:弹琴饮酒。

〔9〕曛:黄昏。

八仙迳[1]

柰园欣八正[2],松岩访九仙[3]。援萝窥雾术[4],攀林俯云烟[5]。代北鸾骖至[6],辽西鹤骑旋[7]。终希脱尘网[8],连翼下芝田[9]。

〔1〕此诗写攀援八仙迳访仙的经过,表明自己摆脱世俗求仙的意向。作者富于想象,遣词造语,精致工巧,辞兴婉惬。八仙迳(jìng径):道教胜地,在四川金堂县三学山寺以南。八仙,民间传说中道教的八个仙人,即汉钟离、张果老、吕洞宾、李铁拐、韩湘子、曹国舅、蓝采和、何仙

姑。原注:"寺南又有昌利观,去寺可数里。岩迳窈窕杖而后进。"

〔2〕奈园:亦作"奈苑"。《维摩诘经·佛国品》:"闻如是,一时佛游于维耶离柰氏树园,与大比丘众俱。"柰氏树园,一本作"庵罗树园"。后因用以称佛寺,此处借指道观。八正:即八正道。佛家语。佛教谓修习圣道的八种基本法门:正见、正思维、正语、正业、正命、正精进、正念、正定。

〔3〕九仙:九类仙人。《云笈七籖》卷三:"九仙者,第一上仙、二高仙、三火仙、四玄仙、五天仙、六真仙、七神仙、八灵仙、九至仙。"

〔4〕揆:攀缘。雾术:云中之路。

〔5〕林:一作"桂"。烟:一作"阡"。

〔6〕代北:代州以北地区。代州,隋置,辖原太原、雁门二郡之境。唐因之,属河北道,治在今山西代县。此指仙界。代,一作"岱"。鸾骖(cān餐):仙人的车乘。

〔7〕辽西:辽河以西的地区,今辽宁西部。鹤骑:仙人的坐骑。

〔8〕尘网:旧谓人世间受到种种束缚,如鱼在网,故称尘网。

〔9〕连翼:并翼同飞。芝田:传说中仙人种灵芝的地方。晋王嘉《拾遗记·昆仑山》:"第九层,山形渐小狭,下有芝田、蕙圃,皆数百顷,群仙种耨焉。"

春日还郊〔1〕

闲情兼嘿语〔2〕,携杖赴岩泉〔3〕。草绿萦新带〔4〕,榆青缀古钱〔5〕。鱼床侵岸水〔6〕,鸟路入山烟〔7〕。还题平子赋〔8〕,花树满春田。

〔1〕此诗写春游时郊野的美好景色，抒悠闲的心情，也透露了失志的烦闷。闲兴中有沉思，颂春中含愁绪，以景衬情，含蕴婉曲。还郊：回到城郊住处。

〔2〕嘿（mò默）语：沉默。一作"嘿嘿"。

〔3〕携杖：拄杖。

〔4〕萦新带：形容绿草繁生，漫延郊野，一片春色。

〔5〕榆（yú俞）：榆树。落叶乔木，叶卵形，花有短梗，翅果倒卵形，称榆荚、榆钱。缀：连结。古钱：古代货币，此处借指榆荚，因榆荚形似小铜钱。

〔6〕鱼床：编竹木如床席大，上投饵料，沉入水中，供鱼栖息。

〔7〕鸟路：鸟道，高山小径。山烟：山中云雾。

〔8〕平子：后汉张衡字平子，南阳西鄂人，曾为河间相，仕途不得志，因作《归田赋》。平子赋：《文选》卷十五有张衡《归田赋》，李善注："张衡仕不得志，欲归于田，因作此赋。"题平子赋，亦借以达引退之意。

对酒春园作〔1〕

投簪下山阁〔2〕，携酒对河梁〔3〕。狭水牵长镜〔4〕，高花送断香〔5〕。繁莺歌似曲，疏蝶舞成行。自然催一醉，非但阅年光〔6〕。

〔1〕此诗描绘春园的佳丽景致，抒写悠闲中含着隐隐的愁绪。诗中，景色宜人：水如镜，花送香，莺吟歌，蝶飞舞，一片美好，令人悦目赏心。然携酒催醉，却别有一腔愁闷。意象清丽，以景衬情，情思婉曲，馀

韵未尽。

〔2〕投簪:丢下固冠用的簪子。同"抽簪",比喻弃官。山阁:依山而筑的楼阁。

〔3〕河梁:河上的桥梁。李陵《与苏武诗》:"携手上河梁。"

〔4〕长镜:长的镜子。形容狭长的水面。

〔5〕高花:高枝上的花。断香:阵阵香气。

〔6〕阅:观赏。一作"惜"。年光:春光。

观内怀仙[1]

玉架残书隐,金坛旧迹迷[2]。牵花寻紫府[3],步叶下清溪[4]。琼浆犹类乳[5],石髓尚如泥[6]。自能成羽翼[7],何必仰云梯[8]。

〔1〕此诗当是作者入蜀后,到金堂县游道教胜地昌利观时所作。诗中写游览道观的遗迹和景物,抒发其飘然欲仙的心境和"自成羽翼"的心志。描绘工巧,设喻恰切,怀仙寻迹,心远景迷,别有一番情趣。观,道观。疑即昌利观。

〔2〕"玉架"二句:事出《神仙传》六:王烈入河东抱犊山,见石室,架上有素书,莫识其文字。及与嵇康往寻,失石室所在。玉架,犹玉格。金坛,道教供奉神仙的坛。迹,一作"路"。

〔3〕牵:攀挽。紫府:道家称仙人所居之处。府,一作"涧"。

〔4〕清溪:清澈的涧水。

〔5〕琼浆:仙人的饮料。

〔6〕石髓:即石钟乳,古人用于服食,也可入药。《神仙经》载,神山五百年辄开,其中石髓出,得而服之,寿与天相毕。尚如泥:《神仙传》六:王烈行太行山中,见山东石裂数百丈,中有一穴,"有青泥流出如髓。烈取泥试为丸之,须臾成石"。

〔7〕成羽翼:《抱朴子·对俗篇》:"古之得仙者,或身生羽翼,变化飞行。"羽翼,原指禽鸟的翼翅,此指得道飞翔。

〔8〕仰:一作"俟"。云梯:传说中仙人登天,因云而上,故称。郭璞《游仙诗》:"灵溪可潜盘,安事登云梯。"

秋日别王长史〔1〕

别路馀千里〔2〕,深恩重百年。正悲西候日〔3〕,更动北梁篇〔4〕。野色笼寒雾〔5〕,山光敛暮烟〔6〕。终知难再奉〔7〕,怀德自潸然〔8〕。

〔1〕此诗写与王长史离别的无限悲痛,和对王长史的感恩戴德。诗中,景色晦暗、冷寒,感情悲哀、惨痛,哀情哀景,浑然一体。感情的流露,溢于言表,格调阴凉而凄怆。长史:官名,唐制,上州刺史别驾下,有长史一人,从五品。王长史当是作者的恩人。

〔2〕馀:一作"长"。

〔3〕西候:秋天的季候。《隋书·天文志》:日循黄道"行西陆谓之秋"。

〔4〕动:通"恸",感动悲痛。北梁:北边的桥,指送别之地。北梁篇:此指江淹《别赋》。《别赋》:"视乔木兮故里,决北梁兮永辞。"

〔5〕野色:郊野的景色。
〔6〕暮烟:傍晚的烟霭。
〔7〕奉:给与。《左传·僖公三三年》:"天奉我也。奉不可失,敌不可纵。"
〔8〕怀德:感念恩德。潸(shān山)然:流泪。

上巳浮江宴韵得遥字[1]

上巳年光促[2],中川兴绪遥[3]。绿齐山叶满[4],红泄片花销[5]。泉声喧后涧,虹影照前桥[6]。遽悲春望远[7],江路积波潮。

〔1〕此诗写游江的情景:情趣遥长而春光短促,景色佳丽而前程莫卜。兴致中有嗟叹,春望中有担忧。起伏跌宕,委婉畅达。上巳浮江宴韵得:见作者《上巳浮江宴韵得阯字》注〔1〕。
〔2〕年光促:时间短暂。
〔3〕中川:江中。兴绪遥:兴味悠长。
〔4〕山叶:指山间树林。
〔5〕泄:飘散。片花:残花。一作"岸芝",又作"岸花"。
〔6〕虹影:彩虹。此指水中桥影。
〔7〕遽(jù巨):骤然。

长柳[1]

晨征犯烟磴[2],夕憩在云关[3]。晚风清近壑,新月照澄湾。

郊童樵唱返[4],津叟钓歌还[5]。客行无与晤[6],赖此释愁颜[7]。

〔1〕此诗写旅途的艰辛,并借途中清丽的景致以排遣心中的愁闷。意象新鲜,描绘精巧,借景抒情,颇具韵味。长柳:地名。当在南郑,今陕西汉中。《水经注·汉水》:"汉水又东,得长柳渡。长柳,村名也。汉太尉李固墓碑铭尚存。"

〔2〕晨征:清晨远行。犯烟磴:登行于云雾中的石级。

〔3〕云关:云雾笼罩下的关隘。

〔4〕郊童:指打柴的童子。樵唱:犹樵歌。

〔5〕津叟:渡头老船夫。钓歌:渔歌。

〔6〕无与晤:无熟人可相会。梁刘孝绰《林下映月》诗:"啸歌无与晤。"与晤,一作"旧识"。

〔7〕"赖此"句:谓借樵唱、钓歌以消除愁容。

铜雀妓二首[1]

一

金凤邻铜雀[2],漳河望邺城[3]。君王无处所[4],台榭若平生[5]。舞席纷何就[6],歌梁俨未倾[7]。西陵松槚冷[8],谁见绮罗情[9]?

二

妾本深宫妓[10],层城闭九重[11]。君王欢爱尽[12],歌舞为谁容?锦衾不复襞[13],罗衣谁再缝?高台西北望[14],流涕向青松[15]。

〔1〕本题二首为咏怀古迹之作。写铜雀台歌妓舞女,在曹操死后所处的凄凉境地。对这些歌妓舞女寄予深切的同情。情思凄苦,格调沉郁,盛衰之感,溢于言表。铜雀妓:亦作"铜爵妓",指三国魏曹操铜雀台的歌舞妓。北周庾信《拟咏怀》之二三:"徒劳铜爵妓,遥望西陵松。"倪璠注引《魏志》:"曹公临死,谓婕妤妓人曰:'汝等时时登铜爵台,望吾西陵墓田。'"铜雀,铜雀台。建安十五年曹操所建。故址在今河北临漳西南。

〔2〕金凤:台名。《北齐书·文宣帝纪》:"至是,三台成,改铜爵曰金凤。"按,诗有"邻"字,疑为"金虎"之讹。

〔3〕漳河:山西东部有清漳、浊漳两河,东南流至河北、河南两省边境,合为漳河。旧有老漳河、小漳河,皆漳河故道,今并湮。邺城:春秋齐桓公始筑,自战国至十六国各朝代多定都于此。有南、北二城,此处指北城,曹魏因旧城增筑,周二十馀里,北临漳水,城西北隅列峙金虎、铜雀、冰井三台。旧址在今河北临漳西南。

〔4〕君王:指曹操。曹操曾封为魏王。无处所:没有定处。曹操墓有七十二疑冢,故云。

〔5〕台榭:此指铜雀台。平生:平素。句意谓铜雀台依旧。

〔6〕舞席:舞蹈时用以铺地的席子。席,一作"筵"。何:一作"可"。

〔7〕"歌梁"句:歌馆的屋梁倒塌。歌梁,古有歌声绕梁之说,故曰"歌梁"。

〔8〕西陵:三国魏武帝陵寝,在今河南临漳西面。《彰德府志·地理志二》:"操且死,令'施德帐于上,朝晡,上酒及糗粮,使宫人歌吹帐中,望吾西陵'。西陵即高平陵也,在县西南二十里,周回一百七十步,高一丈六尺。"松槚(jiǎ贾):松树和槚树。二树常被栽植墓前,因作墓地代称。

〔9〕绮(qǐ启)罗:代指歌妓舞女。

〔10〕妾:铜雀妓自称的谦词。

〔11〕层城:指王宫。九重:九层。

〔12〕君王:指曹操。

〔13〕锦衾(qīn亲):锦缎的被子。襞(bì必):折叠。

〔14〕高台:指铜雀台。

〔15〕青松:苍翠的松树,此处指坟地。庾信《拟咏怀》诗:"徒劳铜爵妓,遥望西陵松。"

羁游饯别〔1〕

客心悬陇路〔2〕,游子倦江干〔3〕。槿丰朝砌静〔4〕,筱密夜窗寒〔5〕。琴声销别恨〔6〕,风景驻离欢〔7〕。宁觉山川远〔8〕,悠悠旅思难〔9〕。

〔1〕此诗当是作者离开长安前往巴蜀途中所作。诗中写旅途中于江边送别的情景,首尾写羁旅的艰辛、厌倦,互为照应,而水边送别的情

景溶化于其中,景真情切。旅愁又添离恨,心境极为沉重,风格沉郁,感人至深。羁(jī鸡)游:羁旅无定。饯别:设酒送别。

〔2〕悬:挂牵。陇路:谓旅途险阻。徐陵《移齐文》:"心驰陇路。"陇,陇山,绵延于甘肃、陕西交界处。

〔3〕游子:离家远游的人。倦:疲惫劳累。一作"惓"。江干:江岸。

〔4〕槿(jǐn紧):即木槿,落叶灌木或小乔木,叶卵形,互生,夏秋开花,花钟形,朝开暮落。丰:茂盛。一作"浓"。砌:台阶。

〔5〕筱(xiǎo小):细竹,可以制箭。

〔6〕销别恨:排遣离别之恨。

〔7〕离欢:离别前的短暂欢乐。

〔8〕宁觉:犹言难道不觉得。山川远:《诗经·小雅·渐渐之石》:"山川悠远,维其劳矣。"

〔9〕旅思:羁旅的愁思。

易阳早发〔1〕

饬装侵晓月〔2〕,奔策候残星〔3〕。危阁寻丹嶂〔4〕,回梁属翠屏〔5〕。云间迷树影,雾里失峰形。复此凉飙至〔6〕,空山飞夜萤。

〔1〕此诗是作者离长安去西蜀路上所作,是作者《入蜀纪行诗》三十首之一。诗中写途中山间拂晓的景致。作者抓住拂晓寂静清凉的特点,把山中的主要景象缀连成章。笔法简练,用词精工,意境幽深而峻丽。易阳:《文苑英华》作"邑杨",当是蜀中地名。

〔2〕饰(shì 饰)装:整理行装。侵晓月:犹侵晨,侵早,即拂晓。

〔3〕奔策:策马疾行。候:迎候。

〔4〕危阁:高阁。指阁道。寻:依附。丹障:如朱色屏障的山岭。

〔5〕回梁:曲折的桥梁。属:依托。翠屏:形容峰峦排列的绿色山岩。

〔6〕凉飙(biāo 标):一作"商风",即秋风。

焦岸早行和陆四〔1〕

侵星违旅馆〔2〕,乘月戒征俦〔3〕。复嶂迷晴色〔4〕,虚岩辨暗流〔5〕。猿吟山漏晓〔6〕,萤散野风秋。故人渺何际〔7〕?乡关云雾浮〔8〕。

〔1〕此诗写游子怀友思乡。诗中以拂晓荒野景物的荒寂、迷蒙、哀凄、阴冷,来抒发游子凄切、邈远的乡愁。以景结情,苍凉幽深。焦岸:地名,当在蜀中。陆四:姓陆,排行第四,馀不详。

〔2〕侵星:拂晓。时晨星尚未没,故云。鲍照《还都途中作》:"侵星赴早路。"违:别,离开。

〔3〕乘月:乘着月光。戒征俦:招呼旅伴。戒,准备。

〔4〕复嶂:重叠的山峰。

〔5〕虚岩:寂静的山岩。暗流:潜流。暗,一作"岸"。

〔6〕山漏:山中计时器。晋慧要在庐山立十二叶芙蓉于泉水中,因流转动,以定十二时。见梁释慧皎《高僧传·慧要传》。

〔7〕故人:老友,指陆四。何际:何处。

〔8〕乡关:故乡。

深湾夜宿[1]

津涂临巨壑[2],村宇架危岑[3]。堰绝滩声隐[4],风交树影深[5]。江童暮理楫[6],山女夜调砧[7]。此时故乡远,宁知游子心[8]?

〔1〕此诗写夜间山村所见,抒游子乡思。作者侧重于山村峻秀景物和生活情趣的描绘,然后笔锋一转,结句写悠悠乡愁。即景抒情,真切动人。深湾:一作"深渡",地名,当在蜀中。夜宿:作者自注:"主人依山带江。"
〔2〕津涂:水路。巨壑(hè 贺):深沟大谷。
〔3〕村宇:农家屋舍。危岑(cén 涔):高峻的山峰。
〔4〕堰(yàn 炎):挡水的低坝。滩声:江滩水流声。
〔5〕风交:谓风阵阵吹来。风,一作"峰"。
〔6〕江童:江上渔童。理楫(jí 及):收拾船桨。
〔7〕调砧:捣衣。砧,捣衣石。
〔8〕游子心:指乡思。

伤裴录事丧子[1]

兰阶霜候早[2],松露夕台深[3]。魄散珠胎没[4],芳销玉树沉[5]。露文晞宿草[6],烟照惨平林[7]。芝焚空叹息[8],流恨满籝金[9]。

　　[1] 此诗为悼亡诗。诗中以美好事物消失,比喻裴录事之子的亡逝,以自然景色的惨淡,烘托悲哀的心境。作者极力创造了凄惨的氛围,突出了遗恨的浓重和悲叹的深沉。裴录事:事迹未详。录事,录事参军,掌总录众官署文簿,举弹善恶,省称"录事"。

　　[2] 兰阶:喻裴录事幼子之佳。古以子侄之佳"譬如芝兰玉树,欲使其生于阶庭耳"。见《世说新语·言语篇》。霜候:下霜季节。

　　[3] 夃(xī 希)台:坟墓。夃,一作"夜"。

　　[4] 魄散:灵魂离体,指死亡。珠胎:喻幼子。邢邵深赏陆卬,谓其父子彰曰:"吾以卿老蚌,遂出明珠。"见《北齐书·陆卬传》。

　　[5] 芳销:芳香消散,喻死亡。玉树:原称美佳子弟,此处借指裴录事之子。《世说新语·伤逝》:"庾文康亡,何扬州临葬云:'埋玉树著土中,使人情何能已。'"

　　[6] 露文:露水。江淹《别赋》:"露下地而成文。"晞(xī 希):干。宿草:隔年的草。《礼记·檀弓上》:"朋友之墓,有宿草而不哭焉。"孔颖达疏:"宿草,陈根也,草经一年则根陈也,朋友相为哭一期,草根陈乃不哭也。"

　　[7] 烟照:昏暗的日光。平林:平原上的林木。

　　[8] 芝焚:喻人之亡逝。陆机《叹逝赋》:"嗟芝焚而蕙叹。"一作"焚芝"。

　　[9] 流恨:犹遗恨。满籝(yíng 盈)金:一籝之金。《汉书·韦贤传》引邹鲁谚曰:"遗子黄金满籝,不如一经。"籝,盛金竹器。

泥溪[1]

弭棹凌奔壑[2],低鞭蹑峻岐[3]。江涛出岸险[4],峰磴入云危[5]。溜急船文乱[6],岩斜骑影移[7]。水烟笼翠渚[8],山照落丹崖[9]。风生蘋浦叶[10],露泣竹潭枝[11]。泛水虽云美[12],劳歌谁复知[13]?

〔1〕此诗写泥溪景致的壮丽和自己的慨叹。诗中先写山峦的高峻和江水的湍急,次写水上景色的清幽,后抒内心的忧伤。藻饰富华却见生动,气势磅礴又见清幽。状物写景,匠心独到。泥溪:地名,今属四川屏山。

〔2〕弭(mǐ米)棹:停泊船只。凌:登陟。奔壑:起伏的沟谷山峦。

〔3〕低鞭:谓挥鞭策马。蹑:攀登。峻岐:险峻的山岭。

〔4〕"江涛"句:写金沙江之湍急迅猛。

〔5〕峰磴:山顶的石级。危:高耸。

〔6〕溜急:水流湍急。船文:行船激起的水波纹。

〔7〕斜:倾斜,形容山岩陡峭。骑影:坐骑的影子。

〔8〕水烟:水面上的烟霭。翠渚:翠绿的小洲。

〔9〕山照:山间夕照。丹崖(yí夷):红色的岩壁。

〔10〕"风生"句:语本宋玉《风赋》:"夫风生于地,起于青蘋之末。"蘋浦,长有蘋草的水滨。

〔11〕"露泣"句:旧题东方朔《七谏》:"便娟之修竹兮,寄生乎江潭。上葳蕤而防露兮,下泠泠而来风。"泣,形竹上之露如泪。

〔12〕泛水:坐船在水上游玩。谢朓《随王鼓吹曲十首》其十为《泛水曲》。

〔13〕劳歌:送别之歌。

三月曲水宴得烟字[1]

彭泽官初去[2],河阳赋始传[3]。田园归旧国[4],诗酒间长筵[5]。列室窥丹洞[6],分楼瞰紫烟[7]。萦回亘津渡[8],出没控郊鄽[9]。凤琴调上客[10],龙辔俨群仙[11]。松石偏宜古,藤萝不记年。重檐交密树[12],复磴拥危泉[13]。抗石睇南岭[14],乘沙眇北川[15]。傅岩来筑处[16],磻溪入钓前[17]。日斜真趣远[18],幽思梦凉蝉[19]。

〔1〕此诗以陶潜弃官、潘岳传赋开篇,并与宴饮勾联,然后张开想象的翅膀,生发开去,构筑了一个栖隐的高旷幽深的境界,抒发了自己的真趣幽思,表露了自己清高的情怀。采饰富丽,构思奇特,立意婉惬,曲尽其妙。三月曲水宴:古人于上巳日水滨宴饮以祓除不祥,有曲水流觞之俗。此诗写曲水宴,当是指长安曲江池之游宴。得烟字:指拈韵得"烟"字。卢照邻有《三月曲水宴得尊字》。

〔2〕彭泽:在今江西北部。此借指陶潜。晋陶潜曾为彭泽令,不为五斗米而折腰,因弃官归田。

〔3〕河阳:县名,在今河南孟县西。此借指称潘岳。晋潘岳曾任河阳县令,后为长安令,免官后作《闲居赋》。

〔4〕旧国:故乡。

〔5〕长筵：指排成长列的宴饮席位。曹植《名都篇》："列坐竟长筵。"

〔6〕列室：成列的房室。丹洞：指仙境。

〔7〕分楼：分立的楼台。瞰（kàn 看）：俯视。紫烟：犹紫气，紫色瑞云。指仙界气象。

〔8〕亘（gèn 艮）：萦绕。津渡：渡口。

〔9〕郊廛（chán 缠）：亦作"郊廛"，郊野和市廛，统指城内外。

〔10〕凤琴：古琴名，即凤凰琴。《西京杂记》卷五："赵后有宝琴曰凤皇，皆以金玉隐起，为龙凤螭鸾古贤列女之象。"调：演奏。上客：贵宾。

〔11〕龙辔（pèi 配）：《拾遗记》卷十："莎萝草细大如发，一茎百寻，柔软香滑，群仙以为龙鹄之辔。"此指神仙所乘龙驾的车。俨：恭敬庄重。

〔12〕重檐：外檐下壁，复安板檐，以免风雨侵壁。

〔13〕复磴：回环曲折的石级。危泉：瀑布。

〔14〕抗石：倚着岩石。睎（xī 希）：仰望。南岭：南边的山岭。似指终南山。班固《西都赋》："睎秦岭。"

〔15〕乘沙：踏上沙滩。北川：北边的平川。

〔16〕傅岩：亦称"傅险"，在今陕西平陆东。相传商代贤士傅说为奴隶时版筑于此，后又栖隐于此。此指栖隐处。筑：版筑。

〔17〕磻（pán 盘）溪：在今陕西宝鸡东南。传说为周吕尚未遇文王时的垂钓处。钓：垂钓。

〔18〕真趣：一作"真兴"。

〔19〕幽思：郁结于心的思想感情。凉蝉：秋蝉。秋蝉吟风饮露，品德高洁。

秋日仙游观赠道士[1]

石图分帝宇[2]，银牒洞灵宫[3]。回丹萦岫室[4]，复翠上岩栊[5]。雾浓金灶静[6],云暗玉坛空[7]。野花常捧露,山叶自吟风。林泉明月在[8],诗酒故人同。待余逢石髓[9],从尔命飞鸿[10]。

〔1〕此诗写秋日游览仙游观的情景:首联总领,尾联结情,中间各联,先写道观景物,后写山野风光。其中三、四两联,神韵悠然,耐人寻味。全诗显得幽静而清雅,婉惬而飘逸。本篇一作骆宾王诗,无首四句。仙游观:道观,观址未详。
〔2〕石图:有图文的石头。古人迷信,以其为祥瑞。《宋书·五行志》载,魏世张掖出石图,"刘歆以为金石同类,石图发非常之文"。帝宇:天帝的殿宇。
〔3〕银牒(dié 蝶):道家的图籍。洞:明晰。灵宫:神灵的宫阙楼观。此指仙游观。
〔4〕岫(xiù 秀)室:山上洞室。
〔5〕岩栊(lóng 龙):岩室之窗。
〔6〕金灶:道士炼丹的灶。
〔7〕玉坛:道坛的美称。
〔8〕林泉:山林与泉石。
〔9〕石髓:石钟乳。古人用于服食,也可入药。
〔10〕命飞鸿:驾鸿雁。晋郭璞《游仙诗》:"赤松临上游,驾鸿乘紫烟。"

晚留凤州[1]

宝鸡辞旧役[2],仙凤历遗墟[3]。去此近城阙[4],青山明月初。

〔1〕作者因戏写"鸡文",被逐出沛王府,离长安入蜀,经宝鸡写下此诗。诗中引用了两个传说故事,暗示自己的遭遇,面对青山初月,表达对故都的怀念和对自身遭际的感叹。叙写融合典故,自然浑成,情思隐而不露,含蓄婉转。晚留:夜间留宿。留,一作"届"。凤州:州名。本秦故道县地。西魏置凤州,因州境鸑鷟山为名。今属陕西。

〔2〕宝鸡:今属陕西。古传说中有神鸡,谓得之可以成王霸之业。宝鸡之名本此。《太平广记》卷四六一引晋张华《列异传·陈仓宝鸡》:"秦穆公时,陈仓人掘地得物,若羊非羊,若猪非猪,牵以献穆公。道逢二童子曰:'此为媪,常在地中,食死人脑。若欲杀之,以柏插其首。'媪曰:'此二童子名为宝鸡,得雄者王,得雌者伯。'陈仓人舍之,逐二童子。二童化为雉,飞入于林。陈仓人告穆公,发徒大猎,果得其雌。又化为石,置之汧渭之间。至文公立祠,名陈宝。"

〔3〕仙凤:指凤州。遗墟:犹废墟,指凤女祠,故址在今陕西宝鸡东南。汉刘向《列仙传·萧史》:"萧史者,秦穆公时人也。善吹箫,能致孔雀、白鹤于庭。穆公有女字弄玉,好之,遂以女妻焉。日教弄玉作凤鸣。居数年,吹似凤声,凤凰来止其屋。公为作凤台,夫妇止其上,不下数年。一旦,皆随凤凰飞去。故秦人作凤女祠于雍宫中,时有箫声而已。"

〔4〕城阙:指京都。

羁春[1]

客心千里倦,春事一朝归[2]。还伤北园里[3],重见落花飞。

〔1〕此诗是作者春日在外作客之作。作者远离家乡,客居异地,深受羁旅之苦,正值春天,见到"北园""落花飞",感触尤深:见到花落,哀伤自己的飘零;见到花落而能飞,感到壮心仍在。借景抒情,自然真切。遣词造语,平白明快,无雕琢堆叠之嫌。羁春:春日客居异乡。

〔2〕春事:指春之花事。

〔3〕北园:北面的园圃。

林塘怀友〔1〕

芳屏画春草,仙杼织朝霞〔2〕。何如山水路,对面即飞花!

〔1〕此诗是作者在池边林下怀念友人之作。作者用彩笔描绘了春天早晨池塘边的美好景色:绿树似屏,碧草如茵;仙女织锦,朝霞鲜艳,意境新颖。又借飞花的悠扬,传递了对友人的绵绵情意,境界独高。

〔2〕仙杼(zhù 住):仙女织布的梭子。

山扉夜坐〔1〕

抱琴开野室〔2〕,携酒对情人〔3〕。林塘花月下〔4〕,别似一家春〔5〕。

〔1〕此诗写月夜山庄的情景:乡间房舍,饮酒弹琴;林旁塘边,花前月下,别有一番情趣。景清兴逸,平淡中出自然,简朴中含韵趣。

〔2〕野室:村野房屋。
〔3〕情人:感情深厚的友人。
〔4〕下:一作"夜"。
〔5〕似:一作"是"。一家春:形容美好独特的境界。

春庄[1]

山中兰叶径,城外李桃园[2]。岂知人事静?不觉鸟声喧。

〔1〕此诗写春日山庄的所见所感。兰径、桃园、鸟喧,寂静幽雅,没有城市的喧闹,没有世事的纷扰,置身其境,悠然恬适。语言简洁明快,静动描绘有致。
〔2〕李桃:樱桃的俗名。明李时珍《本草纲目·果二·山婴桃》(释名)引孟诜曰:"此婴桃俗名李桃,又名奈桃。"

春游[1]

客念纷无极[2],春泪倍成行。今朝花树下,不觉恋年光[3]。

〔1〕此诗抒写由春游而引起的感慨。诗题为"春游",却不着意于景物、游兴的描绘,而落笔于客思繁乱、春泪成行和留恋春光的抒写。诗中着一"纷"、一"倍",更突出愁绪哀情的纷乱、浓重;以"不觉"显示了留恋年光的真切。笔法简练,风格沉郁,蕴含丰富。

〔2〕客念:客中的思绪。
〔3〕年光:指春光。

春园〔1〕

山泉两处晚,花柳一园春〔2〕。还持千日醉〔3〕,共作百年人。

〔1〕作者在山水美好的春日,于花前柳下,饮酒求醉,赞许了明媚春光,抒发了闲情逸兴。诗先写景,后写人,景色佳丽,思绪飘逸,笔力老练,写得平实而工巧。
〔2〕一园春:满园春色。
〔3〕持:拿,举。千日醉:指酒。古代传说中山人狄希能造千日酒,饮后醉千日。晋张华《博物志》卷五:"昔刘玄石于中山酒家酤酒,酒家与千日酒,忘言其节度,归至家当醉,而家不知,以为死也,权葬之。酒家计千日满,乃忆玄石前来酤酒,醉向醒耳。往视之,云玄石亡来三年,已葬。于是开棺,醉始醒。俗云,玄石饮酒一醉千日。"

林泉独饮〔1〕

丘壑经涂赏〔2〕,花柳遇时春。相逢今不醉,物色自轻人〔3〕。

〔1〕此诗写林下泉边饮赏自娱的情景。描写景物,不绘声,也不着色,而以人之"不醉",景之"轻人",烘托山林的俊美,热情歌颂了大自然

的美。平淡而婉曲,情惬而味浓。

〔2〕丘壑:山陵与溪谷。

〔3〕"相逢"二句:意谓必醉于良辰美景,始不为春光所轻。轻人,轻贱于人。

登城春望[1]

物外山川近[2],晴初景霭新[3]。芳郊花柳遍,何处不宜春?

〔1〕此诗是作者春日雨后新晴,登城眺望之作。作者摆脱了尘世的烦扰,描绘了春天初晴城郊的景致:山川明晰,云气清朗,遍地花开絮飞,处处春色迷人,抒发了爽朗的心情,赞美了大自然。此诗情景交融,语言轻快,读之使人心旷神怡。

〔2〕物外:世外,超脱世事之外。

〔3〕晴初:雨后初晴。霭(ǎi 矮):云雾。

他乡叙兴[1]

缀叶归烟晚[2],乘花落照春[3]。边城琴酒处[4],俱是越乡人[5]。

〔1〕此诗写春天傍晚边城的景色,抒在异乡游乐时的情兴。结语点题,不着"乡思"字眼,乡情却隐约可见。精致含蓄,曲尽其妙。

〔2〕缀叶:连着树叶。归烟:飘游的暮霭。
〔3〕乘花:趁着花期。乘,趁。
〔4〕边城:边远的城镇。
〔5〕越乡:远离故乡。

夜 兴〔1〕

野烟含夕渚〔2〕,山月照秋林。还将中散兴〔3〕,来偶步兵琴〔4〕。

〔1〕作者年少才高,不合时宜,才华不得施展,心中多所郁积,常寄情于诗酒琴瑟。此诗写秋天傍晚郊野的景色及琴酒情兴。夜色迷茫,月色清冷,作者徘徊于郊野,以嵇康、阮籍自况,以琴酒来排遣心中的愁闷。以景启情,融合典故,自然贴切。

〔2〕野烟:郊野的云霭雾气。渚:小洲。

〔3〕中散:中散大夫的省称,此处指嵇康。三国魏嵇康,曾任中散大夫,史称"嵇中散"。当时政治斗争尖锐,他倾向皇室,不与司马氏合作,颇招忌恨。其友吕安被诬以不孝,嵇康为之辩护,遭钟会陷害,下狱处死。南朝梁江淹《恨赋》:"及夫中散下狱,神气激扬,浊醪夕饮,素琴晨张。"

〔4〕偶:伴着。步兵:步兵校尉的省称,此处指阮籍。三国魏阮籍,曾为步兵校尉,世称"阮步兵"。阮籍与当权的司马氏集团有一定的矛盾,鉴于当时政治斗争剧烈,情势险恶,阮籍谦退冲虚,寄情琴酒,放浪佯狂,以保全自己。

临江二首[1]

一

泛泛东流水[2],飞飞北上尘[3]。归骖将别棹[4],俱是倦游人[5]。

二

去骖嘶别路[6],归棹隐寒洲[7]。江皋木叶下[8],应想故城秋[9]。

〔1〕此二首是送别诗。作者于秋天骑马在江的北岸,送友人乘船东去。二诗除结句外,不点人,不着情,而以景物描写和借代手法,婉曲地抒发了离情别绪。结句则以"俱是倦游人",表示了对友人的劝慰;以"应想故城秋",寄托日后的怀念。笔法独特,韵趣横生。

〔2〕泛泛:水流貌。魏刘桢《赠从弟》诗:"泛泛东流水,磷磷水中石。"

〔3〕飞飞:飞扬貌。北上尘:向北去的征尘。

〔4〕归骖(cān 餐):谓回归的马车。将:与。别棹:指离去的船。棹,船桨,借指船。

〔5〕倦游:厌倦于游宦生涯。

〔6〕嘶:马鸣。别路:离别的道路。
〔7〕寒洲:秋冬水中可居的陆地。
〔8〕江皋:江岸。木叶:树叶。梁柳恽《捣衣诗》:"亭皋木叶下,陇首秋云飞。"
〔9〕故城:旧都。

江亭夜月送别二首[1]

一

江送巴南水[2],山横塞北云[3]。津亭秋月夜[4],谁见泣离群[5]?

二

乱烟笼碧砌[6],飞月向南端。寂寂离亭掩[7],江山此夜寒。

〔1〕此二首是作者旅居巴蜀期间所写的客中送客之作。沈德潜在其《唐诗别裁》中选录了第一首,成了传诵之作。这两首诗当视为一个整体:所描绘的背景基本一致,都具有清冷静寂的特点,所抒发的心情相同——凄凉、迷茫。但抒写手法稍有不同,第一首写景较为平实,不加藻饰,景物中却隐含冷寂、纷乱之意,况且末句着一"泣"字,又用设问,感情流露深切而强烈,显得殷实而深沉;第二首则用融化的手法,只以自然

景象的"乱""飞""寂""寒"融会离别凄怆怅惘的心境。尤以"寒"字为佳,黄叔灿《唐诗笺注》赞曰:"一片离情,俱从此字托出。"写得含蓄而深婉。

〔2〕巴南:古巴郡之南,在今四川东部。

〔3〕塞北:指长城以北。

〔4〕津亭:古代建于渡口旁的亭子。

〔5〕泣:哭泣。离群:离别朋友。《礼记·檀弓》:"吾离群而索居,亦已久矣。"

〔6〕乱烟:纷乱的云雾。碧砌:石阶。

〔7〕离亭:离别亭。古时城外送别处。

别人四首[1]

一

久客逢馀闰[2],他乡别故人。自然堪下泪,谁忍望征尘[3]?

二

江上风烟积,山幽云雾多。送君南浦外[4],还望将如何?

三

桂轺虽不驻[5],兰筵幸未开[6]。林塘风月赏,还待故人来。

四

霜华净天末[7],雾色笼江际。客子常畏人,何为久留滞[8]?

〔1〕这四首是作者客中送友的送别诗。第一首写闰月别友人,潜然泪下。末句设问,哀伤更甚;第二首写南浦送别,景物迷茫,心情惆怅。末句设问,悬望不已;第三首写月华流逝,兰宴未开,盼朋友回归共赏风月,盼望心切;第四首写天明净,江雾迷,唯恐友人久滞不归,情绪缠绵。四首都写得情深而意切,殷实而沉郁。

〔2〕馀闰:闰月。

〔3〕征尘:路上扬起的尘埃。此处指离别。

〔4〕南浦:古代泛指送别之地。江淹《别赋》:"送君南浦,伤如之何。"

〔5〕桂辂(yáo摇):犹桂轮,指月亮。或说桂木造的车。泛指华贵的车。驻:停留。

〔6〕兰筵:高贵的宴席。

〔7〕霜华:即"霜花",指皎洁的月光。

〔8〕"客子"二句:语本魏文帝曹丕《杂诗》:"吴会非我乡,安能久留滞。弃置勿复陈,客子常畏人。"留滞,羁留。

赠李十四四首[1]

一

野客思茅宇[2],山人爱竹林[3]。琴尊唯待处[4],风月自相寻[5]。

二

小径偏宜草[6],空庭不厌花[7]。平生诗与酒[8],自得会仙家[9]。

三

乱竹开三径[10],飞花满四邻[11]。从来扬子宅,别有尚玄人[12]。

四

风筵调桂轸[13],月径引藤杯[14]。直当花院里[15],书斋望晓开[16]。

〔1〕此四首诗,写李十四的居处景物,及其嗜好意趣,饱含作者的敬慕之情。诗中,写景物,空灵幽静,自是茅舍竹林、草径花庭、风月飞花、花院书斋;写志趣,清淡恬适,则为调琴引杯、诗酒会仙、襟怀淡泊、寄情著述。以居处景物烘托其志趣情怀,着墨轻巧,幽寂而恬适,清新而飘逸,别有一番情趣。李十四:排行十四,生平不详。当是山中隐士。

〔2〕野客:村野之人,此处借指隐逸者。茅宇:用茅草盖的房屋。

〔3〕山人:隐居于山中的士人。

〔4〕琴尊:琴瑟与酒杯。

〔5〕风月:清风明月。相寻:寻访。

〔6〕宜:适宜。

〔7〕"空庭"句:言庭院多花。厌,嫌弃。

〔8〕平生:平素的志趣。

〔9〕自得:自己感到得意。仙家:仙人。

〔10〕三径:晋赵岐《三辅决录·逃名》:"蒋诩归乡里,荆棘塞门,舍中有三径,不出,唯求仲、羊仲从之游。"后因以"三径"指归隐者的家园。

〔11〕四邻:周围。

〔12〕"从来"二句:意谓扬雄虽寂寞,犹有尚玄同道者。扬子,汉代扬雄字子云,蜀郡成都人,是西汉著名文学家,工于赋,然历仕三朝,不得升迁。曾作《太玄》,淡泊自守。见《汉书·扬雄传》。扬子宅,晋左思《咏史》:"寂寂扬子宅,门无卿相舆。"扬雄故宅在今四川成都。

〔13〕风筵:临风坐席。筵,以竹篾、枝条和蒲苇等编织成的席子,古代用来铺地作坐垫。调:摆弄。桂轸(zhěn 诊):桂木作的琴弦轴,借指琴瑟等弦乐器。

〔14〕月径:月光下的小路。引:指举杯。藤杯:即藤实做的酒杯。《太平广记》卷四〇七引唐王叡《炙毂子》:"藤实杯出西域,藤大如臂,叶似葛花,实如梧桐,实成坚固,皆可酌酒。自有文章,映彻可爱。实大如

杯,味如豆蔻,香美消酒。"

〔15〕花院:种植花草的庭院。

〔16〕书斋:书房。王孚《安成记》曰:"殷仲堪又于池北立小屋读书,百姓于今呼曰读书斋。"见《艺文类聚》卷六十四。

早春野望〔1〕

江旷春潮白〔2〕,山长晓岫青〔3〕。他乡临眺极〔4〕,花柳映边亭〔5〕。

〔1〕此诗写初春清晨于野外远望所见,抒发了对大自然的热爱。视野开阔,着色轻淡,显得旷远而清丽,浅淡而味浓。

〔2〕旷:宽广。春潮:春天的潮水。

〔3〕晓岫:拂晓时的峰峦。

〔4〕临睨(nì逆):顾视。睨,一作"眺"。

〔5〕花柳:一作"花树"。边亭:边远处的亭子。

山中〔1〕

长江悲已滞〔2〕,万里念将归〔3〕。况属高风晚〔4〕,山山黄叶飞。

〔1〕题一作"思归"。此诗大概作于巴蜀作客期间。近人高步瀛以

为"疑咸亨二年(671)寓巴蜀时作"。作者因戏写"檄英王鸡文",被逐出沛王府后流寓巴蜀,一天,登山临水,面对滚滚江流,晚秋寒风,片片黄叶,写下了这首深沉的思乡曲。诗中缘情写景,即景点染,以景喻情,"含有馀不尽之意"(南宋沈义父《乐府指迷》)。就音韵、平仄而言,它合乎近体诗的格律,是一首典型的五绝。

〔2〕"长江"句:意谓自悲留滞于长江之滨。

〔3〕念将归:宋玉《九辩》:"登山临水送将归。"

〔4〕属:一作"复"。

冬郊行望[1]

桂密岩花白[2],梨疏林叶红。江皋寒望尽[3],归念断征篷[4]。

〔1〕此诗为思归之作,写自己于冬日,徘徊郊野,凝望江船,即景抒情。诗中"寒""尽""断",融会了欲归不得的愁苦心情,怅惘而凄怆。

〔2〕桂密:桂树茂密。梁昭明太子《钟山解讲》诗:"纷纷八桂密。"

〔3〕江皋:江岸。

〔4〕征篷:指远行的船。篷,指船篷或帆。一作"蓬"。

寒夜思友三首[1]

一

久别侵怀抱[2],他乡变容色。月下调鸣琴,相思此何极[3]?

二

云间征思断[4],月下归愁切。鸿雁西南飞,如何故人别?

三

朝朝翠山下[5],夜夜苍江曲[6]。复此遥相思,清尊湛芳绿[7]。

〔1〕此三首诗写寒夜月下怀念友人,抒深切的离愁别恨。友人久别,自然怀念;他乡怀友,更为愁闷;寒夜思友,愁思更甚;见雁南飞,又添愁怨。因朝朝暮暮的相思,心怀受搅扰,容色被改变,也只能以鸣琴清尊来遣愁寄情。用词浅显,直抒胸臆,笔法奇绝,情思真切而深沉。

〔2〕侵怀抱:谓思心萦怀。

〔3〕何极:用反问语气表示没有穷尽。

〔4〕征思:旅人的思念。

〔5〕翠山:青翠的山峦。江淹《拟谢光禄郊游》诗:"翠山方蔼蔼。"
〔6〕苍江曲:谓江流转弯处。
〔7〕湛:澄清。芳绿:指美酒。

始平晚息[1]

观阙长安近[2],江山蜀路赊[3]。客行朝复夕,无处是乡家。

〔1〕此诗为作者《入蜀纪行诗》之一,于高宗总章二年(669)五月从长安去西蜀路上所作。诗中写自己对故都长安和故乡的怀念。旅途艰辛,情绪凄凉。浅显明白,朴实而工致。始平:故址在今陕西兴平东南十里。晚息:晚上歇息。晚,一作"晓"。
〔2〕观阙:古代帝王宫门前的两座楼台,此处指宫殿。长安:唐都城,在今陕西西安。
〔3〕蜀路:入蜀的道路。赊:遥远。

扶风昼届离京浸远[1]

帝里金茎去[2],扶风石柱来[3]。山川殊未已[4],行路方悠哉[5]。

〔1〕此诗当为作者离长安入蜀时所作,诗中写白天到达扶风,离开长安渐远,跋涉山川,道路艰辛。字里行间浸透着绵绵的情思,委曲地抒

发了对京都的眷恋和对流落的忧恨。风格朴素,蕴含丰富。扶风:今陕西凤翔。届:到达。一作"居"。浸远:渐远。《楚辞·远游》:"穆穆以浸远兮,离人群而遁逸。"

〔2〕帝里:指京都。金茎:指用以擎承露盘的铜柱。班固《西都赋》:"抗仙掌以承露,擢双立之金茎。"《三辅黄图》:"建章宫有神明台,武帝造,祭仙人处。上有承露台,有铜仙人舒掌捧铜盘玉杯,以承云表之露。"

〔3〕石柱:指石柱桥,在扶风之南。《关中记》:"石柱以北属扶风,石柱以南属京兆也。"

〔4〕未已:不止。

〔5〕悠哉:辽远。

普安建阴题壁[1]

江汉深无极[2],梁岷不可攀[3]。山川云雾里,游子何时还[4]?

〔1〕此诗是作者流寓蜀地时所作。诗中写山高水深,云雾迷茫,抒游子的苍凉之情。抒写自然,景与情融合和谐,天然浑成。普安:唐属剑州,在今四川剑阁东北。建阴:普安地名。疑作"剑阴",剑山之北。

〔2〕江汉:长江、汉水。

〔3〕梁岷:蜀二山名,即梁山与岷山。梁山,在今四川剑阁,又名剑门山;岷山,在今四川北部。

〔4〕游子:离家远游的人。

九日[1]

九日重阳节,开门有菊花[2]。不知来送酒,若个是陶家[3]?

〔1〕此诗写重阳日有佳景,却无逸情的孤寂凄凉的心情。九日:指阴历九月初九重阳节。
〔2〕菊花:古人重阳节有登高、饮酒、赏菊的习俗。
〔3〕"不知"二句:典出陶渊明。《宋书·陶潜传》:"尝九月九日无酒,出宅边菊丛中,坐久,值(王)弘送酒至,即便就酌,醉而后归。"陶家,即陶渊明家。

秋江送别二首[1]

一

早是他乡值早秋,江亭明月带江流[2]。已觉逝川伤别念[3],复看津树隐离舟[4]。

二

归舟归骑俨成行[5],江南江北互相望。谁谓波澜才一水,已觉山川是两乡。

〔1〕此二诗写初秋江边送别的情景。诗中景色清冷离愁缠绵；造语工巧，错落有致，是作者两首少见的七言好诗。
〔2〕江亭：古代建于渡口旁的亭子。
〔3〕逝川：语本《论语·子罕》："子在川上曰：'逝者如斯夫！不舍昼夜。'"
〔4〕津树：渡口旁的树木。
〔5〕归骑：回家所乘的马。俨：整齐貌。

蜀中九日〔1〕

九月九日望乡台，他席他乡送客杯〔2〕。人情已厌南中苦〔3〕，鸿雁那从北地来〔4〕？

〔1〕此为和邵大震《蜀中九日登玄武山旅眺》之作，邵诗云："九月九日望遥空，秋水秋天生夕风。寒雁一向南飞远，游人几度菊花丛。"卢照邻有和诗。此诗为作者客游剑南（今四川成都）时所作。诗中对比鲜明，格调沉郁悲深，曲尽思乡之情。
〔2〕望乡台：在成都之北的玄武山上。《成都记》："望乡台，隋唐王秀所筑。"古人久戍不归或流落外地，往往登高或筑台以眺望故乡。"九月"一联，《唐诗训解》："唐人绝句类于无情处生有情，此联是其鼻祖。"
〔3〕情：一作"今"。南中：泛指国土南部，即今川、黔、滇一带，也指秦南，此指蜀地。
〔4〕鸿：一作"鸣"。北地：此指长安。

寒夜怀友杂体二首[1]

一

北山烟雾始茫茫,南津霜月正苍苍[2]。秋深客思纷无已,复值征鸿中夜起。

二

复阁重楼向浦开[3],秋风明月度江来[4]。故人故情怀故宴,相望相思不相见。

〔1〕此二诗写深秋夜半怀友的情景。景色迷茫而清冷,情思纷繁而无限,以景衬情,笔法娴熟,造语精致,与作者《秋江送别二首》有异曲同工之妙。
〔2〕南津:南边的渡口。霜月:秋天寒夜的月亮。苍苍:迷茫。
〔3〕复阁:重叠的楼阁。浦:水边。
〔4〕度:过。

落花落[1]

落花落,落花纷漠漠[2]。绿叶青跗映丹萼[3],与君裴回上金阁[4]。影拂妆阶玳瑁筵[5],香飘舞馆茱萸幕[6]。落花飞,撩乱入中帷。落花春正满,春人归不归[7]？落花度,氛氲绕高树[8]。落花春已繁,春人春不顾！绮阁青台静且闲[9],罗袂红巾复往还[10]。盛年不再得[11],高枝难重攀。试复旦游落花里,暮宿落花间。与君落花院,台上起双鬟[12]。

〔1〕此诗写思妇暮春烦乱、怨恨的心境。诗中,先写欢乐时的美好境况;次写怨情和迟暮之感;后写试着重温旧情,聊以自慰的情景。以落花比兴,以落花缀连全诗,构思别致,错落跌宕,一气呵成。

〔2〕纷漠漠:纷乱繁多。陆机《君子有所思行》:"街巷纷漠漠。"

〔3〕青跗(fū夫):青色的花托。丹萼(è饿):红色的花萼、萼片。

〔4〕金阁:华美的楼阁。

〔5〕妆阶:妆楼前的台阶,此处借指妆楼。玳瑁筵:豪华、珍贵的宴席。刘桢《瓜赋》:"薰玳瑁之筵。"

〔6〕茱萸幕:织有茱萸花纹的帷帐。茱萸,植物名,香气辛烈。

〔7〕春人:游春的人。庾信《望美人山铭》:"春人常聚。"

〔8〕氛氲:盛多貌。

〔9〕绮阁:华丽的楼阁。青台:青色的楼台。

〔10〕罗袂红巾:借指美女。

〔11〕"盛年"句:陶潜《杂诗十二首》其一:"盛年不重来,一日难再晨。"

〔12〕双鬟:古代年轻女子的两个环形的发髻,此处指女子。鬟,一作"环"。

九日怀封元寂[1]

九日郊原望[2],平野遍霜威[3]。兰气添新酌,花香染别衣。九秋良会少[4],千里故人稀。今日龙山外[5],当忆雁书归[6]。

〔1〕此诗写重阳节郊外眺望,遥寄念情。诗中先写景,后抒情:原野辽阔,寒霜肃杀,新酒添愁,别衣染香;聚会少,朋友稀,音讯无,惆怅深。景真情笃,淳朴沉郁。九日:指农历九月九日重阳节。封元寂:生平、事迹不详。

〔2〕郊原:城郊原野。

〔3〕平野:平原广野。霜威:寒霜肃杀之威。谢朓《高松赋》:"不受令于霜威。"

〔4〕九秋:秋天。秋天三个月九十天,称九秋。

〔5〕龙山:在今湖北江陵西北。《晋书·孟嘉传》载,九月九日,桓温曾大聚佐僚于龙山。后遂以"龙山"指重阳登高聚会处。

〔6〕雁书:即雁足书,系于雁足的书信,此处指书信。典出苏武,见《汉书·苏建传》附《苏武传》。

出境游山二首[1]

一

源水终无路[2],山阿若有人[3]。驱羊先动石[4],走兔欲投巾[5]。洞晚秋泉冷,岩朝古树新。峰斜连鸟翅[6],磴叠上鱼鳞[7]。化鹤千龄早[8],元龟六代春[9]。浮云今可驾,沧海自成尘[10]。

二

振翮凌霜吹[11],正月仵天浔[12]。回镳凌翠壑[13],飞轸控青岑[14]。岩深灵灶没[15],涧毁石渠沉[16]。宫阙云间近[17],江山物外临[18]。玉坛栖暮夜[19],珠洞结秋阴[20]。萧萧离俗影[21],扰扰望乡心[22]。谁意山游好,屡伤人事侵。

〔1〕题又作《题玄武山道君庙》,是作者离长安入蜀,游梓州(在今四川三台)玄武山时所作。第一首写化鹤升仙,游邀山间的遐想;第二首写游仙所见景色而引起的扰扰乡思和对人事侵扰的怨恨。诗中,写景色,描绘生动,刻画精工;写仙游,想象丰富,轻盈飘逸。

〔2〕源水:水的源头。暗指桃花源之水,典出陶潜《桃花源记》。

〔3〕山阿(ē婀):山的曲折处。屈原《九歌》:"若有人兮山之阿。"

〔4〕"驱羊"句:用金华牧羊儿黄初平叱石化羊故事。典出《神仙传》。

〔5〕"走兔"句:葛洪《抱朴子·对俗篇》:"结巾投地而兔走,铖缀丹带而蛇行。"

〔6〕"峰斜"句:北齐萧悫《奉和望山应教》诗:"峰形疑鸟翅,塞路似狼居。"

〔7〕"磴叠"句:谓石阶层叠如鱼龙之鳞。庾信《咏画屏风》诗:"九坂度龙鳞。"

〔8〕"化鹤"句:用丁令威化鹤千年一归事。见旧题陶潜《搜神后记》。

〔9〕元龟:乌龟。道教用以喻肾藏命门的真气。《太上九要心印妙经》:"性者,南方赤蛇;命者,乃北方黑龟。"六代春:谓寿。古人以为龟龄千岁。六代,六个朝代,极言时间之久长。

〔10〕"沧海"句:化用沧海桑田传说。典出《神仙传》。

〔11〕振翮(hé何):振翼。霜吹:寒风。

〔12〕正月:正阳之月,此处借指月亮。一作"企日"。伫:停留。天浔:天边。

〔13〕回镳:回马。镳,用以钳马口,古称勒,俗称嚼子,此借指马。凌:逾越。翠壑:青绿的山谷。

〔14〕飞轸(zhěn枕):飞车。青岑:青翠的高峰。

〔15〕灵灶:神灵的灶。指炼丹灶。

〔16〕石渠:石筑的水渠。

〔17〕宫阙:此指仙宫。

〔18〕物外:尘世之外。

〔19〕玉坛:道坛的美称。

〔20〕珠洞:仙洞。《洞冥记》:东方朔曰:"臣西过洞壑,得沧渊虬子,静海游珠"。

〔21〕萧萧:凄清貌。离俗:避开俗世。

〔22〕扰扰:烦乱貌。望乡心:乡思。

河阳桥代窦郎中佳人答杨中舍[1]

披风听鸟长河路[2],临津织女遥相妒[3]。判知秋夕带啼还[4],那及春朝携手度[5]。

〔1〕此诗是作者诗作中少见的一首爱情诗。诗中,以织女相妒表现两人曾一起赏玩自然景色的甜蜜,以秋夕带啼不如春朝携手,表白及时相会的心境。反衬、对照,情真而意切。河阳桥:古孟津的跨黄河的浮桥,故址在今河南孟县西南,孟津东北黄河上。晋泰始中杜预以孟津渡险,始建浮桥于富平津,世称河桥。唐通称河阳桥。窦郎中:生平未详。郎中,唐各部皆设郎中,分掌各司事务,为尚书、侍郎之下的高级官员。佳人:指窦郎中之妾。杨中舍:生平未详。中舍,亦称"中舍人",太子右春坊属官。《文献通考·职官十四》:"晋咸宁初置中舍人四人,以舍人才学之美者为之,与中庶子共掌文翰。"

〔2〕披风:迎风。长河:黄河。

〔3〕织女:神话中的人物。南朝梁殷芸《小说》,织女是天帝之子,在天河之东,年年织云锦天衣。天帝怜其孤寂,许嫁河西牵牛郎。嫁后废织,天帝怒,责其归河东,并只许一年一度相会。

〔4〕秋夕:指七夕,农历七月七日夜。带啼:带着悲伤。

〔5〕春朝:春天的早晨。携手度:指佳人与情人携手过河阳桥。

杨　炯

广溪峡[1]

广溪三峡首,旷望兼川陆[2]。山路绕羊肠[3],江城镇鱼腹[4]。乔林百丈偃[5],飞水千寻瀑[6]。惊浪回高天,盘涡转深谷[7]。汉氏昔云季[8],中原争逐鹿[9]。天下有英雄,襄阳有龙伏[10]。常山集军旅[11],永安兴版筑[12]。池台忽已倾[13],邦家遽沦覆[14]。庸才若刘禅[15],忠佐为心腹[16]。设险犹可存[17],当无贾生哭[18]。

〔1〕此诗描绘广溪峡的壮丽雄奇,追述汉末三国群雄争夺天下以及蜀汉失败的情景,抒自己对国运的关心。诗融和历史典故,联想自然,格调深沉雄浑。广溪峡:即瞿塘峡,也称"夔峡",为长江三峡之首。西起四川奉节白帝城,东至巫山大溪,号称西蜀门户,峡口有夔门和滟滪堆。

〔2〕"广溪"二句:写广溪峡眺望。三峡首,《水经注·江水》:"江水又东迳广溪峡,斯乃三峡之首也。"三峡,指广溪峡、巫峡、西陵峡。川陆,水陆。

〔3〕羊肠:喻指狭窄曲折的山路。《水经注·江水》:"斩山为路,羊

肠数四,然后得上。"

〔4〕江城:指鱼复城。城临江。在今四川奉节。鱼腹:亦作"鱼复",春秋鱼邑,秦名鱼复,在今奉节之东白帝城。《水经注·江水》:"江水又东迳鱼复县故城南,故鱼国也。……公孙述名之为白帝,蜀章武二年,刘备为吴所破,改白帝为永安。"

〔5〕乔林:高大的树木。偃:覆盖。

〔6〕寻:古代长度单位,一般为八尺,亦说六、七尺。瀑:瀑布。

〔7〕盘涡:水旋流形成的深涡。晋郭璞《江赋》:"盘涡谷转,凌涛山颓。"

〔8〕汉氏:指东汉王朝。云:语助词。季:末世。句意谓东汉末年。

〔9〕"中原"句:喻群雄并起,争夺天下。《史记·淮阴侯列传》:"秦失其鹿,天下共逐之。"此指魏、蜀、吴三国纷争。

〔10〕"天下"二句:写刘备与诸葛亮。英雄,指刘备。曹操曾对刘备说:"今天下英雄,唯使君与操耳。"见《三国志·蜀书·先主传》。襄阳,汉时为南阳郡地。诸葛亮故乡。《汉晋春秋》:"亮家于南阳之邓县,在襄阳城南二十里,号曰隆中。"龙伏,潜伏着的龙,指诸葛亮。《三国志·蜀书·诸葛亮传》:"诸葛孔明者,卧龙也。"

〔11〕常山:郡名,即恒山。汉置,治所在今河北元氏,以避文帝刘恒讳,改常山郡。集军旅:东汉末刘备于常山起兵。

〔12〕永安:秦鱼腹县。汉公孙述改称白帝城。章武二年改为永安。版筑:营造土墙。此指刘备于永安建造宫室。

〔13〕池台:池苑楼台。倾:倒塌。指永安宫之废。

〔14〕邦家:国家。遽(jù 巨):很快。沦覆:覆没沦亡。指刘备之败。

〔15〕刘禅:三国蜀汉后主,刘备之子,小字阿斗。初由丞相诸葛亮主政,景耀六年,魏出兵征蜀,逼成都,降魏,被送到洛阳,封为安乐公。

〔16〕忠佐：忠诚辅助理政的人。指诸葛亮。

〔17〕设险：利用险要之地建立防御工事。《易·坎》："王公设险，以守其国。"

〔18〕贾生哭：西汉贾谊，汉文帝时，曾上《治安策》陈政事，中有"臣窃惟事势，可为痛哭者一，可为流涕者二，可为长太息者三"之句，后世遂以"贾生涕"表达忧国忧时的心情。

巫峡[1]

三峡七百里[2]，唯言巫峡长。重岩窅不极，叠嶂凌苍苍[3]。绝壁横天险，莓苔烂锦章[4]。入夜分明见[5]，无风波浪狂。忠信吾所蹈，泛舟亦何伤[6]？可以涉砥柱[7]，可以浮吕梁[8]。美人今何在？灵芝徒有芳[9]。山空夜猿啸，征客泪沾裳[10]。

〔1〕此诗当为羁旅中过巫峡所作。诗中先写峡，描绘巫峡的绵长高险；后写人，抒写自己报国历险的决心和怀才不遇的悲凉心境。诗借景抒情，意境深远而壮阔，格调雄浑而悲凉。巫峡：长江三峡之一，一称大峡，西起四川巫山大溪，东至湖北巴东官渡口，因巫山得名。

〔2〕三峡：长江上游的瞿塘峡（广溪峡）、巫峡和西陵峡的合称。在四川、湖北境内。

〔3〕"重岩"二句：《水经注·江水》："自三峡七百里中，两岸连山，略无阙处，重岩叠嶂，隐天蔽日，自非停午夜分，不见曦月。"窅（yǎo咬）

不极,谓极深远。叠嶂,重叠的山峰。凌苍苍,耸立空中。

〔4〕"绝壁"二句:写巫峡江两岸山峭苔古。莓苔,青苔。烂锦章,美丽的斑纹。

〔5〕"入夜"句:谓夜分见月。

〔6〕"忠信"二句:谓诚则神佑,舟行无险。蹈,遵循。泛(fàn 范)舟,行船。何伤,何妨,意谓没有妨害。

〔7〕砥柱:又称底柱山、三门山,在今河南三门峡,当黄河中流,以山在激流中矗立如柱,故名。

〔8〕吕梁:即吕梁洪,在今江苏徐州东南五十里。有上下二洪,相去七里,巨石齿列,波流汹涌。

〔9〕"美人"二句:《水经注·江水》:"(巫山)帝女居焉。宋玉所谓天帝之季女,名曰瑶姬,未行而已,封于巫山之阳,精魂为草,寔为灵芝。"美人,指巫山神女。灵芝,传说中的瑞草、仙草。

〔10〕"山空"二句:《水经注·江水》:"常有高猿长啸,属引凄异,空谷传响,哀转久绝。故渔者歌曰:'巴东三峡巫峡长,猿鸣三声泪沾裳。'"征客,指作客他乡的人。

西陵峡[1]

绝壁耸万仞[2],长波射千里[3]。盘薄荆之门[4],滔滔南国纪[5]。楚都昔全盛[6],高丘烜望祀[7]。秦兵一旦侵,夷陵火潜起[8]。四维不复设[9],关塞良难恃[10]。洞庭且忽焉[11],孟门终已矣[12]。自古天地辟,流为峡中水。行旅相赠言[13],风涛无极已[14]。及余践斯地,瑰奇信为美。江山

77

若有灵,千载伸知己[15]。

〔1〕诗中先写西陵峡的险峻雄伟,次叙楚、秦盛时的显赫,再抒盛衰之叹,后赞西陵峡的瑰奇。此诗景、事、情融为一体,含蕴深婉,想象丰富,境界旷阔而雄伟。西陵峡:长江三峡之一,兵书宝剑峡、牛肝马肺峡、灯影峡、宜昌峡的总称,是三峡中最长的峡。

〔2〕万仞:极言其高。仞,八尺为一仞。《水经注·江水》:"江水又东迳西陵峡,《宜都记》曰:自黄牛滩东入西陵界至峡口百许里,山水纡曲,而两岸高山重障,非日中夜半,不见日月,绝壁或千许丈,其石彩色,形容多所像类。"

〔3〕长波:连波。指水流迅疾。

〔4〕盘薄:亦作"盘礴",广大雄伟。荆之门:即荆门,在今湖北宜都西北,长江南岸,隔江和虎牙山相对。江水湍急,形势险峻。古为巴蜀荆吴之间要塞。郭璞《江赋》:"虎牙桀竖以屹崒,荆门阙竦而盘薄。"

〔5〕南国纪:指江汉。《诗·小雅·四月》:"滔滔江汉,南国之纪。"郑玄笺:"江也,汉也,南国之大水,纪理众川,使不雍滞。"

〔6〕楚都:古楚国之都纪南城。

〔7〕高丘:楚国山名。《楚辞·离骚》:"忽反顾以流涕兮,哀高丘之无女。"王逸注:"楚有高丘之山。女以喻臣。言己虽去,意不能已,犹复顾念楚国无有贤臣,心为之悲而流涕也。"烜(xuǎn 选):盛大显著。望祀:古代祭名,遥祭山川地祇之礼。《周礼·地官·牧人》:"望祀,各以其方之色牲毛之。"郑玄注:"望祀五岳、四镇、四渎也。"

〔8〕"秦兵"二句:写秦将白起攻入楚国,焚毁楚都纪南城。夷陵,春秋时楚先王墓地。白起入楚烧夷陵。见《史记·白起传》。

〔9〕四维:四方固物的力量。《管子·牧民》:"四维不张,国乃灭亡。"

〔10〕关塞：指边关要塞。恃：依赖。

〔11〕洞庭：即洞庭湖，在今湖北北部，长江南岸。湘、资、沅、澧四水汇流于此，在岳阳城陵矶入长江。《韩非子·初见秦》："秦与荆人战，大破荆，袭郢，取洞庭、五渚、江南。"忽焉：快速貌。焉，一作"然"。

〔12〕孟门：春秋时为晋国要隘。在今河南辉县西。《左传·襄公二十三年》："齐侯遂伐晋，取朝歌，为二队，入孟门，登太行。"已矣：完了。

〔13〕行旅：旅客。

〔14〕无极已：永不停息。

〔15〕"及余"四句：《水经注·江水》引晋袁山松《宜都记》："书记及口传悉以临惧相戒，曾无称山水之美也，及余践跻此境，既至欣然始信耳，闻之不如歌见矣。……既自欣得此奇观，山水有灵，亦当惊知己于千古矣。"践，赴。瑰（guī 规）奇，美好特出。信为美，魏王粲《登楼赋》："虽信美而非吾土兮，曾何足以少留。"

从军行〔1〕

烽火照西京〔2〕，心中自不平。牙璋辞凤阙〔3〕，铁骑绕龙城〔4〕。雪暗凋旗画〔5〕，风多杂鼓声。宁为百夫长〔6〕，胜作一书生。

〔1〕这是一首成熟的五律，内容又突破了只叙军旅生活的题旨，是盛唐边塞诗的先声。唐初，我国西北方是多事之地，唐高宗永隆二年（681），突厥族侵扰固原（今宁夏南重镇）、庆阳一带（今甘肃东部），威胁

着西京长安。当时身为崇文馆学士的杨炯投笔从戎,奔赴边塞。此诗正是这一时期的作品。诗中描写了书生投笔从戎、赴边参战的情景,表现了作者的爱国精神和报国理想。笔力雄劲,风格刚健,情调激昂,结构跳跃,对仗工整,语言明快。从军行:汉乐府《相和歌辞·平调曲》旧题,杨炯"裁乐府作律,以自意起止"(王夫之《唐诗评选》)。

〔2〕烽火:古代边境告警的火。唐代制度,按敌情缓急逐级增加烽火炬数,最高四炬。两炬以上皆须传到京城。西京:指唐代长安。

〔3〕牙璋:古代发兵的兵符,由两块合成,一留国君,一交主帅,两块嵌合处呈牙状。此处借指领兵出征的将帅。凤阙:汉武帝所造,在建章宫东,其上有铜凤,故称。此处指长安。

〔4〕铁骑(jì):精锐的骑兵。绕:包围。龙城:汉时匈奴大会各路酋长祭祀天地祖先之处,是其政治文化中心,故址在今蒙古人民共和国鄂尔浑河东畔。此处指敌方要地。

〔5〕雪暗:形容雪大天阴。凋旗画:使旗帜上的绘画暗淡失色。凋,色彩脱落、暗淡。

〔6〕百夫长:古代军队里的低级军官,可指挥一百名士兵。

刘生[1]

卿家本六郡[2],年长入三秦[3]。白璧酬知己,黄金谢主人[4]。剑锋生赤电,马足起红尘[5]。日暮歌钟发[6],喧喧动四邻[7]。

〔1〕此诗写六郡健儿飞黄腾达、显赫一时的状况。诗中以金玉的

酬谢、剑马的荣耀、歌乐的逸乐,突出人物的荣华富贵,威风凛凛。侧面烘托,形象鲜明。与《从军行》同一题旨。刘生:汉乐府横吹曲旧题。《乐府解题》曰:"刘生,不知何代人。齐梁以来,为刘生辞者,皆称其任侠豪放,周游五陵三秦之地。"

〔2〕卿:古代对男子的敬称。六郡(jùn俊):指汉的陇西、天水、安定、北地、上郡、西河六郡。

〔3〕三秦:关中地区。秦亡后,项羽三分关中,封秦降将章邯为雍王,司马欣为塞王,董翳为翟王。

〔4〕"白璧"二句:《史记·范睢传》载,侯嬴语信陵君曰:"人固未易知,知人亦未易也。夫虞卿蹑屩担簦,一见赵王,赐白璧一双,黄金百镒;再见,拜为上卿;三见,卒受相印,封万户侯。"白璧,平圆而中有孔的白玉。

〔5〕"剑锋"二句:写健儿的任侠形象,提剑驰马,游于三秦。赤电,形容剑光。起红尘,形容奔马之速。

〔6〕歌钟:歌声与编钟之声。

〔7〕"喧喧"句:出自南朝梁何逊《学古赠丘永嘉征还》诗:"结客葱河返,喧喧动四邻。"

骢马[1]

骢马铁连钱[2],长安侠少年[3]。帝畿平若水[4],官路直如弦[5]。夜玉妆车轴,秋金铸马鞭[6]。风霜但自保,穷达任皇天[7]。

〔1〕此诗描绘骢马形体、马具,及驰骋的轻捷,借以赞许游侠少年的英武,并劝导他们穷达在天,应当自爱。意境壮阔,格调爽朗。骢马:又作"骢马驱",亦名"骢马曲",汉乐府横吹曲旧题。宋郭茂倩《乐府诗集》谓"皆言关塞征役之事"。

〔2〕连钱:花纹、形状似相连的铜钱,形容骢马毛色青白斑驳。

〔3〕侠少年:少年侠客。

〔4〕帝畿(jī机):犹京畿,指京都或京都及其附近地区。

〔5〕官路:官府修建的大道,泛指大道。

〔6〕"夜玉"二句:写侠少驾玉轮挥金鞭。车轴,穿入车毂中承受车身重量的圆柱形零件。金,秋属金,语意双关。一作"风"。

〔7〕穷达:困顿与显达。《墨子·非儒下》:"穷达、赏罚、幸否,有极,人之知力,不能为焉。"皇天:对天及天神的尊称。

出 塞[1]

塞外欲纷纭[2],雌雄犹未分[3]。明堂占气色[4],华盖辨星文[5]。二月河魁将[6],三千太乙军[7]。丈夫皆有志[8],会见立功勋[9]。

〔1〕此诗写赴边将士立功报国的志向,抒自己奋战疆场建功立业的决心。诗中借天时星象,写军容威严,气势雄伟。出塞:汉乐府横吹曲旧题。李延年据西域乐曲改制,音调雄壮,已亡佚。

〔2〕塞外:边塞之外。纷纭:纷争。纭,一作"纷"。

〔3〕雌雄:喻胜负。《荀子·议兵》:"若夫招近募选,隆势诈,尚功

利之兵,则胜不胜无常,代禽代张,代存代亡,相为雌雄耳矣。"

〔4〕明堂:古代帝王宣明政教的地方,凡朝会、祭祀、选士、养老、教学等大典,都在此举行。占气色:即望气。古人望气以附会人事,占卜吉凶成败。

〔5〕华盖:古星名,属紫微垣,共十六星,在五帝座上,今属仙后座。《宋史·天文志二》:"华盖七星,杠九星如盖有柄下垂,以覆大帝之坐也,在紫微宫临勾陈之上。"星文:星象。《颜氏家训·杂艺》:"及星文风气,卒不劳为之。"

〔6〕河魁:古代主将设置军帐的方位。宋张淏《云谷杂记·玉帐》:"戌为河魁,谓主将之帐宜在戌也。"

〔7〕太乙军:形容军士如天兵。太乙,天神名。

〔8〕丈夫:犹言大丈夫,指有所作为的人。曹植《赠白马王彪》诗:"丈夫志四海。"

〔9〕见:一作"是"。

有所思〔1〕

贱妾留南楚〔2〕,征夫向北燕〔3〕。三秋方一日〔4〕,少别比千年〔5〕。不掩嚬红缕〔6〕,无论数绿钱〔7〕。相思明月夜,迢递白云天〔8〕。

〔1〕此诗写月夜思妇的离愁别恨。思妇征夫,天南地北,少别千年,蛾眉紧皱,室空生苔,明月白云勾起思妇悠远的思念。诗中借景抒情,运用比喻夸张,情思悠深。有所思:汉乐府铙歌旧题。

〔2〕贱妾:古代妇女的谦称。南楚:古地区名。春秋战国时,楚国在中原南面,后世称南楚。北起淮汉,南至江南,约包括安徽中部、西南部,河南东南部、湖南、湖北东部及江西等地区。

〔3〕北燕:周代诸侯国名,在今河北蓟县一带。

〔4〕三秋:一秋三个月,称三秋。《诗·王风·采葛》:"一日不见,如三秋兮。"

〔5〕"少别"句:南朝梁江淹《别赋》:"暂游万里,少别千年。惟世间兮重别,谢主人兮依然。"

〔6〕嚬:皱眉。红缕:红丝线,此处指红色的手绢。

〔7〕论:一作"能"。绿钱:青苔的别称。崔豹《古今注》:"空室无人行,则生苔藓,或青或紫,一名绿钱。"

〔8〕迢递:遥远貌。

梅花落〔1〕

窗外一株梅,寒花五出开〔2〕。影随朝日远,香逐便风来。泣对铜钩障〔3〕,愁看玉镜台〔4〕。行人断消息〔5〕,春恨几裴回。

〔1〕此诗抒写思妇怀念征人的愁怨凄怆。诗中先写梅,后写人,以梅花的香艳映衬思妇的美丽,突出春恨的深切。托物抒情,比兴自然,情思凄楚。梅花落:汉乐府横吹曲旧题。宋郭茂倩《乐府诗集》:"《梅花落》本笛中曲也。"

〔2〕寒花:寒冷时节开放的花。此处指梅花。五出:梅花五瓣。《太平御览》卷十二引《韩诗外传》:"凡草木花多五出,雪花独六出。"

〔3〕铜钩障:饰有铜钩的屏风。障,屏风。

〔4〕玉镜台:玉制的镜台。
〔5〕行人:远行的人。

折杨柳〔1〕

边地遥无极〔2〕,征人去不还〔3〕。秋容凋翠羽〔4〕,别泪损红颜〔5〕。望断流星驿〔6〕,心驰明月关〔7〕。藁砧何处在〔8〕?杨柳自堪攀〔9〕。

〔1〕此诗写思妇怀念征夫,备受离别的苦楚,流露了作者对征夫思妇的同情。诗中情思缠绵,哀怨深切,境界悲凉。折杨柳:乐府横吹曲旧题。传说汉张骞从西域传入《德摩诃兜勒曲》,李延年因之作新声二十八解,以为武乐。魏晋时古辞亡失。晋太康末,京洛有《折杨柳》歌,辞多言兵事劳苦。南朝梁、陈和唐人多为伤春惜别之辞。

〔2〕遥:一作"迷"。无极:无边际。

〔3〕征人:指出征或戍边的士卒。

〔4〕秋容:悲愁的面容。翠羽:喻美人之眉。晋傅玄《艳歌行》:"蛾眉分翠羽,明目发清扬。"

〔5〕红颜:特指女子美丽的容颜。

〔6〕流星驿:迅疾如流星的驿马。驿,指驿马。

〔7〕明月关:指边关。从乐府旧题《关山月》化出。

〔8〕藁砧:古代处死刑,罪人席藁伏于砧上,用铁斩之。铁,"夫"谐音,后因以"藁砧"为妇女称丈夫的隐语。《古绝句》:"藁砧今何在?山上复有山,何当大刀头,破镜飞上天。"

〔9〕"杨柳"句:谓折柳,以寄惜别之意。乐府旧题有《折杨柳》,为此句所本。攀,攀折,折取。

紫骝马〔1〕

侠客重周游〔2〕,金鞭控紫骝〔3〕。蛇弓白羽箭〔4〕,鹤辔赤茸鞦〔5〕。发迹来南海〔6〕,长鸣向北州〔7〕。匈奴今未灭〔8〕,画地取封侯〔9〕。

〔1〕此诗刻画侠客骑紫骝,执金鞭,带蛇弓,佩白羽箭,横行南北,驰骋沙场,决心抗敌报国的英雄形象,借以表达诗人建功立业的理想。诗中,一以装备的精良、马具的华美,衬托人物的英姿;一以人物的行动,揭示人物的精神。刻画生动,形象鲜明,栩栩如生。紫骝马:乐府横吹曲旧题。紫骝,骏马名。

〔2〕侠客:任侠之士。

〔3〕金鞭:饰金的马鞭。

〔4〕蛇弓:弓形弯曲如蛇,故名。白羽箭:尾部装置白翎的箭。

〔5〕鹤辔:原指仙道的车驾。此处代指华丽的马车。赤茸鞦:络在马股后尾间的赤色丝线绊带。

〔6〕发迹:指立功扬名。南海:指南方地区。

〔7〕北州:犹塞北,指我国长城以北地区。

〔8〕"匈奴"句:《史记·霍去病传》:"匈奴未灭,臣无以家为也。"匈奴,亦称胡,我国古代北方民族之一。

〔9〕画地:在地上指画。《汉书·张安世传》载,霍光问张千秋(安

世长子)战斗方略,千秋"口对兵事,画地成图,无所忘失"。

战 城 南[1]

塞北途辽远[2],城南战苦辛[3]。旞旗如鸟翼,甲胄似鱼鳞[4]。冻水寒伤马[5],悲风愁杀人[6]。寸心明白日[7],千里暗黄尘[8]。

〔1〕此诗写边塞将士征战辛苦和报国志向。诗中以"旞旗""甲胄"设喻,点染战斗的威严剧烈;以"冻水""悲风"衬托人的悲愁;结句则明心情的迷茫。主题突出,格调苍莽而悲壮。战城南:乐府《鼓吹曲辞·汉饶歌十八曲》之一,内容描写战场的伤亡景象。

〔2〕塞北:长城以北,泛指我国北边地区。

〔3〕"城南"句:由"战城南"乐府旧题化出。

〔4〕"旞旗"二句:唐太宗《帝范·序》:"躬擐甲胄,亲当矢石,夕对以鱼鳞之陈,朝临以鹤翼之围。"旞旗,旌旗。旞,长幅下垂的旗。一作"幢"。鸟翼,鸟的翅膀,形容战争围攻的阵势。甲胄,铠甲和头盔。鱼鳞,古代兵阵名,即鱼丽阵。

〔5〕"冻水"句:魏陈琳《饮马长城窟行》:"水寒伤马骨。"

〔6〕"悲风"句:汉末《古诗十九首》:"白杨多悲风,萧萧愁杀人。"

〔7〕明白日:谓心愿如白日之明。

〔8〕暗:遮蔽。黄尘:指战尘。

送临津房少府[1]

岐路三秋别[2],江津万里长[3]。烟霞驻征盖[4],弦奏促飞觞[5]。阶树含斜日,池风泛早凉。赠言未终竟,流涕忽沾裳。

〔1〕此诗为送别诗,抒写秋天傍晚江边送别的情景。以漫长、迷茫、冷寒的景色,创造悲凉的气氛,以奏乐、劝酒、赠言、流泪,表达对友人的深情厚谊。以景抒情,情景交融,愁深而悲切。临津:唐县名,在剑阁之南。今废。房少府:生平未详。少府,县尉别称。
〔2〕岐路:离别分手处。三秋:秋季。
〔3〕江津:此指长江。
〔4〕驻:停留。征盖:指远行的车。盖,车盖,借指车。
〔5〕弦奏:弹奏琴瑟。飞觞:饯别行觞劝酒。觞,盛酒的杯。

送丰城王少府[1]

愁结乱如麻,长天照落霞。离亭隐乔树[2],沟水浸平沙[3]。左尉才何屈[4],东关望渐赊[5]。行看转牛斗,持此报张华[6]。

〔1〕此为送别诗。诗中以愁起始,以寄望作结,表露了自己与王少

府离别的复杂心境,有离别的哀愁,有对埋没人才的愤懑,有希望的寄托。借景抒情,运用传说,含蕴深婉。丰城:汉南昌县地,晋太康元年移治丰水西,改名丰城,属豫章郡。少府:县尉的别称。

〔2〕离亭:古代建于离城稍远的道旁供人歇息的亭子,古人往往于此送别。乔树:高大的树。

〔3〕沟水:指京城御沟之水。

〔4〕左尉:降为县尉,指少府。屈:谓才能不得伸展。

〔5〕东关:指城东关门。王少府离城经行之地。

〔6〕"行看"二句:传说吴灭晋兴之际,牛斗间常有紫气。雷焕告诉尚书张华,说是宝剑之气上冲于天,在丰城。张华派雷为丰城令,得两剑,一名龙泉,一名太阿,两人各持其一。张华被诛后,失所持剑。后雷焕子持剑过延平津,剑入水,但见两龙各长数丈,光彩照人。见《晋书·张华传》。牛斗,星宿名,指牛宿与斗宿。张华,字茂先,范阳方城人。学业优博,辞藻温丽。先后任过晋中书令、散骑常侍。

送郑州周司空〔1〕

汉国临清渭〔2〕,京城枕浊河〔3〕。居人下珠泪〔4〕,宾御促骊歌〔5〕。望极关山远,秋深烟雾多。唯馀三五夕,明月暂经过〔6〕。

〔1〕此诗为送别诗,写告别时的情景,抒悲哀、惆怅的心情。诗中描写景物,创造悲凉氛围。浑然一体,自然和谐。郑州:今属河南。周司空:名字生平不详。司空,官名,掌管工程之官。一作"司功"。

〔2〕汉国:借汉喻唐。清渭:古以为渭水清、泾水浊,故曰清渭。渭,渭水,黄河最大支流,源出甘肃鸟鼠山,横贯陕西中部,至潼关入黄河。

〔3〕京城:指长安。浊河:指黄河,因黄河水浊,故曰浊河。

〔4〕居人:指送行者。珠泪:泪滴如珠。

〔5〕宾御:随从与驭手。骊歌:告别的歌。古代客人告别时,歌《诗经·骊驹》:"骊驹在门,仆夫俱存;骊驹在路,仆夫整驾。"

〔6〕"唯馀"二句:南朝梁沈约《昭君辞》:"唯有三五夜,明月暂经过。"三五夕,农历十五日夜。

送梓州周司功[1]

御沟一相送[2],征马屡盘桓[3]。言笑方无日[4],离忧独未宽。举杯聊劝酒,破涕暂为欢。别后风清夜,思君蜀路难[5]。

〔1〕此诗为送别诗,写作者在京都御沟畔饯别周司功赴蜀的离情别绪。诗中以饯别时的忧伤和别后的担心,表达了自己对周司功的深情厚意,真切动人。梓州:在今四川三台一带。周司功:生平不详。司功,唐在州称司功参军,在县称司功,掌官员、祭祀、礼乐、学校、选举、表疏、医筮、考课、丧葬之事。

〔2〕御沟:流经宫苑的河道。

〔3〕盘桓:徘徊,逗留。

〔4〕"言笑"句:谓别后相会无期。

〔5〕"思君"句:从乐府旧题《蜀道难》化出。蜀路,入蜀的道路。

蜀,在今四川西部。相传最早的首领名蚕从,称蜀王。公元前316年归并于秦,秦于其地置蜀郡。

送杨处士反初卜居曲江[1]

雁门归去远[2],垂老脱袈裟[3]。萧寺休为客[4],曹溪便寄家[5]。绿琪千岁树[6],黄槿四时花[7]。别怨应无限,门前桂水斜[8]。

〔1〕此诗述杨还俗择地,抒离愁别怨。杨处士离开了寂静冷清的佛门,回到古树苍绿、槿花艳丽的人间,但友人的离去,欣慰中不免有无限的别怨。笔触轻快,景色幽雅,以景衬情,情丝绵长。杨处士:名、生平不详。处士,指有才德而隐居不仕的人。反初:指还俗。卜居:择地居住。曲江:今广东韶关。

〔2〕雁门:战国赵地,秦置郡。在今山西北部一带。

〔3〕垂老:将近老年。袈裟:梵文音译词,佛教僧尼的法衣。

〔4〕萧寺:佛寺。唐李肇《唐国史补》卷中:"梁武帝造寺,令萧子云飞白大书'萧'字,至今一'萧'字存焉。"后因称佛寺为萧寺。客:一作"相"。

〔5〕曹溪:水名,在广东曲江东南双峰山下。唐仪凤中,邑人曹叔良舍宅建宝林寺,故名曹溪。六祖慧能在此演法,因成禅宗别号。寄家:在异乡安家居住。

〔6〕琪:树名。唐李绅《琪树》诗序:"琪树垂条如弱柳,结子如碧珠,三年子可一熟。每岁生者相续,一年绿,二年碧,三年者红,缀于条

上,璀错相间。"

〔7〕槿(jǐn 紧):木名。槿的一种,即木槿。

〔8〕桂水:在湖南,入耒水。此指曲江之水。

途中[1]

悠悠辞鼎邑[2],去去指金墉[3]。途路盈千里[4],山川亘百重[5]。风行常有地,云出本多峰。郁郁园中柳[6],亭亭山上松[7]。客心殊不乐[8],乡泪独无从[9]。

〔1〕此诗是作者离开洛阳于旅途中所作。此诗写羁旅中的深切乡思。路途遥远而阻滞,形影孤单而悲苦,见物生情,含蕴深婉。叠字典故,随手拈来,自然而和谐。

〔2〕鼎邑:《左传·桓公二年》:"武王克商,迁九鼎于雒邑。"后遂以"鼎邑"指洛阳。

〔3〕指:一作"拒"。金墉:金墉城,魏明帝所筑。南北朝时为屯戍要地。故址在今河南洛阳东北。

〔4〕途路:路途。盈:超过。

〔5〕亘:绵延。

〔6〕"郁郁"句:汉末《古诗十九首》:"青青河畔草,郁郁园中柳。"

〔7〕"亭亭"句:汉刘桢《赠从弟》诗:"亭亭山上松,瑟瑟谷中风。"

〔8〕客心:旅人之情,游子之思。不:一作"未"。

〔9〕"乡泪"句:《礼记·檀弓》:"予恶夫涕之无从也。"郑玄注:"客行无他物可以易之者。"此处形容唯有眼泪来表达深重的乡思。

送刘校书从军[1]

天将下三宫[2],星门召五戎[3]。坐谋资庙略[4],飞檄伫文雄[5]。赤土流星剑[6],乌号明月弓[7]。秋阴生蜀道[8],杀气绕湟中[9]。风雨何年别?琴尊此日同[10]。离亭不可望[11],沟水自西东[12]。

〔1〕此诗以军容威严、军机重要、军情紧急和武器精良,侧面突出人物形象的英武;以风雨寒,琴尊同,离亭悠,水无情,抒发对友人的深情厚谊。衬托映照,形象突出,以景抒情,情思深厚。刘校书:生平不详。校书,古代掌校理典籍的官员。

〔2〕天将:天上神将,喻唐将。三宫:指紫微、太微、文昌三星座,喻朝廷。

〔3〕星门:军门。召:召集。一作"启"。五戎:古代五种兵器:刀、剑、矛、戟、矢,借指军队。

〔4〕坐谋:犹"坐论"。唐五代之制,宰相上殿议事,赐茶命坐,谓之坐论。庙略:朝廷的谋略。

〔5〕飞檄:紧急檄文。檄,指军书。文雄:指文豪。王充《论衡·佚文》:"孝明世好文人,并征兰台之官,文雄会聚。"

〔6〕"赤土"句:《晋书·张华传》:"华以南昌土不如华阴赤土……因以华阴土一斤致焕。焕更以拭剑,倍益精明。"流星剑,古代一种宝剑名。

〔7〕乌号(háo豪):良弓名。用桑柘枝条制成的弓。《淮南子·原

道训》:"射者扦乌号之弓,弯棋卫之箭。"高诱注:"乌号,桑柘,其材坚劲,乌峙其上,及其将下,枝必桡下,劲能复巢,乌随之,乌不敢飞,号呼其上。伐其枝以为弓,因曰乌号之弓也。"明月:喻弓引满如月。

〔8〕蜀道:蜀中道路。

〔9〕杀气:指战斗气氛。湟中:青海东北部,湟水流经其中,故名。

〔10〕尊:古代盛酒器,指酒。

〔11〕离亭:古代建于离城稍远的路旁供人歇息的亭子,古人往往于此送行。

〔12〕沟水:都城御沟之水。

游废观[1]

青幛倚丹田[2],荒凉数百年。独知小山桂[3],尚识大罗天[4]。药败金炉火[5],苔昏玉女泉[6]。岁时无壁画[7],朝夕有阶烟。花柳三春节,江山四望悬。悠然出尘网[8],从此狎神仙[9]。

〔1〕此诗写游废观的情景。诗中极力描绘庙宇周围的荒凉景象,似给人以一种颓丧、凄怆之感,但结尾二句,笔锋一转,超凡脱俗,境界全新。废观:荒废的道家庙宇。

〔2〕青幛(zhàng丈):即青障,如屏障的青山。幛,山横。倚:耸立。丹田:原指人体部位,即道教称人体有三丹田,分别在两眉间、心下、脐下。此处借指田野。

〔3〕小山桂:淮南小山《招隐士》:"攀援桂枝兮聊淹留。"

〔4〕大罗天:道教称三十六天中最高的一重天。《云笈七签》卷二一:"《玉京山经》曰:玉京山冠于八方诸大罗天……《元始经》云:大罗天之境,无复真宰,唯大梵之气,包罗诸天太空之上。"

〔5〕"药败"句:谓道士炼丹药之事已废。药,指仙丹之类。金炉,炼金丹的火炉。

〔6〕苔:苔藓,多生于阴湿地方,延贴地面,故亦叫地衣。玉女:仙女。道观用以名泉。

〔7〕壁画:绘在寺院道观壁上的画。

〔8〕尘网:旧谓人在世间受到种种束缚,如鱼在网,故称。

〔9〕狎:亲近。神仙:神话传说中的人物,有超人的能力,可以超脱尘世,长生不老。

和石侍御山庄[1]

烟霞非俗宇,岩壑只幽居[2]。水浸何曾畎,荒郊不复锄[3]。影浓山树密,香浅泽花疏[4]。阔堑防斜径[5],平堤夹小渠。莲房若箇实[6],竹节几重虚。萧然隔城市[7],酌醴焚枯鱼[8]。

〔1〕此诗不写山庄本体而着重描绘周围景色,创造了清新的氛围,显得清静幽雅,悠闲恬适,透露一股超乎尘世的清爽气息。石侍御:名、生平不详。侍御,唐代称殿中侍御史、监察御史为侍御。

〔2〕"烟霞"二句:意谓山庄不是平庸的去处,而是清幽的住所。烟霞,借指山林。非俗宇,一作"排俗累"。岩壑(hè 贺),山峦溪谷。

〔3〕"水浸"句:谓未尝疏通沟渠而土地浸润。畎(quǎn 犬),田间的水沟。

〔4〕"影浓"二句:意谓山林茂盛,投下了浓密的树荫;泽花稀疏,散发出阵阵的清香。

〔5〕阔堑(qiàn 欠):宽阔的沟壕。防:护。

〔6〕莲房:莲蓬。

〔7〕萧然:冷落凄清貌。

〔8〕"酌醴"句:应璩《百一诗》:"田家何所有,酌醴焚枯鱼。"醴,甜酒。枯鱼,干鱼。

送李庶子致仕还洛[1]

此地倾城日,由来供帐华[2]。亭逢李广骑[3],门接邵平瓜[4]。原野烟氛匝[5],关河游望赊[6]。白云断岩岫,绿草覆江沙。诏赐扶阳宅[7],人荣御史车[8]。灞池一相送[9],流涕向烟霞。

〔1〕此诗为送别诗,是作者在长安时期的作品。诗中以李广、邵平为喻,赞许李庶子的功绩和品行,对其退职,深表惋惜。景物描绘,渗入深沉的情怀,空旷而遥远,悲哀而怅惘。李庶子:生平未详。庶子,汉以后为太子属官,隋唐以后改称左右庶子。致仕:官员退休。洛:洛阳。

〔2〕"此地"二句:谓李庶子退职还洛,众官设宴款待,以送其归。倾城,意谓满城。供帐,设帐祖饯。

〔3〕"亭逢"句:典出李广。李广,汉之名将,陇西成纪人,善骑射,

文帝时击匈奴有功,为武骑常侍。武帝封为右北平太守。广为将,体恤士卒,与匈奴前后七十馀战,未得封侯。曾夜从一骑出,还至霸陵亭。霸陵尉醉,呵止广,广骑曰:"故李将军。"尉曰:"今将军尚不得夜行,何乃故也!"止广宿亭下。(《史记·李将军列传》)此指李庶子。骑,坐骑。

〔4〕邵平:秦故东陵侯,秦亡后,为布衣,种瓜长安城青门外,瓜味甜美,时人谓之"东陵瓜"。

〔5〕烟氛:烟霭云雾。匝:弥漫。

〔6〕游望:放眼观望。赊:空阔辽远。

〔7〕"诏赐"句:谓皇帝恩赐第宅。扶阳,汉沛县扶阳侯国,在今江苏萧县西南。汉韦贤代蔡义为丞相,封扶阳侯。见《汉书·韦贤传》。

〔8〕御史车:指随皇帝车驾的属车。《后汉书·舆服志上》:"属车皆皂盖赤里,朱幡,戈矛弩服,尚书、御史所载。"御史,官名。为国君亲近之职,唐时专司纠弹的官员。

〔9〕灞池:在汉文帝陵墓灞陵上,故址在今陕西西安东南。

早行〔1〕

敞朗东方彻〔2〕,阑干北斗斜〔3〕。地气俄成雾,天云渐作霞。河流才辨马〔4〕,岩路不容车〔5〕。阡陌经三岁〔6〕,闾阎对五家〔7〕。露文沾细草,风影转高花。日月从来惜,关山犹自赊〔8〕。

〔1〕此诗描绘了清晨路途中的优美景色,抒发了作者对大自然的热爱。笔触轻快明朗,意境旷阔清新。

〔2〕敞朗:豁亮。

〔3〕"阑干"句:谓北斗七星横斜。北斗,北斗星,七星排列成斗形,属大熊星座。

〔4〕"河流"句:语本《庄子·秋水篇》:"秋水至时,百川灌河,泾流之大,两涘渚之间,不辩(辨)牛马。"

〔5〕"岩路"句:语本汉乐府《相逢行》:"相逢狭路间,道隘不容车。不知何年少,夹毂问君家。"

〔6〕阡陌:指田间小路。经三岁:谓其田为熟田。《尔雅》:"田一岁曰菑,二岁曰新,田三岁曰畲。"畲即已垦三年之熟田。

〔7〕闾阎:指里巷。五家:《周礼·地官·族师》:"五家为比,十家为联。……比长各掌其比之治,五家相受,相和亲。"

〔8〕关山:关隘山岭。赊:遥远。

和崔司空伤姬人[1]

昔时南浦别[2],鹤怨宝琴弦[3]。今日东方至,鸾销珠镜前[4]。水流衔砌咽,月影向窗悬。妆匣凄馀粉,熏炉灭旧烟。晚庭摧玉树[5],寒帐委金莲[6]。佳人不再得,云日几千年[7]。

〔1〕此诗是作者借和崔司空伤姬诗,以慰其失姬之悲。作者着墨于姬人往昔的用物的描绘,展现一片凄凉的景象,人去物非,对着悠悠流水云天,抒发了一腔悲愁。景凄人悲,情思绵绵。崔司空:生平未详。司空,官名,掌管工程的官员。姬人:妾。

〔2〕南浦:古指送别之地。江淹《别赋》:"送君南浦,伤如之何。"

〔3〕鹤怨:谓因姬人离去而哀怨。孔稚圭《北山移文》:"蕙帐空兮夜鹤怨。"宝琴弦:喻指崔司空姬人。

〔4〕"今日"二句:谓今自东方来会,已不见崔姬人。鸾销珠镜,指姬人消逝。传说鸾鸟照镜则鸣。见南朝宋范泰《鸾鸟诗序》。

〔5〕玉树:喻有才干的人,此指崔司空。

〔6〕委:衰败。金莲:花名,金莲花,俗呼旱地莲。此喻崔之姬。

〔7〕"佳人"二句:谓崔之姬人从此消失,几千年亦不得再一见。佳人不再得,语本汉李延年《歌》:"不知倾国与倾城,佳人难再得。"云日,一作"白日"。

和骞右丞省中暮望[1]

故事闲台阁[2],仙门蔼已深[3]。旧章窥复道[4],云幌肃重阴[5]。玄律葭灰变[6],青阳斗柄临[7]。年光摇树色,春气绕兰心。风响高窗度,流痕曲岸侵。天门总枢辖[8],人镜辨衣簪[9]。日暮南宫静[10],瑶华振雅音[11]。

〔1〕此诗写春天傍晚宫中眺望所见,和任用贤才、端正风教的寄望。时值春日入夜,又逢冬去春来,宫禁周围,上至风云、星辰,下至楼台、花树、流水,沉寂中又显生气。词藻华丽,浓墨艳抹,含蕴隐曲,意境寂静而佳丽。骞右丞:当是骞味道,华州长史骞直之子,武后朝为相。右丞:即右丞相。省中:宫禁之中。

〔2〕故事:旧事。台阁:尚书的别称。

〔3〕仙门:指皇宫之门。蔼:云雾。

〔4〕旧章:旧时的典章制度,此指宫殿的体制规模。复道:楼阁间的上下两重通道。

〔5〕云幌:像布幔一样的垂云。重阴:浓阴。

〔6〕玄律:谓冬季。白居易《季冬荐献太清宫词文》:"今时惟玄律,节及季冬。"葭灰:葭莩之灰。古人烧苇膜成灰,置于律管中,放密室内,以占气候,某一节候到,某律管中葭灰即飞出,示该节候已到。

〔7〕青阳:指春天。斗柄:北斗柄。北斗第一至第四星象斗,第五至第七星象柄。

〔8〕天门:指皇宫之门。门,一作"民"。枢辖:指中央政权的机要部门。

〔9〕人镜:唐吴兢《贞观政要·任贤》:"太宗后尝谓侍臣曰:'夫以铜为镜,可以正衣冠;以古为镜,可以知兴替;以人为镜,可以明得失。朕常保此三镜,以防己过。今魏徵殂逝,遂亡一镜矣!'"后因以"人镜"指善于谏劝,能纠正他人过失者。辨:辨认。衣簪:衣冠簪缨,古代仕宦的服装,借指官绅贵胄。

〔10〕南宫:尚书省的别称,谓尚书省像列宿之南宫,故称。

〔11〕瑶华:喻诗文的珍美。谢朓《郡内高斋闲望答吕法曹》诗:"惠而能好我,问以瑶华音。"雅音:正音,有益于风教的诗歌。

和酬虢州李司法[1]

唇齿标形胜[2],关河壮邑居[3]。寒山抵方伯[4],秋水面鸿胪[5]。君子从游宦[6],忘情任卷舒[7]。风霜下刀笔[8],轩盖拥门闾[9]。平野芸黄遍[10],长洲鸿雁初[11]。菊花宜泛酒〔12〕,蒲叶好裁书〔13〕。昔我芝兰契〔14〕,悠然云雨疏〔15〕。非君重千里,谁肯惠双鱼〔16〕?

〔1〕此诗是作者酬答在虢州任司法的朋友。诗中先写李司法游宦虢州的情景,后写与李司法的情谊。山川峻险,处境艰辛,景色凄凉,情意深笃。虢州:在今河南灵宝南。司法:官名,主刑法。唐制在府曰法曹参军,在州曰司法参军。

〔2〕唇齿:《左传·僖公五年》:"晋侯复假道于虞以伐虢。宫之奇谏曰:'虢,虞之表也;虢亡,虞必从之……谚所谓"辅车相依,唇亡齿寒"者,其虞虢之谓也。'"唇齿原喻虞虢,此处指虢州。形胜:地理位置优越,地势险要。

〔3〕"关河"句:陈后主叔宝《入隋侍宴应诏》诗:"日月光天德,山河壮帝居。"邑居,此指虢州城。

〔4〕方伯:殷周时代一方诸侯之长,后泛指地方长官。此指李司法。

〔5〕鸿胪:官署名。《周礼》,官名有大行人之职,武帝太初元年改称大鸿胪,主掌接待宾客之事。东汉后,大鸿胪主要职掌为朝祭礼仪之赞导。北齐始置鸿胪寺,唐一度改为司宾寺。此指李司法官邸。

〔6〕游宦:谓离家在外做官。

〔7〕忘情:不动感情。《世说新语·伤逝》载王戎语:"圣人忘情,最下不及情。"卷舒:犹进退。

〔8〕风霜:司法主刑,亦当风霜之任。刀笔:谓主办文案的官吏。

〔9〕轩盖:带篷盖的车,显贵者所乘。门闾:门巷,此指李司法居处。

〔10〕芸黄遍:一作"云黄变"。

〔11〕长洲:水中长形陆地。鸿雁:大雁。

〔12〕"菊花"句:谓饮菊花酒。泛酒,浮觞,意为饮酒。

〔13〕"蒲叶"句:谓以蒲叶作牒以作书。《汉书·路温舒传》:"温舒

取泽中蒲,截以为牒,编用写书。"裁书,裁笺作书。

〔14〕芝兰契:犹兰交,交情甚笃。《周易·系辞上》:"二人同心,其利断金;同心之言,其臭如兰。"契,情投意合。

〔15〕云雨疏:喻分离。王粲《赠蔡子笃》诗:"风流云散,一别如雨。"

〔16〕双鱼:指寄赠书信。蔡邕《饮马长城窟行》:"客从远方来,遗我双鲤鱼。呼儿烹鲤鱼,中有尺素书。"

和郑雠校内省眺瞩思乡怀友[1]

铜门初下辟[2],石馆始沉研[3]。游雾千金字[4],飞云五色笺[5]。楼台横紫极[6],城阙俯青田[7]。暄入瑶房里[8],春回玉宇前[9]。霞文埋落照[10],风物澹归烟[11]。翰墨三馀隙[12],关山四望悬[13]。颓峰暧酌羽[14],流水旷鸣弦[15]。虽欣承白雪,终恨隔青天。

〔1〕此诗为作者任校书郎时期的作品。诗中先写宫中校勘典籍环境的壮丽,赞文辞的高贵;后写宫外空阔的景色,抒乡思友情。夸饰艳丽,景色壮阔,诗末点题,怨深情切。郑雠校:生平未详。雠校,校勘。一人独校为校,二人对校为雠。谓考订书籍,纠正讹误。内省:宫中。

〔2〕铜门:即金门、金马门,学士待诏之处。下辟:下达征召令。

〔3〕石馆:即汉代皇家藏书处石渠阁。后泛指国家藏书处。

〔4〕游雾:飘浮的云雾,形容字迹。千金字:一字千金。典出《史记·吕不韦传》:秦相吕不韦门客著《吕氏春秋》,书成,悬于咸阳城门,

声言有能增删一字者,赏千金。

〔5〕"飞云"句:谓彩笺如五色云。笺,用于书写的精美纸张。

〔6〕楼台:指宫中高大的建筑物。紫极:星名,借指帝王的宫殿。极,一作"气"。

〔7〕城阙:指城门两边的望楼。青田:指长着青苗的农田。

〔8〕暄:温暖。瑶房:玉饰的房屋。多指华美的宫室。王勃《青苔赋》:"及其瑶房有寂,琼树无光,霏微君子之砌,蔓延君侯之堂。"

〔9〕回:一作"过"。玉宇:华丽的宫殿。

〔10〕霞文:绚烂的云彩。落照:夕阳的馀辉。

〔11〕归烟:浮游的烟云。

〔12〕翰墨:笔墨文章。三馀隙:空闲。《三国志·魏书·王肃传》:"或问三馀之意,(董)遇言'冬者岁之馀,夜者日之馀,阴雨者时之馀也'。"

〔13〕四望:眺望四方。屈原《九歌·河伯》:"登昆仑兮四望,心飞扬兮浩荡。"悬:陡峭,高耸。

〔14〕颓峰:秃顶的山峰。一作"颓风"。暌(kuí 葵):同"睽",乖离。《庄子·天运》:"三皇之知,上悖日月之明,下睽山川之精,中堕四海之施。"酌羽:酌酒。羽,羽觞之省,代指酒。

〔15〕"流水"句:典出《列子·汤问》:"伯牙善鼓琴,钟子期善听。伯牙鼓琴,志在高山。钟子期曰:'善哉,峨峨兮若泰山。'志在流水,钟子期曰:'善哉,洋洋兮若江河。'"鸣弦,指琴瑟琵琶等弦乐器。

和旻上人伤果禅师[1]

净业初中日[2],浮生大小年[3]。无人本无我,非后亦非前^{〔4〕}。箫鼓旁喧地^{〔5〕},龙蛇直映天^{〔6〕}。法门摧栋宇^{〔7〕},觉海破舟船^{〔8〕}。书镇秦王饷^{〔9〕},经文宋国传^{〔10〕}。声华周百亿^{〔11〕},风烈被三千^{〔12〕}。芜没青园寺^{〔13〕},荒凉紫陌田^{〔14〕}。德音殊未远^{〔15〕},拱木已生烟^{〔16〕}。

〔1〕此诗先写禅师笃修净业,节操高洁,影响深远,后抒对禅师的悼念之情。诗中善用佛家语,颇具功力,格调壮烈悲凉。旻上人:生平未详。上人,对和尚的尊称。果禅师:生平未详。

〔2〕净业:佛教语,清净的善业。梁武帝萧衍《净业赋》:"见净业之爱果,以不杀而为因。"中日:犹日中,勃兴时期。

〔3〕浮生:《庄子·刻意》:"其生若浮,其死若休。"以人生在世,虚浮不定,因称人生为浮生。大小年:谓年寿的长短。大年,寿命长;小年,寿命短。

〔4〕"无人"二句:语本《维摩经·弟子品》:"法无有人,前后际断故。"无我,谓世界上不存在实体的自我,以诸法无我为根本义。非后亦非前,佛家言前际后际相续似不断绝。

〔5〕箫鼓:箫与鼓,指乐奏。

〔6〕龙蛇:形容苍劲屈曲的树木。直映:一作"真应"。映,遮蔽。

〔7〕法门:此指佛门。摧栋宇:指果禅师之圆寂。

〔8〕觉海:指佛教。佛以觉悟为宗;海,喻教义深广。破舟船:意谓失去普渡众生者。

〔9〕书镇:压书、纸的文具。秦王:指李世民。李世民即帝位前曾封为秦王。饷:赠送。

〔10〕经文:指佛教的典籍。宋国:古国,殷纣庶兄微子受封于此,为宋公。旧都今河南商丘。

〔11〕声华:声誉荣耀。百亿:佛教语,指世界及众生。

〔12〕风烈:风教德业。被:一作"破"。三千:佛教语,指三千大千世界。以须弥山为中心,七山八海交绕之,更以铁围山为外郭,是谓一小世界,合一千个小世界为小千世界,合一千个小千世界为中千世界,合一千个中千世界为大千世界,总称为三千大千世界。

〔13〕"芜没"句:谓园观已废,没于荒草间。青园寺,指果禅师所在寺院。

〔14〕紫陌:指郊野的道路。

〔15〕德音:指禅师仁德的言辞和教诲。

〔16〕"拱木"句:墓塔木已拱,意谓禅师圆寂已久。拱木,语本《左传·僖公三十二年》:"尔墓之木拱矣。"

和刘侍郎入隆唐观[1]

福地阴阳合[2],仙都日月开[3]。山川临四险[4],城树隐三台[5]。伏槛排云出[6],飞轩绕涧回[7]。参差凌倒影[8],潇洒轶浮埃[9]。百果珠为实,群峰锦作苔。悬萝暗疑雾[10],瀑布响成雷。方士烧丹液[11],真人泛玉杯[12]。还如问桃水[13],更似得蓬莱[14]。汉帝求仙日[15],相如作赋才[16]。自然金石奏[17],何必上天台[18]。

〔1〕此诗先写隆唐观的形胜,次写隆唐观周围景色,后抒对刘侍郎的惋惜之情。笔触洒脱,写真奇绝,物象佳丽,韵味盎然。侍郎:隋唐时为中书、门下及尚书省所属各部长官之副,主作文书起草。隆唐观:唐道观名。

〔2〕福地:指神仙居住之处。道教有七十二福地之说,旧以称道观寺院,此指隆唐观。阴阳:指天地间化生万物的二气。

〔3〕仙都:神话中仙人居住的地方,此指隆唐观。

〔4〕四险:四周的险要处。

〔5〕三台:古代天子有灵台、时台、囿台,合称三台。汉许慎《五经异义》:"灵台以观天文,时台以观四时施化,囿台以观鸟兽鱼鳖。"

〔6〕伏槛:俯凭栏杆。楚辞《招魂》:"坐堂伏槛临曲沼兮。"

〔7〕飞轩:疾驰的车。轩,大夫车。

〔8〕凌倒影:意谓升仙。倒影,又作"倒景",道家指天上最高处。《汉书·郊祀志》:"登遐倒景。"注:"如淳曰:在日月之上,反从下照,故其景倒。"

〔9〕轶浮埃:超出尘世。轶,超越;浮埃,附着在物体表面的尘土,此指世间。

〔10〕悬萝:悬挂着的松萝。萝,指松萝,或云女萝。疑雾:一作"凝雾"。

〔11〕方士:方术之士,古代自称能访仙炼丹以求长生不老的人。烧丹液:炼丹药。

〔12〕真人:道家称存养本性或修真得道的人。玉杯:玉制的杯,指酒。

〔13〕问桃水:谓访桃花源。典出晋陶潜《桃花源记》。以桃花源喻仙境。

〔14〕蓬莱:神话传说中的海中神山。后以指神仙境界。《史记·封禅书》:"自威、宣、燕昭使人入海求蓬莱、方丈、瀛洲,此三神山者,其传在渤海中。"

〔15〕汉帝:指汉武帝刘彻。汉景帝子,在位五十四年,为前汉一代军事、政治、经济、文化的极盛时期。但迷信神仙。

〔16〕相如：指司马相如。汉成都人，字长卿。武帝时，因献赋被任命为郎。作品有《子虚赋》《上林赋》《大人赋》。《史记·司马相如传》："相如既奏《大人》之颂，天子大说（悦），飘飘有凌云之气，似游天地之间意。"

〔17〕金石奏：取得丹药。金石，指古代丹药。

〔18〕天台：山名，在浙江天台北。道教曾以天台为南岳衡山之佐理。相传汉刘晨、阮肇入此山采药遇仙。

夜送赵纵〔1〕

赵氏连城璧〔2〕，由来天下传。送君还旧府〔3〕，明月满前川。

〔1〕此诗为送别诗，写送友人返故乡，表示对友情的珍重，祝友人前景辉煌。诗中用战国时赵国宝物为典，喻友情的珍贵；以"明月满前川"喻友人前程光明。情调爽朗，联想自然，比喻恰切。赵纵：作者的友人。生平不详。名见《唐郎官石柱题名考》。

〔2〕赵氏：指战国时赵惠文王。连城璧：价值连城之玉。司马迁《史记·廉颇蔺相如列传》：战国时，赵惠文王得楚和氏璧。秦昭王遗赵王书，愿以十五城换璧。蔺相如自愿奉璧出使秦国，并表示："城入赵而璧留秦；城不入，臣请完璧归赵。"相如入秦献璧后，见秦王无意偿赵城，乃设法复取璧，派从者送回赵国。

〔3〕旧府：指赵纵故乡。

卢照邻

关山月[1]

塞垣通碣石[2],虏障抵祁连[3]。相思在万里,明月正孤悬。影移金岫北[4],光断玉门前[5]。寄言闺中妇[6],时看鸿雁天[7]。

〔1〕此诗写边塞士兵久戍不归思念闺妇的情景。征夫、闺妇,一在边关,一在内地,天各一方,相思尤深,只能托付明月,寄语闺妇,希望能时时思念。情思遥深,托物传情,别具一格。关山月:汉乐府横吹曲名。《乐府解题》曰:"《关山月》,伤离别也。古《木兰诗》曰:'万里赴戎机,关山度若飞。朔气传金柝,寒光照铁衣。'按相和曲有《度关山》,亦类此也。"

〔2〕塞垣:指边塞。后亦指长城、边关城墙。碣石:在今河北昌黎之北。

〔3〕虏障:敌军的堡寨。障,一作"阵"。祁连:即祁连山。匈奴语意为"天山"。甘肃西部和青海东北部边境山地的总称,绵延一千公里。

〔4〕影:指月影。金岫(xiù袖):指金山。即阿尔泰山。在今新疆北部。

〔5〕光:指月光。玉门:指玉门关。故址在今甘肃敦煌西北。

〔6〕闺中妇:指征人之妇。

〔7〕"时看"句:谓盼征夫音信。古有鸿雁传书之说。见《汉书·苏建传》附苏武传。

上之回〔1〕

回中道路险〔2〕,萧关烽候多〔3〕。五营屯北地〔4〕,万乘出西河〔5〕。单于拜玉玺〔6〕,天子按雕戈〔7〕。振旅汾川曲〔8〕,秋风横大歌〔9〕。

〔1〕此诗写征讨匈奴,班师凯旋的经过,赞美了雄壮、昂扬的军威。诗中没有具体描绘战争的经过和敌我交战的激烈,而只着墨于军容的描绘,雄健而轻快,壮阔而畅达。上之回:乐府汉铙歌歌曲名,因首句"上之回"三字而得名。回,指回中宫,曾被匈奴烧毁,武帝元封四年,复通回中道,并数出游幸。歌辞当为赞美此事而作。见唐吴兢《乐府古题要解》。

〔2〕回中:古道路名,南起汧水河谷,北出萧关,因途经回中得名。为关中平原与陇东高原间的交通要道。西汉元封四年武帝自雍县(今陕西凤翔南)经回中道,北出萧关。东汉建武八年来歙由此攻取隗嚣割据下的略阳(今甘肃秦安东北)。

〔3〕萧关:古关名,故址在今宁夏固原东南,为自关中通向塞北的交通要冲。烽候:烽火台。

〔4〕五营:屯骑、越骑、步兵、长水、射声五校尉所领部队,此指诸军营。屯:驻扎。北地:秦所置郡。在今甘肃东南部与宁夏南部一带。北,

一作"右"。

〔5〕万乘:万辆兵车。陈琳《神武赋》:"六军被介,云辀万乘。"古时一车四马为一乘。西河:战国魏地,在今晋陕间黄河左右,又分为陕西大荔、韩城和山西汾阳等说。

〔6〕单(chán 蝉)于:汉时匈奴君长的称号。玉玺:专指皇帝的玉印,此指汉室皇帝。拜玉玺,意谓顺服汉室。

〔7〕天子:指帝王。按雕戈:谓息兵。

〔8〕振旅:谓整队班师。汾川曲:指汾水之滨。

〔9〕秋风:指《秋风辞》。汉武帝《秋风辞》:"秋风起兮白云飞,草木黄落兮雁南归。……泛楼船兮济汾河,横中流兮扬素波。"

紫骝马[1]

骝马照金鞍,转战入皋兰[2]。塞门风稍急,长城水正寒[3]。雪暗鸣珂重[4],山长喷玉难[5]。不辞横绝漠[6],流血几时干[7]?

〔1〕此诗通过描写环境的恶劣严峻和骝马行动的艰难,突出骝马的雄猛,借以歌颂赴边将士转战疆场、英勇杀敌的英雄气概,抒发盼望边疆早日安宁,停止流血的心情。诗中用词精当,描绘生动细腻,形象突出显明。紫骝马:汉乐府旧题。见杨炯《紫骝马》诗注。

〔2〕皋兰:山名,在今甘肃兰州。

〔3〕长城:春秋战国时,各国出于防御目的,分别在边境形势险要处修筑长城。秦统一六国后,予以修缮,连贯为一。故城西起临洮(今甘

肃岷县),北傍阴山,东至辽东,俗称"万里长城"。

〔4〕鸣珂:马以玉为饰,行则作响,因名。珂,白色似玉的美石。

〔5〕山长:一作"山头"。喷玉:马嘘气或鼓鼻时喷散雪白的唾沫。

〔6〕横绝漠:驰骋于极远的沙漠地区。

〔7〕流血:汗血。暗指汗血马,古代骏马。

战 城 南^{〔1〕}

将军出紫塞〔2〕,冒顿在乌贪〔3〕。笳喧雁门去〔4〕,阵翼龙城南〔5〕。雕弓夜宛转〔6〕,铁骑晓参驔〔7〕。应须驻白日,为待战方酣〔8〕。

〔1〕此诗以汉喻唐,极力描绘战前严阵以待,准备决一死战的紧张情景,表现了将士赴边杀敌的骁勇精神。诗中着墨于气氛的营造和场景的展开,显得紧张、旷阔而悲壮。战城南:乐府铙歌曲名,约产生于汉武帝至汉宣帝之间,多反映战场的惨烈、将士的勇猛和厌战情绪。

〔2〕紫塞:北方边塞。晋崔豹《古今注·都邑》:"秦筑长城,土色皆紫,汉塞亦然,故称紫塞焉。"

〔3〕冒顿(dú 独):西汉初年匈奴单于,姓挛鞮。秦二世元年弑父自立,建立军政制度。西汉初年,经常侵扰边地。乌贪:汉代西域乌贪訾离国的省称。《汉书·西域传下·乌贪訾离国》:"乌贪訾离国,王治于娄谷,去长安三百三十里……东与单桓、南与且弥、西与乌孙接。"

〔4〕笳:古管乐器,即胡笳,汉时流行于塞北和西域一带。传说为春秋时李伯阳避战乱于西戎时所造,汉张骞从西域传入,其音悲凉。魏晋

111

后以筘、笛为军乐。雁门:郡名,战国赵地,秦置郡,在今山西北部。

〔5〕阵翼:作战时阵形分列两侧。《孙膑兵法·十问》:"击此者,必将三分我兵,练我死士,二者延阵张翼。"龙城:汉时匈奴地名,为匈奴祭天之处。见杨炯《从军行》诗注。

〔6〕雕弓:有雕饰的弓。宛转:此谓缠绕弓绳。《尔雅·释器》:"弓有缘者谓之弓。"郭璞注:"缘者缴缠之,即今宛转也。"

〔7〕铁骑:披挂铁甲的战马,借指精锐的骑兵。参驔:连续不断貌。驔,一作"潭"。

〔8〕"应须"二句:典出挥戈止日。《淮南子·览冥训》:"鲁阳与韩搆难,战酣,日暮,援戈而挥之,日为之反三舍。"

梅花落[1]

梅岭花初发[2],天山雪未开[3]。雪处疑花满[4],花边似雪回[5]。因风入舞袖,杂粉向妆台。匈奴几万里,春至不知来[6]。

〔1〕此诗先写春天,南方花开,北方雪飘;后写北方春天的雪景。物象对照,喻比自然,意境开阔而爽朗,语言质朴而新颖。梅花落:汉乐府横吹曲名。宋郭茂倩《乐府诗集》:"《梅花落》本笛中曲也。按唐大角曲,亦有《大单于》《小单于》《大梅花》《小梅花》等曲,今其声犹有存者。"

〔2〕梅岭:大庾岭。五岭之一,在江西、广东交界处,古时岭上多植梅,故名。一本作"梅院"。

〔3〕天山:指祁连山。见作者《关山月》诗注。

〔4〕雪处:积雪的地方。

〔5〕花边:花开的地方。雪回:雪回旋飘舞。

〔6〕"匈奴"二句:谓北土虽春至而无梅。匈奴,我国北方民族之一。战国时游牧于燕、赵、秦以北地区。此指北方地区。

结客少年场行[1]

长安重游侠[2],洛阳富财雄[3]。玉剑浮云骑[4],金鞭明月弓[5]。斗鸡过渭北[6],走马向关东[7]。孙宾遥见待[8],郭解暗相通[9]。不受千金爵[10],谁论万里功[11]?将军下天上[12],房骑入云中[13]。烽火夜似月[14],兵气晓成虹[15]。横行徇知己[16],负羽远从戎[17]。龙旌昏朔雾[18],鸟阵卷胡风[19]。追奔瀚海咽[20],战罢阴山空[21]。归来谢天子[22],何如马上翁[23]?

〔1〕此诗描绘游侠少年慷慨赴边、驰骋沙场的形象,赞许游侠少年为国立功、英勇杀敌的精神。诗中先写游侠少年赴边前的潇洒、威武,后写其从戎赴边、横行万里。落墨大处,境界闳深,形象鲜明,情韵高远。结客少年场行:乐府杂曲歌旧题。辞多咏少年轻生重义、任侠游乐之事。

〔2〕长安:唐朝都城,故址在今陕西西安。游侠:指侠义的行为,古称轻生重义,勇于救人急难的人。

〔3〕洛阳:今河南洛阳。唐显庆二年,置为东都,则天改为神都。财雄:资财雄厚。

〔4〕玉剑:宝剑。浮云:骏马名。《西京杂记》卷二:"文帝自代还,有良马九匹,皆天下之骏马也,一名浮云。"

〔5〕金鞭:鞭的美称。鞭,一作"鞍"。明月弓:月形弯弓。

〔6〕斗鸡:以鸡相斗的博戏。唐朝流行斗鸡之戏。渭北:渭水之北。

〔7〕关东:指函谷关以东地区。

〔8〕孙宾:即孙膑。齐人,战国时期著名将领。春秋时期吴国名将孙武的后代,曾与庞涓同学兵法。后庞涓作了魏将,嫉膑之才胜于己,乃将其骗至魏国,处以膑刑(即切去膝盖骨),故史称孙膑。事见《史记·孙子吴起列传》。

〔9〕郭解:汉河内轵人,字翁伯,少常以细事杀人,或为人报仇。以德报怨,仗义不伐,人争慕附,徒党甚众。事见《史记·游侠列传》。

〔10〕千金爵:喻高贵的爵位。

〔11〕万里功:转战万里所立下的功劳。

〔12〕"将军"句:谓将自天而降,即天将。

〔13〕虏骑:敌人的骑兵。云中:秦置郡,汉因之,治所在今内蒙古自治区托克托。东汉移置太原阳曲。唐开元十八年于今山西大同置云中。

〔14〕烽火:古时边防报警的烟火。

〔15〕兵气:士气,言军势之振。

〔16〕横行:纵横驰骋,在征战中所向无敌。徇知己:为知己而不惜身。

〔17〕负羽:背负羽箭,谓从军出征。

〔18〕龙旌:画有龙的旗帜。指中军帅旗。朔雾:北方的雾。

〔19〕鸟阵:兵法中的阵名。《墨子·明鬼下》:"汤以车九两,鸟阵雁行。"孙诒让间诂:"《六韬·鸟云泽兵篇》有鸟云之陈,云:'所谓鸟云者,鸟散而云合,变化无穷者也。'"胡风:北风。

〔20〕瀚海:沙漠。

〔21〕阴山:即今横亘于内蒙古自治区南境、东北接连内兴安岭的阴山山脉。

〔22〕天子:古称帝王为天子。

〔23〕马上翁:《史记·郦生陆贾列传》:"陆生时时前说称《诗》《书》,高帝骂之曰:'乃公居马上而得之,安事《诗》《书》?'陆生曰:'居马上得之,宁可以马上治之乎?'"马上翁,原指刘邦,此处借指骑马作战的人,即侠客。

咏史[1](四首选二)

一

季生昔未达[2],身辱功不成[3]。髡钳为台隶[4],灌园变姓名[5]。幸逢滕将军[6],兼遇曹丘生[7]。汉祖广招纳[8],一朝拜公卿[9]。百金孰云重?一诺良匪轻[10]。廷议斩樊哙,群公寂无声[11]。处身孤且直[12],遭时坦而平[13]。丈夫当如此,唯唯何足荣[14]?

二

昔有平陵男[15],姓朱名阿游[16]。直发上冲冠[17],壮气横三秋[18]。愿得斩马剑,先断佞臣头[19]。天子玉槛折,将军丹血流[20]。捐生不肯拜,视死其若休。归来教乡里,童蒙远相求[21]。弟子数百人,散在十二州[22]。三公不敢吏[23],五鹿何能酬[24]?名与日月悬[25],义与天壤俦[26]。何必疲执戟,区区在封侯[27]?伟哉旷达士,知命固不忧[28]。

〔1〕《咏史》组诗四首,此选其一、其四两首。这两首精美的咏史叙事诗,是根据《史记》《汉书》中的季布传、朱云传的史实写成的。前一首写季布落魄时的境遇和显达时的处身,表现其孤高、正直、诚信的气节;后一首写朱云的斩奸除佞、归乡就教的声望,表现其一身正气、心胸豁达的气概。作者舍弃了一些细节,选择了足以表现人物性格特征的事件,加以艺术概括,用精确的语言点化人物。落墨大处,形象突出,语言精警,有强烈的感染力。

〔2〕季生:即季布,楚人,为项羽将,多次困窘刘邦。刘邦既灭项羽,以千金重赏求捕布。布潜匿于鲁朱家处。朱家劝夏侯婴说服刘邦赦布,召拜为郎中。布以任侠著名,重然诺,楚人有"得黄金百斤,不如得季布一诺"之谚。未达:尚未显达。

〔3〕"身辱"句:《史记·季布传赞》:"彼自负其材,受辱不羞,欲有所用其未足也,故终为汉名将。"

〔4〕髡(kūn昆)钳:古代刑罚。谓剃去头发,用铁圈束颈。《史记·季布传》:"乃髡钳季布,衣褐衣,置广柳车中。"台隶:地位最低下的奴仆。

〔5〕灌园:从事田园劳动。

〔6〕滕将军:即汉夏侯婴,沛县人,为县吏,与高祖(刘邦)善,从起兵,以功为滕令,每奉车从战,故号滕公。见《史记》《汉书》夏侯婴传。

〔7〕曹丘生:楚之辩士。季布任侠义勇,曹为之揄扬,而名益著。见《史记·季布传》。

〔8〕汉祖:即汉高祖刘邦。招纳:招引接纳。

〔9〕公卿:三公九卿的简称。

〔10〕"百金"二句:语本《史记·季布传》:曹丘生引楚人谚曰:"得黄金百斤,不如得季布一诺。"匪轻:意即重于黄金百斤。

〔11〕"廷议"二句:史载,匈奴单于为书辱吕后,樊哙声言以十万众横行匈奴中。布以为樊哙可斩,有面欺之罪。殿上皆恐,吕后罢朝,不复议击匈奴事。见《史记·季布传》。樊哙,沛人。少以屠狗为业,随刘邦起义。鸿门之会,项羽欲杀邦,哙面责羽,邦得脱走。以军功封舞阳侯。见《史记》《汉书》樊哙传。群公,指阿附吕后和樊哙的诸将。

〔12〕处身:立身处世。

〔13〕遭时:谓遇到好时势。坦:坦荡,形容胸怀开朗,心地纯洁。平:正直。

〔14〕"丈夫"二句:谓大丈夫当如季布之孤直坦荡,不可唯唯诺诺。唯唯,卑恭顺从。

〔15〕平陵:西汉昭帝之陵,在今陕西咸阳西北。朱云自鲁徙居于此。故称"平陵男"。

〔16〕阿游:即朱云,汉鲁人,字游。少任侠,元帝时为槐里令,数忤权贵,以是获罪被刑。成帝时复上书,愿借上方剑,斩佞臣张禹,帝怒欲杀之,御史将云去,云攀折殿槛,以辛庆忌救得免。后当治槛,帝命勿易,以旌直臣。事见《汉书·朱云传》。

〔17〕冲冠:谓头发上指把帽子冲起,形容极为愤怒。

〔18〕三秋:秋天。秋气肃杀。

〔19〕"愿得"二句:朱云上朝在公卿前请杀帝师张禹,曰:"臣愿赐尚方斩马剑,断佞臣一人以厉其馀。"见《汉书·朱云传》。斩马剑,宝剑名,其利可以斩马,故称。佞臣,奸邪谄上之臣。

〔20〕"天子"二句:《汉书·朱云传》载,成帝怒,以为云罪死不赦,

"御史将云下,云攀殿槛,槛折";左将军辛庆忌上救,以死争,"叩头流血"。玉槛,玉石的栏干。将军,指左将军辛庆忌。

〔21〕"归来"二句:谓朱云遇赦,乡居授徒。《汉书·朱云传》云:"云自是之后不复仕,常居鄠田,时出乘牛车从诸生,所过皆敬事焉。"童蒙,指无知的儿童。

〔22〕"弟子"二句:谓其生徒遍布全国各地。十二州,我国古代星占学根据星辰的十二躔次分为十二州:星纪(扬州)、玄枵(青州)、娵訾(并州)、降娄(徐州)、大梁(冀州)、实沈(益州)、鹑首(雍州)、鹑火(三河)、鹑尾(荆州)、寿星(兖州)、大火(豫州)、析木(幽州)。

〔23〕"三公"句:华阴县丞上书荐朱云取代贡禹为御史大夫。元帝问公卿,太子少傅匡衡以为不可。事见《汉书》本传。三公,汉以司徒、太尉、司空为三公。此指朝中高官。不敢吏,不敢任为御史大夫。

〔24〕五鹿:指西汉五鹿充宗。《汉书·朱云传》:充宗通晓梁丘《易》,尝与诸儒辩《易》,莫能与抗,朱云论难,连拄五鹿君。故诸儒语曰:"五鹿岳岳,朱云折其角。"酬:应对。

〔25〕日月悬:日月悬于天空。句意谓名垂千秋。

〔26〕与天壤俦:谓义可比于天地。

〔27〕"何必"二句:谓不必疲于利禄。执戟(jǐ),秦汉时的宫廷侍卫官,因值勤时手持戟,故名。此指扬雄。曹植《与杨修书》:"昔扬子云先朝执戟之臣耳。"封侯,扬雄淡于利禄,不求封侯,此未合史实。《汉书·扬雄传赞》:"雄三世不徙官。及莽篡位,谈说之士用符命称功德获封爵者甚众,雄不复侯,以耆老久次转为大夫,恬于势利乃如是。"

〔28〕知命:谓懂得事物生灭变化都由天命决定的道理。《周易·系辞上》:"乐天知命,故不忧。"

赠李荣道士[1]

锦节衔天使,琼仙驾羽君[2]。投金翠山曲,奠璧清江渍[3]。圆洞开丹鼎,方坛聚绛云[4]。宝觊幽难识[5],空歌迥易分[6]。风摇十洲影[7],日乱九江文[8]。敷诚归上帝,应诏佐明君[9]。独有南冠客[10],耿耿泣离群[11]。遥看八会所[12],真气晓氤氲[13]。

〔1〕作者曾被横祸下狱,此诗当是下狱时写给李荣的。此诗描写了李荣归依天帝的神仙般的景况,抒发了对李荣的怀念和敬慕之情。诗中,写李荣,采饰富丽,超逸清高;写自己,淡泊简约,烘托之下,显得孤寂悲苦。构思精巧,文笔洒脱。李荣:巴西人,东明观道士。曾与僧法轨互谑,法轨诗云:"姓李应须礼,言荣又不荣。"知其虽尝应诏,而未闻达。

〔2〕"锦节"二句:谓李荣领上帝符节为天使,乘仙驾下世为道流。锦节,形容天帝符节。衔,领受。琼仙,指仙人。羽君,犹羽流,对道士的尊称。

〔3〕"投金"二句:谓其有所图报。投金,春秋时伍员由楚逃吴途中,于濑水旁向浣衣女乞食。食毕,女以见疑,投水自杀。后伍员重过濑水,以无由报答,乃投百金于水而去。见汉赵晔《吴越春秋·阖闾内传》。奠璧,犹投璧。典出晋公子重耳。重耳奔秦,及河,舅氏授以璧,请由此别,公子曰:"所不与舅氏同心者,有如白水!"投其璧于河。清江渍,江边。

〔4〕"圆洞"二句:谓炼丹有成。圆洞,指道教洞天福地。开丹鼎,

指炼丹。方坛,方形的道坛。绛云,红色的云。传说天帝所居常有红云拥之。

〔5〕宝贶(kuàng 矿):疑所赠诗文。贶,赠予。

〔6〕空歌:指表现道教养空虚静之诗歌。迥:高远。

〔7〕十洲:道教称大海中神仙居住的十处名山胜境。《海内十洲记》:"汉武帝既闻王母说八方巨海之中有祖洲、瀛洲、玄洲、炎洲、长洲、元洲、流洲、生洲、凤麟洲、聚窟洲。有此十洲,乃人迹所稀绝处。"

〔8〕九江:指长江。文:指水波纹。

〔9〕"敷诚"二句:似指李荣曾为朝廷所征召。敷诚,布诚。上帝,天帝。此指皇帝。应诏,接受诏命。

〔10〕南冠客:指囚犯。《左传·成公九年》:"晋侯观于军府,见钟仪,问之曰:'南冠而縶者,谁也?'有司对曰:'郑人所献楚囚也。'"

〔11〕耿耿:烦躁不安。离群:《礼记·檀弓上》载,子夏曰:"吾离群而索居亦已久矣。"

〔12〕八会:指万物生成的基础物质,即三元(天、地、人)与五行(金、木、水、火、土)。《云笈七签》:"三五和合,谓之八会。"

〔13〕真气:道教谓为"性命双修"所得之气。氤氲:气盛貌。

早度分水岭[1]

丁年游蜀道[2],斑鬓向长安[3]。徒费周王粟[4],空弹汉吏冠[5]。马蹄穿欲尽[6],貂裘敝转寒[7]。层冰横九折[8],积石凌七盘[9]。重溪既下漱[10],峻峰亦上干[11]。陇头闻戍鼓[12],岭外咽飞湍[13]。瑟瑟松风急[14],苍苍山月团[15]。

传语后来者,斯路诚独难[16]。

〔1〕作者于高宗乾封初出为益州新都尉,秩满,漫游蜀中。此诗当为作者离蜀时所作。诗中先叹岁月蹉跎,次写蜀道险峻,后点明行路艰难。诗人以景结情,用蜀道险阻的物象,抒发对仕途的感慨,浑然融合境界,感情真切而沉郁。分水岭:此或在川北。

〔2〕丁年:丁壮之年。汉以男子二十岁为丁。丁,一作"千"。蜀道:蜀中道路,指蜀地。

〔3〕斑鬓:鬓发花白。一作"万里"。长安:唐朝都城,故址在今陕西西安。

〔4〕周王粟:周朝禄食。此指唐朝君王给官吏的俸禄。《史记·伯夷列传》:"天下宗周,而伯夷、叔齐耻之,义不食周粟,隐于首阳山。"

〔5〕"空弹"句:典出《汉书·王吉传》:"吉与贡禹为友,世称'王阳在位,贡公弹冠'。"后以弹冠喻将出仕。汉吏,指贡禹。

〔6〕马蹄穿:马久行而蹄磨损。徐干《中论》:"策穿蹄之乘而登太行之险,必颠踬矣。"

〔7〕貂裘敝:貂皮制成的衣裘破旧。《战国策·秦策》:苏秦"说秦王,书十上而说不行,黑貂之裘敝,黄金百斤尽,资用乏绝,去秦而归"。

〔8〕九折:指九折阪。在今四川荥经西邛崃山。山路险曲,须九折乃得上。

〔9〕七盘:即七盘岭,在四川广元东北与陕西宁强的交界处,上有七盘关,是川陕间重要关隘之一。

〔10〕下潄:向下冲荡。

〔11〕上干:上蠹。

〔12〕陇头:陇山。六盘山南段,在今陕西渭河北岸。戍鼓:边防驻军的鼓声。

〔13〕岭外:岭下。岭,一作"云"。咽:声音滞涩,此处形容水流声。飞湍:急流。

〔14〕瑟瑟:风的声音。魏刘桢《赠从弟》:"亭亭山上松,瑟瑟谷中风。"

〔15〕苍苍:迷茫。江淹《伤爱子赋》:"雾笼笼而带树,月苍苍而架林。"团:一作"圆"。

〔16〕"斯路"句:从汉乐府相和歌旧题《蜀道难》化出。《乐府解题》曰:"《蜀道难》备言铜梁玉垒之阻,与《蜀国弦》颇同。"

三月曲水宴得尊字〔1〕

风烟彭泽里〔2〕,山水仲长园〔3〕。由来弃铜墨〔4〕,本自重琴尊〔5〕。高情邈不嗣〔6〕,雅道今复存〔7〕。有美光时彦〔8〕,养德坐山樊〔9〕。门开芳杜迳〔10〕,室距桃花源〔11〕。公子黄金勒〔12〕,仙人紫气轩〔13〕。长怀去城市〔14〕,高咏狎兰荪〔15〕。连沙飞白鹭,孤屿啸玄猿。日影岩前落,云花江上翻。兴阑车马散,林塘夕鸟喧。

〔1〕此诗写曲水宴的情兴,以陶潜、仲长统自比开篇,围绕"弃铜墨""重琴尊"题旨,写情写景。景与意会,清雅而高洁。曲水宴:见王勃《三月曲水宴得烟字》注。

〔2〕彭泽:县名,在今江西北部。晋陶潜曾为彭泽令,因以"彭泽"借指陶潜。

〔3〕仲长:仲长统。仲长统,东汉山阳高平人,字公理。《后汉书·

仲长统传》:"少好学,博涉书记。每州郡召命,辄称疾不就,欲卜居清旷,以乐其志,尝论之曰:'使居有良田广宅,背山临流,沟池环匝,竹木周布,足以息四体之役。'"

〔4〕铜墨:铜印墨绶,指县官。《后汉书·蔡邕传》"墨绶长吏",注引《汉官仪》曰:"秩六百石,铜章墨绶也。"

〔5〕琴尊:琴与酒樽。常指文士宴集。谢朓《和宋记室省中》诗:"无叹阻琴樽,相从伊水侧。"

〔6〕高情:高隐超然物外之情。不嗣:不继。意指未承接陶潜、仲长统之高情。

〔7〕雅道:指风雅之事。江总《庄周画颂》:"丹青可久,雅道斯存。"

〔8〕有美:有威仪之美。《礼记·礼器》:"有美而文而诚若。"孔颖达疏:"有美而文者,有威仪之美而文章显著。"时彦:当代的贤俊。

〔9〕养德:修养德性。山樊:山傍,山阴。《庄子·则阳》:"(公阅休)冬则擉鳖于江,夏则休乎山樊。"

〔10〕芳杜:杜蘅,香草。孔稚圭《北山移文》:"岂可使芳杜厚颜,薜荔蒙耻。"

〔11〕桃花源:晋陶潜作《桃花源记》,谓有渔人从一山洞入桃花源,见秦时避乱者的后裔居其间,并怡然自乐。此处指避世隐居的地方。

〔12〕公子:称富贵人家的子弟。黄金勒:黄金为饰的马络头。梁王僧孺《白马篇》:"千里生冀北,玉鞘黄金勒。"

〔13〕紫气轩:带紫色云气的车。紫气,古代以为神仙祥瑞之气。

〔14〕长怀:常思。去城市:意欲隐于山林。

〔15〕狎:亲近。兰荪:一种香草,指高洁之士。

奉使益州至长安发钟阳驿[1]

跻险方未夷[2],乘春聊骋望[3]。落花赴丹谷,奔流下青嶂。

葳蕤晓树滋[4],滉漾春江涨[5]。平川看钓侣[6],狭径闻樵唱[7]。蝶戏绿苔前,莺歌白云上。耳目多异赏,风烟有奇状。峻阻将长城[8],高标吞巨舫[9]。联翩事羁靮[10],辛苦劳疲恙。夕济几潺湲,晨登每惆怅。谁念复刍狗[11]?山河独偏丧[12]。

〔1〕唐高宗乾封元年(666)作者出为益州新都尉,此诗为任满回京途中所作,写登高望远的所见所感。诗中,写春景,则山河形胜,奇状异赏,险峻而清丽;写心情,则世事烦扰,失意懊恼,惆怅而忧伤。运用反衬手法,突出内心的感慨,抑扬畅达,情致委折。益州:今四川成都。钟阳驿:在今四川绵阳西南皂角铺。

〔2〕跻:一作"踚"。未夷:不平坦。

〔3〕骋望:放眼远望。

〔4〕葳蕤(wēi ruí 威绥):草木茂盛枝叶下垂貌。晓树:一作"杂树"。

〔5〕滉漾:水深广貌。

〔6〕钓侣:垂钓之友。

〔7〕樵唱:樵夫唱的歌。

〔8〕"峻阻"句:言险阻似长城。将,如,若。长城,见前《紫骝马》注。

〔9〕"高标"句:谓山峰如浪,欲吞巨舟。高标,高耸的山峰。舫,一作"防"。

〔10〕羁靮(dí 敌):马络头和缰绳。

〔11〕刍狗:古代祭祀时用草扎成的狗,喻微贱无用的人。《老子》:"天地不仁,以万物为刍狗;圣人不仁,以百姓为刍狗。"

〔12〕偏丧:偏失。

和王奭秋夜有所思[1]

寂寂南轩夜,悠然怀所知[2]。长河落雁苑[3],明月下鲸池[4]。凤台有清曲,此曲何人吹[5]?丹唇间玉齿,妙响入云涯。穷巷秋风叶,空庭寒露枝。劳歌欲有和[6],星鬓已将垂[7]。

〔1〕这是一首恋情诗,作者借和王奭诗,寄寓对情人的思念。诗中以秋夜景色为背景,运用萧史吹箫的典实,抒发了绵远的恋情。景凄而意悲,情切而思深。王奭:生平未详。有所思:汉乐府铙歌旧题,内容多写女子与情人决绝的悲思。

〔2〕"寂寂"二句:写静夜怀知遇。南轩,向南的窗子。所知,知音,知交。屈原《九歌·少司命》:"悲莫悲兮生别离,乐莫乐兮新相知。"

〔3〕长河:银河。雁苑:古园囿名。南朝梁元帝《玄览赋》:"虹桥左跨,雁苑南通。"

〔4〕鲸池:大池。或指昆明池。昆明池畔有石鲸。

〔5〕"凤台"二句:典出萧史弄玉故事,见《列仙传·萧史》。详王勃《晚留凤州》注。清曲,指凤台曲。乐府《上云乐》七曲之一。南朝梁武帝作,取首句"凤台上,两悠悠"为名。

〔6〕劳歌:忧伤、惜别之歌。

〔7〕星鬓:花白的鬓发。

望宅中树有所思[1]

我家有庭树,秋叶正离离[2]。上舞双栖鸟,中秀合欢枝[3]。劳思复劳望,相见不相知。何当共攀折,歌笑此堂垂[4]。

〔1〕此诗为诗人见庭树有感而作。诗中以树起兴,以双栖鸟、合欢枝作比,抒写男女恋情,表现了相思的愁苦、相爱的热切。有所思:汉乐府旧题。详《和王奭秋夜有所思》诗注。

〔2〕离离:浓密貌。

〔3〕秀:特出,高出。合欢枝:树木的枝条繁盛互相交结。喻男女欢爱。

〔4〕"何当"二句:由写树转入写人,期望与所思之人共攀庭树合欢枝。此堂,一作"北堂"。按,北堂为母之代称。据此,似有求婚之意。

宿晋安亭[1]

闻有弦歌地[2],穿凿本多奇[3]。游人试一览,临玩果忘疲。窗横暮卷叶[4],檐卧古生枝。旧石开红藓[5],新荷覆绿池[6]。孤猿稍断绝,宿鸟复参差[7]。泛滟月华晓[8],裴回星鬓垂[9]。今日删书客[10],凄惶君讵知[11]?

〔1〕此诗写夜宿晋安亭的情景。作者游览弦歌地,暂时忘忧,然住处傍晚苍凉的景色,又勾起凄惶的心绪。游玩忘疲,即景兴悲,情兴温婉而平实。晋安亭:当是唐晋安县亭,故址在今四川南部县城西北四十里。

〔2〕弦歌地:泛指教化之区。弦歌,《列子·仲尼》:"弦歌诵书,终身不辍。"

〔3〕穿凿:开凿营造。人工所建之景。多奇:多有奇异之处。

〔4〕卷叶:一作"落叶"。

〔5〕红藓:紫色苔藓。

〔6〕新荷:一作"新河"。句由魏曹植《公燕》"秋兰被长坂,朱华冒绿池"化出。

〔7〕宿鸟:一作"百鸟"。参差:谓鸟声纷纭。

〔8〕泛滟:浮光闪耀貌。月华:月光。

〔9〕星鬓:花白的鬓发。

〔10〕删书客:古有孔子删订《尚书》之说。此为作者自况。

〔11〕凄惶:悲伤不安。

于时春也慨然有
江湖之思寄赠柳九陇[1]

提琴一万里,负书三十年[2]。晨攀偓佺树[3],暮宿清泠泉[4]。翔禽鸣我侧,旅兽过我前。无人且无事,独酌还独眠。遥闻彭泽宰[5],高弄武城弦[6]。形骸寄文墨,意气托神仙[7]。我有壶中要[8],题为物外篇[9]。将以贻好道[10],道远莫致旃[11]。相思劳日夜,相望阻风烟。坐惜春华晚,徒令客思悬。水去东南地,气凝西北天。关山悲蜀道[12],花鸟忆秦川[13]。天子何时问？公卿本不怜[14]。自哀还自乐,归薮复归田[15]。海屋银为栋,云车电作鞭[16]。倘遇鸾将鹤,谁论貂与蝉[17]？莱洲频度浅[18],桃实几成圆[19]？寄言飞凫舄,岁晏同联翩[20]。

〔1〕此诗当为作者在蜀地为官时所作,抒写怀才不遇的感慨和追求神仙的志趣。诗中先写神仙生活的幽闲,次写对柳九陇的赠言和思念,再写迟暮之感和不遇的怨情,最后申退隐访仙的志向。作者倾心于神仙生活,而又感慨人世沧桑。悠闲中有怨情,逸乐中含隐痛,构篇精致,情兴委宛。江湖之思:指退隐思想。柳九陇:生平未详。

〔2〕"提琴"二句:陶潜《归去来兮辞》:"悦亲戚之情话,乐琴书以销忧。"古文人多以琴书自随。此谓久游读书。

〔3〕偃蹇:高耸貌。

〔4〕清泠泉:古水名,即清泠之渊。《山海经·中山经》:"丰山,神耕父处之,常游清泠之渊,出入有光。"

〔5〕彭泽宰:指晋陶潜彭泽,县名,在今江西北部,陶潜曾为彭泽令。

〔6〕武城弦:《论语·阳货》:"子之武城,闻弦歌之声。"朱熹集注:"弦,琴瑟也。时子游为武城宰,以礼乐为教,故邑人皆弦歌也。"

〔7〕"形骸"二句:谓从事文墨辞翰,而向往神仙幻境。

〔8〕壶中要:指求仙要术。北魏郦道元《水经注·汝水》:"昔费长房为市吏,见王壶公悬壶于市,长房从之,因而自远,同入此壶,隐沦仙路。"

〔9〕物外:超脱于尘世之外。

〔10〕好道:喜好方术的人,指柳九陇。

〔11〕致旃(zhān 毡):寄达。旃,之焉。

〔12〕悲蜀道:意谓蜀道难行。蜀道,蜀中的道路。

〔13〕秦川:指今陕西、甘肃的秦岭以北平原地带,因春秋、战国时地属秦国而得名。

〔14〕"天子"二句:谓帝王高官均不垂顾,仕宦不得志。公卿,三公九卿的简称。泛指高官。不怜,一作"亦怜"。

〔15〕归薮:回到江湖。薮,湖泽。归田:辞官回乡务农。

〔16〕"海屋"二句:写仙界之住行。海屋,神仙居处。云车,仙人以云为车,故称。

〔17〕"倘遇"二句:意谓若得成仙,何必高官。鸾将鹤,鸾与鹤,均仙人所乘之鸟。貂与蝉,古代王公显宦冠上饰物,代指高官。

〔18〕"莱洲"句:典出葛洪《神仙传》七《王远传》:"麻姑自说云:接待以来,已见东海三为桑田。向到蓬莱,又水浅于往日会时略半耳。"莱洲,蓬莱洲,相传仙人所居之处。

〔19〕桃实:指西王母的仙桃。仙桃三千年一花,三千年一实。

〔20〕"寄言"二句:意欲与柳九陇联翩成仙。凫舄,《后汉书·方术传上·王乔》:"王乔者,河东人也。显宗世,为叶令。乔有神术,每月朔望,常自县诣台朝。帝怪其来数,而不见车骑,密令太史伺望之。言其临至,辄有双凫从东南飞来。于是候凫至,举罗张之,但得一只舄焉。乃诏尚方㸘视,则四年中所赐尚书官属履也。"舄,古代一种以木为复底的鞋。岁晏,岁暮,一年将尽的时候。联翩,并飞貌。

至望喜瞩目言怀贻剑外知己[1]

圣图夷九折[2],神化掩三分[3]。缄愁赴蜀道[4],题拙奉虞薰[5]。隐辚度深谷,遥袅上高云[6]。碧流递萦注,青山互纠纷。涧松咽风绪,岩花濯露文。思北常依驭[7],图南每丧群[8]。无由召宣室,何以答吾君[9]。

〔1〕此诗写由蜀入京途中的景色,和旅途的艰难,抒发依恋京都、壮志未酬的悲愤。诗中,景物峻险深邃,怀抱忧郁幽深。境与意会,思苦而语奇。望喜:在四川昭化南,江水至此折而东流,即唐望喜驿。剑外:指四川剑阁以南地区。

〔2〕圣图:天子的宏图。夷:平。九折:九折坂,在今四川荣经之西邛崃山。

〔3〕神化:圣王的教化。三分:三分国,即三国魏、蜀、吴。掩三分,指统一天下。

〔4〕缄愁:谓寄诗言愁。江总《七夕》诗:"波横翻泻泪,束素反缄愁。"

〔5〕题拙:指题写诗作。虞薰:或曰虞歌,即南风歌。《孔子家语》:"舜弹五弦之琴,歌南风之诗。其诗曰:'南风之薰兮,可以解吾民之愠。'"

〔6〕"隐辚"二句:谓车马行于深谷高山。隐辚,指马车。遥袅(niǎo鸟):远行的马。袅,以丝带系马,因用以代称马名。

〔7〕思北:指怀念京都。依驭:靠着车驾。

〔8〕图南:《庄子·逍遥游》载:北冥有鱼,其名为鲲。化而为鸟,其名为鹏。鹏之徙于南冥也,水击三千里,抟扶摇而上者九万里。后以"图南"比喻人的志向远大。丧群:失去同伴。此指离开剑外知己。

〔9〕"无由"二句:意谓不能如贾谊之奉诏入宣室,故无以答君王。宣室,指帝王所居的正室。

赤谷安禅师塔[1]

独坐岩之曲,悠然无俗纷。酌酒呈丹桂[2],思诗赠白云。烟霞朝晚聚,猿鸟岁时闻。水华竞秋色,山翠含夕曛。高谈十二部[3],细蕺五千文[4]。如如数冥昧[5],生生理氤氲[6]。古人有糟粕,轮扁情未分[7]。且当事芝术,从吾所好云[8]。

〔1〕此诗追溯安禅师圆寂前的思想、生活状况,表达了自己摆脱凡俗的心绪。全诗分为四段,先写安的悠闲自适的生活,次写幽寂清丽的景色,再写安讲读经典、修心养性的情况,后写轮扁的观点,自己的爱好。诗中着重描述人物的举止和环境,从而塑造了一个满腹经纶、清高超逸的禅师形象。描写生动,转折自然,情思悠闲,虽浸透着浓烈的佛教思想,但仍不失为一首好诗。赤谷:在今陕西眉县。安禅师:生平不详。禅师,对一般和尚的尊称。

〔2〕丹桂:传说月中有桂树,因以"丹桂"为月亮的代称。

〔3〕十二部:指佛经体例上的十二种类别。十二部经:修多罗、祇夜、和伽罗那、伽陀那、优陀那、尼陀那、阿婆陀那、伊提目多伽、暗陀伽、毗佛略、阿浮陀达磨、优婆提舍。见《大智度论》卷三三。

〔4〕五千文:即五千言,指老子《道德经》。按,禅理非纯佛,含有道的成分,故亦读道家经典。

〔5〕如如:佛教语,谓诸法皆平等不二的法性理体。如,理的异名。冥昧:愚昧。

〔6〕生生:一生一世。氤氲:亦作"絪缊",指天地阴阳之气的聚合。

《周易·系辞》:"天地细缊,万物化醇。"

〔7〕"古人"二句:《庄子·天道》载,桓公读书于堂上,轮扁斫轮于堂下,释椎凿而上,问桓公所读为何书,公曰:"圣人之言也。"又问圣人在什么地方,公曰:"已死矣。"轮扁认为桓公所读圣人之书,为古人糟粕。并解释说:"臣也,以臣之事观之,斫轮徐则甘而不固,疾则苦而不入。不徐不疾,得之于手,而应于心,口不能言,有数存焉于其间,臣不能以喻臣之子,臣之子亦不能受之于臣,是以行年七十而老斫轮,古之人与其不可传也,死矣。然则君之所读者,古人之糟魄已夫!"又,《淮南子·道应训》:"今圣人之所言者,亦以怀其实,穷而死,独其糟粕在耳。"糟粕,废物。轮扁,春秋齐人,善斫轮,因名轮扁。

〔8〕"且当"二句:意谓从心所欲。芝术,紫芝与白术,药草名。古人多服食。谢灵运《昙隆法师诔》:"茹芝术而共饵,披法言而同卷。"云,助词,无义。

赠益府裴录事[1]

忽忽岁云暮[2],相望限风烟。长歌欲对酒[3],危坐遂停弦[4]。停弦变霜露,对酒怀朋故。朝看桂蟾晚[5],夜闻鸿雁度。鸿度何时还?桂晚不同攀[6]。浮云映丹壑,明月满青山。青山云路深,丹壑月华临。耿耿离忧积[7],空令星鬓侵[8]。

〔1〕这是一首怀友诗,抒写对裴录事的怀念。此诗运用联珠格写事写景,后两句对前两句加以补充,更深一层地抒发情怀,递接紧凑而生

动畅达。此诗笔法新颖,别开生面,独具一格。益府:益州官署。在今四川成都。裴录事:生平不详。录事,掌总录众官署文簿。

〔2〕岁云暮:岁末。《诗经·小雅·小明》:"曷其云还,岁聿云莫(暮)。"

〔3〕"长歌"句:曹操《短歌行》:"对酒当歌,人生几何。"

〔4〕危坐:指正身而坐。停弦:停止弹琴。

〔5〕桂蟾:指月亮。传说月宫有桂树和蟾蜍。

〔6〕"桂晚"句:汉淮南小山《招隐士》:"攀援桂枝兮聊淹留。"后亦以攀桂喻指科举登第,犹言折桂。

〔7〕耿耿:烦躁不安。离忧:离别的忧伤。

〔8〕星鬓:花白的鬓发。

赠益府群官〔1〕

一鸟自北燕〔2〕,飞来向西蜀〔3〕。单栖剑门上〔4〕,独舞岷山足〔5〕。昂藏多古貌〔6〕,哀怨有新曲。群凤从之游,问之何所欲?答言寒乡子〔7〕,飘飘万馀里。不息恶木枝,不饮盗泉水〔8〕。常思稻粱遇〔9〕,愿栖梧桐树〔10〕。智者不我邀,愚夫余不顾。所以成独立,耿耿岁云暮〔11〕。日夕苦风霜,思归赴洛阳〔12〕。羽翻毛衣短〔13〕,关山道路长。明月流客思,白云迷故乡。谁能借风便,一举凌苍苍〔14〕。

〔1〕此诗描绘鸟的气度轩昂、洁身自好的形象,流露了身世艰辛、归思深切的心情。作者借物写情,以鸟自拟,运用拟人的手法,使鸟人格

化,赋予鸟以人的思想感情和行为动作,采用对话形式,表达了自己的胸怀和心境。真切而自然,朴素而新颖。益府:益州府,在今四川成都。

〔2〕北燕:周代诸侯国名,唐属幽州,在今河北蓟县一带。作者幽州范阳人,故自云来自北燕。

〔3〕西蜀:指今四川省。

〔4〕剑门:又名梁山,在四川北部,峭壁中断,两崖相嵌,形似剑门。

〔5〕岷山:在四川北部,绵延四川、甘肃两省边境,为长江、黄河分水岭,岷江、嘉陵江支流白龙江发源地。

〔6〕昂藏:气度轩昂。

〔7〕寒乡:北方寒冷之地。《诗经·豳风·七月》疏:"寒乡率早寒,北方是也;热乡率晚寒,南方是也。"作者北人,故自称"寒乡子"。

〔8〕"不息"二句:陆机《猛虎行》:"渴不饮盗泉水,热不息恶木阴。"恶木枝,《文选》李善注:"《管子》曰:夫士怀耿介之心,不荫恶木之枝。恶木尚能耻之,况与恶人同处!"盗泉,故址在今山东泗水东北。《尸子》卷下:"(孔子)过于盗泉,渴矣而不饮,恶其名也。"

〔9〕稻粱:稻和粱。喻俸禄。

〔10〕梧桐:落叶乔木。古人以为是凤凰栖止之木。

〔11〕耿耿:烦躁不安。岁云暮:一年将尽。《诗经·小雅·小明》:"岁聿云莫(暮)。"

〔12〕洛阳:今属河南。在洛水之阳,唐以此为陪都。

〔13〕羽翮:指鸟羽。毛衣:禽鸟的羽毛。

〔14〕"谁能"二句:有求引荐之意。苍苍,指天。《庄子·逍遥游》:"天之苍苍,其正色邪?"

送梓州高参军还京[1]

京洛风尘远[2],褒斜烟露深[3]。北游君似智[4],南飞我异禽[5]。别路琴声断，秋山猿鸟吟。一乖青岩酌[6]，空伫白云心[7]。

〔1〕这是一首送别诗，是作者宦游四川期间所作，诗中抒写了送高参军的离情别绪，流露了对友人路远艰难的担心和别后的思念之情。景凄词切，情真而思深。梓州：今四川三台。高参军：生平不详。参军，谓参谋军事。晋以后军府和王国始置为官员，沿至隋唐，兼为郡官。

〔2〕京洛：洛阳的别称。因东周、东汉均建都于此，故名。风尘：风与尘，喻旅途辛苦。

〔3〕褒斜：即褒斜道，古道路名。因取道褒水、斜水二河谷得名。通道山势险峻，历代凿山架木，于绝壁修成栈道，旧时为川陕交通要道。烟露：一作"烟雾"。

〔4〕"北游"句：语本《庄子·知北游》："知北游于玄水之上。"按"知"即智。

〔5〕"南飞"句：指由京来蜀。典出《庄子·逍遥游》鲲鹏图南。禽，指鹏。异禽，与鹏有异，谓无鹏之宏志。

〔6〕青岩酌：青山饯行。

〔7〕白云心：谓思念之情。《穆天子传》载西王母《白云谣》："白云在天，山陵自出。道里悠远，山川间之。将子无死，尚能复来。"

大剑送别刘右史[1]

金碧禺山远[2]，关梁蜀道难[3]。相逢属晚岁，相送动征鞍[4]。地咽绵川冷[5]，云凝剑阁寒[6]。倘遇忠孝所，为道忆长安[7]。

〔1〕此诗抒写送别刘右史的离情别绪,表达了对友人的关切和劝勉,流露了相逢恨晚,相送怨早的绵绵情意。诗中以情写景,以景衬情,风格朴实,词切而意悲。大剑:即大剑山。在今四川剑阁东北。刘右史:生平未详。右史,中书省起居舍人的别称。

〔2〕"金碧"句:《汉书·王褒传》:"后方士言益州有金马、碧鸡之宝,可祭祀致也。宣帝使褒往祀焉。"又《后汉书·郡国志》越嶲郡:"青蛉有禺同山,俗谓有金马碧鸡。"金碧,指金马碧鸡。禺山,即禺同山。西汉属益州,东汉属越嶲。今属云南。

〔3〕关梁:关口和桥梁。蜀道难:语出汉乐府旧题《蜀道难》。

〔4〕征鞍:征马,指旅行者所乘的马。

〔5〕"地咽"句:一作"地险绵川咽"。绵川,即绵水,今名绵阳河。源出四川绵竹西南,流经德阳,入雒江。

〔6〕剑阁:栈道名,在今四川剑阁东北大剑山小剑山之间。相传为诸葛亮所修筑,是川陕间的主要通道,军事戍守要地。

〔7〕"倘遇"二句:谓若至长安,见亲故,为达相思之情。忠孝所,似指家国亲故。出典未详。长安,唐帝都。今陕西西安。

同临津纪明府孤雁[1]

三秋违北地,万里向南翔[2]。河洲花稍白,关塞叶初黄[3]。避缴风霜劲[4],怀书道路长[5]。水流疑箭动,月照似弓伤[6]。横天无有阵,度海不成行[7]。会刷能鸣羽,还赴上林乡[8]。

〔1〕此诗为和临津县纪明府咏孤雁之作。作者以孤雁自拟,着墨于鸿雁南飞沿途的景物,突出鸿雁的风险、惊悸和孤单,寄寓自己的身世之叹和对京都的怀念。借物抒情,委婉而细密。同:犹和,酬作。临津:唐县名,在今四川剑阁东南。纪明府:临津县令,生平未详。
〔2〕"三秋"二句:谓孤雁至秋季自北地南飞以避寒。北地,指北方。地,一作"雁"。
〔3〕"河洲"二句:写孤雁南飞所见山川景物。河洲,河中可居的陆地。关塞,边塞、边关。
〔4〕避缴:避开箭。缴,系在箭上的生丝绳,射鸟用,此处指箭。
〔5〕怀书:怀带书信。古有鸿雁传书之说。见《汉书·苏建传》附苏武传。
〔6〕"水流"二句:写雁飞时畏惧之心。言俯视川流似箭在动;仰观新月则似弓伤身。
〔7〕"横天"二句:写雁因惊惧,故飞不成行,也不成阵。
〔8〕"会刷"二句:终期能刷羽赴上林。意欲有所为。上林乡,指京都。上林,古宫苑名,秦旧苑,汉初荒废,至汉武帝时重新扩建,故址在今西安市西及周至、户县界。

失群雁[1]

三秋北地雪皑皑[2],万里南翔渡海来。欲随石燕沉湘水[3],试逐铜乌绕帝台[4]。帝台银阙距金塘[5],中间鸂鶒已成行[6]。先过上苑传书信[7],暂下中州戏稻粱[8]。虞人负缴来相及[9],齐客虚弓忽见伤[10]。毛翎频顿飞无力[11],羽翮摧颓君不识[12]。唯有庄周解爱鸣[13],复道郊哥重奇色[14]。惆怅惊思悲未已,裴回自怜中罔极[15]。传闻有鸟集朝阳[16],讵胜仙凫迹帝乡[17]。云间海上应鸣舞,远得鹍弦犹独抚[18]。金龟全写中牟印[19],玉鹄当变莱芜釜[20]。愿君弄影凤皇池,时忆笼中摧折羽[21]。

〔1〕题下有序云:"温县明府以雁诗垂示。余以为古之郎官,出宰百里;今之墨绶,入应千官。事止雁行,未宜伤叹。至如羸卧空岩者,乃可为失群恸耳。聊因伏枕多暇,以斯文应之。"由序文知此诗为和温县(今属河南)明府之作,诗写北雁南飞沿途的情景,寄寓自己的身世之叹。诗中先写孤雁飞经湘水、京都、上苑、中州的情景;次写遭受箭伤和惆怅悲叹的心境;后写聊以自慰和对温县明府的愿望。此诗借物言情,笔法老练,格调苍凉,情致委折。

〔2〕北地:北部地方。皑皑:雪白的样子。

〔3〕石燕:似燕之石。北魏郦道元《水经注·湘水》:"湘水东南流迳石燕山东,其山有石,绀而状燕,因以名山。其石或大或小,若母子焉。及其雷风相薄,则石燕群飞,颉颃如真燕矣。"湘水:即湘江。湖南省最大的河流。

〔4〕铜乌:铜制的乌形测风仪器,亦称相风乌。《三辅黄图·台榭》:"长安宫南有灵台,高十五仞……有相风铜乌,遇风乃动。"帝台:宫南灵台,指京城。

〔5〕银阙:道家谓天上有白玉京,为仙人或天帝所居。金塘:金堤,坚固的石堤。刘桢《公䜩》诗:"芙蓉散其华,菡萏溢金塘。"

〔6〕鹓鹭:鹓与鹭飞行有序,比喻班行有序的朝官。鹓,传说中与鸾凤同类的鸟。

〔7〕上苑:皇家的园林。传书信:用《汉书·苏建传》附《苏武传》鸿雁传书事。见王勃《采莲曲》注。

〔8〕中州:古豫州地处九州之中,故称中州。今河南一带。稻粱:稻和粱,谷物的总称。庾信《奉报赵王惠酒》诗:"未知稻粱雁,何时往报恩。"倪璠注引《说苑》:"齐景公尝菽粟凫雁。"

〔9〕虞人:古掌山泽苑囿的官。负缴:持箭。缴,系在箭上的生丝绳,此处借指箭。相及:相犯,相害。

〔10〕齐客:齐地的人。似当作"魏客",指魏人更羸。《战国策·楚策》:"雁从东方来,更羸以虚发而下之。"《晋书·苻生载记》:"伤弓之鸟,落于虚发。"

〔11〕频顿:一作"颠顿"。

〔12〕羽翮:羽翼。翮,羽轴下段不生羽瓣而中空的部分。

〔13〕"唯有"句:典出《庄子·山木》:"故人喜,命竖子杀雁而烹之。竖子请曰:'其一能鸣,其一不能鸣,请奚杀?'主人曰:'杀不能鸣者。'"庄周,即庄子。战国宋蒙人,曾为漆园吏,相传楚威王闻其名,厚币以迎,许以为相,辞不就。

〔14〕"复道"句:《唐书·高宗诸子列传》载高宗语:"汉获朱雁,遂为乐府;今获白雁,得为婚赘。彼礼但成谣颂,此礼便首人伦,异代相望,我无愧德也。"郊哥,天子郊祀之歌,即郊庙歌。按,朱雁汉郊歌,今不传。哥,"歌"的古字。奇色,指朱雁。

〔15〕罔极:无穷尽。

〔16〕"传闻"句:谓凤集朝阳。喻温县明府入朝。典出《诗经·大雅·卷阿》:"凤皇鸣矣,于彼高冈;梧桐生矣,于彼朝阳。"

〔17〕讵:岂。仙凫:典出《后汉书·王乔传》。详前《于时春也慨然

有江湖之思寄赠柳九陇》诗注。此借指温县明府。帝乡:指京都长安。

〔18〕"云间"二句:写彼此升沉异趣。明府鸣舞,而己则独弦琴。鹍弦,用鹍鸡筋做的琵琶弦,此处指琴。

〔19〕"金龟"句:颂明府之政迹。典出后汉鲁恭。恭拜中牟令,以德化为治,儿童见雉将雏而不捕,袁安曰:"所以来者,欲察君之政迹耳。今虫不犯境,此一异也;化及鸟兽,此二异也;竖子有仁心,此三异也。"见《后汉书·鲁恭传》。金龟,龟纽官印。中牟,春秋郑地,在今河南中牟县东。

〔20〕玉鹄:白如玉的天鹅,作者自况。莱芜釜:指生活清贫。东汉范冉,字史云,为莱芜长,后遭党人禁锢,生活清贫,但穷居自若,言貌无改,当时有民谣曰:"甑中生尘范史云,釜中生鱼范莱芜。"见《后汉书·范冉传》。

〔21〕"愿君"二句:意求温县明府提携。弄影凤皇池,言温县明府入中书省任职。唐人称中书省为"凤凰池"。笼中摧折羽,笼中鸟,作者自拟。

行路难[1]

君不见长安城北渭桥边[2],枯木横槎卧古田[3]。昔日含红复含紫,常时留雾亦留烟。春景春风花似雪,香车玉舆恒阗咽[4]。若个游人不竞攀,若个倡家不来折。倡家宝袜蛟龙帔[5],公子银鞍千万骑。黄莺——向花娇,青鸟双双将子戏[6]。千尺长条百尺枝,月桂星榆相蔽污[7]。珊瑚叶上鸳鸯鸟[8],凤凰巢里雏鹓儿[9]。巢倾枝折凤归去,条枯叶落任风吹。一朝零落无人问,万古摧残君讵知?人生贵贱无终始,倏忽须臾难久恃。谁家能驻西山日[10]?谁家能堰东流水[11]?汉家陵树满秦川[12],行来行去尽哀怜。自昔公卿二千石[13],咸拟荣华一万年。不见朱唇将白貌,惟闻素棘与黄泉[14]。金貂有时换美酒[15],玉麈但摇莫计钱[16]。寄言坐客神仙署[17],一生一死交情处[18]。苍龙阙下君不来[19],白鹤山前我应去[20]。云间海上邈难期,赤心会合在何时?但愿尧年一百万[21],长作巢由也不辞[22]!

〔1〕此诗作者冲破了宫体诗的束缚,把眼光由宫廷移向社会,投向现实人生。诗中以树木的荣枯作比,以从容舒展的笔触描绘了时光的流逝、社会的兴衰、人情世态和生死荣枯,抒发了对人生的慨叹和热烈执着的追求。即物起兴,重叠对比,辞情恳切,意境深邃。行路难:乐府杂曲歌旧题。古辞多写世路艰难与离情别意。

〔2〕长安:在今陕西西安。渭桥:长安附近渭水上的桥梁。城北为中渭桥。

〔3〕横槎卧古田:谓枯木枝槎横卧于荒田之上。

〔4〕香车玉舆:喻指贵人的马车。阗咽:拥挤。

〔5〕宝袜:即腰彩,古代女子束于腰间的彩带。蛟龙帔(pèi配):织有蛟龙花纹的妇女衣饰物。

〔6〕青鸟:青色的禽鸟。汉张衡《西京赋》:"况青鸟与黄雀。"将子戏:带着小鸟游戏。

〔7〕月桂:神话传说里的月中桂树,借指月亮。月,一作"丹"。星榆:白榆。天上有白榆星,故称星榆。汉乐府《陇西行》:"天上何所有,历历种白榆。"星,一作"青"。

〔8〕珊瑚:珊瑚树。常绿灌木或小乔木,叶椭圆形,边缘有波状锯齿;花白色,气芳香;果实椭圆形。鸳鸯:鸟名,为我国著名特产珍禽之一,旧传雌雄偶居不离。

〔9〕雏鹓:幼凤。鹓:传说中与鸾凤同类的鸟。

〔10〕驻西山日:止日勿使落西山。典出鲁阳抈戈反日。见《淮南子·览冥训》。

〔11〕堰:堵截。

〔12〕汉家陵树:植于汉代皇帝陵园的树木。秦川:泛指今陕西、甘肃的秦岭以北平原地带。因春秋战国时,地属秦国而得名。

〔13〕二千石:汉制,郡守俸禄为二千石,即月俸百二十斛,世因称郡守为"二千石"。

〔14〕素棘:指长棘的荒地。素,一作"青"。黄泉:指人死后埋葬的地方。

〔15〕"金貂"句:用貂裘换酒故事。司马相如与卓文君还成都,以所着鹔鹴裘向市人贳酒。见《西京杂记》。又,晋阮孚尝以金貂换酒,为有司所纠弹。见《晋书·阮孚传》。

〔16〕"玉麈"句:典出晋王衍故事。《世说新语·规箴》:"王夷甫(衍)雅尚玄远,常嫉其妇贪浊,口未尝言'钱'字。妇欲试之,令婢以钱绕床,不得行。夷甫晨起,见钱阂行,呼婢曰:'举却阿堵物!'"玉麈,谈玄家手常执麈尾。不计钱,犹不言钱。

〔17〕神仙署:即控鹤府,也称奉宸府。唐宿卫近侍官署名,武后时置。

〔18〕"一生"句:《史记·汲郑列传》:"一死一生,乃知交情。一贫一富,乃知交态。一贵一贱,交情乃见。"

〔19〕苍龙阙:指宫殿。陆倕《石阙铭》:"苍龙玄武之制。"《文选》李善注引《三辅旧事》曰:"未央宫东有苍龙阙,北有玄武阙。"

〔20〕白鹤山：指仙境。晋陶潜《搜神后记》卷一："丁令威，本辽东人，学道于灵虚山。后化鹤归辽，集城门华表柱。"

〔21〕尧年：指长寿。相传帝尧寿一百十六岁。

〔22〕巢由：巢父和许由。指隐居不仕者。巢父，晋皇甫谧《高士传·巢父》："巢父者，尧时隐人也，山居不营世利，年长以树为巢而寝其上，故时人号曰巢父。"许由，相传尧让以天下，不受，遁居于颍水之阳箕山之下。尧又召为九州长，由不愿闻，洗耳于颍水之滨。事见《庄子·逍遥游》《史记·伯夷列传》。

长安古意[1]

长安大道连狭斜[2]，青牛白马七香车[3]。玉辇纵横过主第[4]，金鞭络绎向侯家[5]。龙衔宝盖承朝日[6]，凤吐流苏带晚霞[7]。百丈游丝争绕树[8]，一群娇鸟共啼花。啼花戏蝶千门侧[9]，碧树银台万种色[10]。复道交窗作合欢[11]，双阙连甍垂凤翼[12]。梁家画阁中天起[13]，汉帝金茎云外直[14]。楼前相望不相知，陌上相逢讵相识。借问吹箫向紫烟[15]，曾经学舞度芳年。得成比目何辞死[16]，愿作鸳鸯不羡仙。比目鸳鸯真可羡，双去双来君不见？生憎帐额绣孤鸾[17]，好取门帘帖双燕。双燕双飞绕画梁，罗帷翠被郁金香[18]。片片行云着蝉鬓[19]，纤纤初月上鸦黄[20]。鸦黄粉白车中出，含娇含态情非一。妖童宝马铁连钱[21]，娼妇盘龙金屈膝[22]。御史府中乌夜啼[23]，廷尉门前雀欲栖[24]。隐隐朱城临玉道[25],遥遥翠幰没金堤[26]。挟弹飞鹰杜陵北[27],探丸借客渭桥西[28]。俱邀侠客芙蓉剑[29],共宿娼家桃李蹊[30]。娼家日暮紫罗裙,清歌一啭口氛氲[31]。北堂夜夜人如月[32],南陌朝朝骑似云[33]。南陌北堂连北里[34],五剧三条控三市[35]。弱柳青槐拂地垂,佳气红尘暗天起[36]。汉代金吾千骑来[37],翡翠屠苏鹦鹉杯[38]。罗襦宝带为君解[39],燕歌赵舞为君开[40]。别有豪华称将相,转日回天不相让[41]。意气由来排灌夫[42],专权判不容萧相[43]。专权意气本豪雄,青虬紫燕坐春风[44]。自言歌舞长千载,自谓骄奢凌五公[45]。节物风光不相待[46],桑田碧海须臾改[47]。昔日金阶白玉堂,即今惟见青松在。寂寂寥寥扬子居[48],年年岁岁一床书。独有南山桂花发,飞来飞去袭人裾[49]。

〔1〕诗中描绘汉代长安的繁华景象和官僚权贵骄奢淫逸,互相倾轧的情景,借汉喻唐,托古咏今,有一定的批判意义。此诗词采虽未尽脱六朝藻绘馀习,内容也受左思《咏史》("济济京城内")的影响,但其内容丰富,感情充沛,笔力雄厚,结意冷峻,篇中采用赋法,铺陈适宜,对比生动,顶针自然,韵律回环,因此,仍不失其为初唐七言歌行中的一篇佳作,难怪胡应麟赞叹道:"七言长体,极于此矣!"(《诗薮》内编卷三)长安:汉代首都,今陕西西安。古意:似"拟古""怀古"。

〔2〕狭斜:小巷。狭,狭窄;斜,巷的别名。

〔3〕青牛白马:古时驾车,牛马并用。七香车:用多种香木制成的华美的车子。

〔4〕玉辇:玉饰的车子,原指皇帝乘的车,此处指贵人乘的车。过:访问。主第:公主的府第。

〔5〕金鞭:金饰的鞭子,指车马。侯家:王侯之家。

〔6〕龙衔:车盖的支柱雕着龙,车盖似被衔在龙嘴一般。宝盖:即华盖,华美的车盖,古时车上张有遮阳挡雨的伞形车篷。

〔7〕凤吐流苏:车盖边沿雕着凤凰,嘴端垂挂着的流苏,如同凤凰吐出一般。流苏,一种装饰品,用五彩羽毛或丝绒制成的穗子。

〔8〕游丝:在空中飘扬的虫儿所吐出的丝。

〔9〕千门:众多的宫门。

〔10〕银台:白石砌成的亭台。

〔11〕复道:楼阁间架高的多层通道。交窗:木制的花格交错的窗子。合欢:即马缨花,此处指交窗上的花纹。

〔12〕双阙:宫门前的望楼。甍(méng 萌):屋脊。

〔13〕梁家画阁:东汉顺帝外戚梁冀在洛阳建造的富豪府第。此处指华贵住宅。

〔14〕汉帝金茎:汉武帝好神仙,于建章宫内立二十丈高的铜柱,上有仙人掌托承露盘,以承接仙露。金茎,指铜柱。

〔15〕吹箫向紫烟:暗用萧史弄玉故事。见作者《和王奭秋夜有所思》注。

〔16〕比目:鱼名,两眼生在身体的一侧,游动时相配成对。

〔17〕帐额:帐檐。孤鸾:象征独居。鸾,凤一类的鸟。

〔18〕翠被:用翠鸟羽毛装饰的锦被。郁金香:用郁金香花制成的香料,用以熏被。

〔19〕蝉鬓:一种发式,状如蝉翼。

〔20〕鸦黄:即额黄。以嫩黄色涂额。

〔21〕妖童:打扮艳丽的歌童。铁连钱:指马的青色圆钱形的毛斑。

〔22〕娼妇:指歌妓舞女。盘龙金屈膝:指车门上所安龙纹铜阖页。

〔23〕御史:司弹劾的官。乌夜啼:《汉书·朱博传》,御史府中的柏树上常有成千的野乌鸦栖宿,朝去暮来。

〔24〕廷尉:司法官。雀欲栖:《史记·汲郑列传》,翟公任廷尉时宾客盈门,罢官后,少有客来,门前可设雀罗。

〔25〕朱城:朱红的宫城。玉道:白石砌的大道。

〔26〕翠幰:翠羽为饰的车幕,指妇女乘的华丽的车。幰,车幔。金堤:坚固的石堤。

〔27〕挟弹飞鹰:指王孙公子打猎。杜陵:汉宣帝陵墓,在长安东南。

〔28〕探丸借客:写侠客替人报仇。《汉书·尹赏传》,长安游侠少年有助人报仇,谋杀官吏的组织,行动前设赤黑白三色弹丸,让各人摸取,得朱丸者杀武吏,得黑丸者杀文吏,得白丸者帮行动中死去的同伙料理丧事。又《汉书·朱云传》:朱云"少时通轻侠,借客报仇"。渭桥:长安渭水上有东西中三渭桥。

〔29〕芙蓉剑:春秋时越国所铸的宝剑名,即古纯钩剑,此处借指宝剑。

〔30〕桃李蹊:桃李树下的小径。《史记·李将军列传》,"桃李不言,下自成蹊。"

〔31〕氛氲:香气浓郁。

〔32〕北堂:指娼家堂屋。人如月:形容娼妓的美貌。

〔33〕南陌:娼家门前的小路。骑似云:形容乘马的来客很多。

〔34〕北里:妓女集居处,即长安北门内的平康里。

〔35〕五剧三条:纵横交错的道路。三市:每日三次集市。

〔36〕佳气:热闹气氛。红尘:车马扬起的飞尘。

〔37〕金吾:即执金吾,禁卫军军官名。

〔38〕屠苏:美酒名。鹦鹉杯:用一种状如鹦鹉的海螺制成的酒杯。

〔39〕罗襦宝带：丝绸短袄和腰带。

〔40〕燕歌赵舞：战国时燕赵以歌舞著称，此处借指美妙的歌舞。

〔41〕转日回天：形容权势之大。

〔42〕灌夫：汉武帝时将军，勇猛任侠，好使酒骂坐，后被丞相田蚡陷害，族诛。

〔43〕萧相：即汉高祖丞相萧何。

〔44〕虬（qiú求）：无角的龙。此处借指骏马。紫燕：骏马名。

〔45〕五公：指汉代五个著名的权贵，即张汤、杜周、萧望之、冯奉世、史丹。古代官僚中最高的一级称公。

〔46〕节物：四季景物。

〔47〕桑田碧海：意思是世事变化很快。《神仙传》中麻姑对王方平说："接待以来，见东海三为桑田。"

〔48〕扬子居：扬雄的居处。故址在今四川成都。此处作者借以自况。见王勃《赠李十四四首》诗注。

〔49〕"独有"二句：以桂花香喻扬雄的文名。南山，终南山，在长安之南。裾，衣服前襟。

明月引[1]

洞庭波起兮鸿雁翔，风瑟瑟兮野苍苍[2]。浮云卷霭，明月流光。荆南兮赵北，碣石兮潇湘[3]。澄清规于万里[4]，照离思于千行[5]。横桂枝于西第[6]，绕菱花于北堂[7]。高楼思妇，飞盖君王[8]。文姬绝域[9]，侍子他乡[10]。见胡鞍之似练[11]，知汉剑之如霜[12]。试登高而骋目[13]，莫不变而回肠〔14〕。

〔1〕作者现存骚体不多,此诗为其中之一,写月夜登高骋目所见的景物,月光明净邈远,景色苍茫辽阔,离思哀怨缠绵。词采秀丽,境界旷阔,情幽而思远,疏朗而蕴藉。引:乐府杂曲体裁之一,有序曲之意。

〔2〕"洞庭"二句:写洞庭月夜,风起波涌,鸿雁南翔。洞庭,指洞庭湖,在湖南北部,长江南岸,为我国第二大淡水湖,素有"八百里洞庭"之称。瑟瑟,风声。苍苍,茫无边际。

〔3〕"荆南"二句:写南极荆之潇湘,北至赵之碣石。意谓明月照遍南北。荆南,即南荆。古为楚国。赵北,即北赵。古赵国,今河北一带。碣石,山名,在河北昌黎北。潇湘,指湘江。

〔4〕清规:指月。月圆如规,光辉皎洁,故称。

〔5〕离思:离别后的思绪。千行:指泪水。范云《送别》诗:"未尽樽前酒,妾泪已千行。"

〔6〕桂枝:传说月中有桂树,因以"桂枝"指月。西第:指后汉梁冀第宅。马融曾作《大将军西第颂》。大将军指梁冀。

〔7〕菱花:指菱花镜。此以镜喻月。北堂:《仪礼·士昏礼》:"妇洗在北堂。"注:"北堂,房中半以北。"陆机《拟明月何皎皎》诗:"安寝北堂上,明月入我牖。"

〔8〕飞盖:高高的车篷,指车。

〔9〕文姬:东汉蔡琰,字文姬,陈留人,蔡邕女。兴平中,为乱兵所掠,又嫁南匈奴左贤王,居留匈奴十二年。绝域:极远之地。此指匈奴。

〔10〕侍子:侍奉双亲的儿子。句意谓侍子成游子,客居他乡。

〔11〕胡鞍:胡马之鞍。胡鞍之似练,谓白色胡马。庾信《哀江南赋》:"青袍似草,白马如练。"

〔12〕汉剑:指汉高祖刘邦斩白蛇之剑。汉剑之如霜,形容汉剑之白

亮锐利。

〔13〕骋目:放眼远望。

〔14〕回肠:形容内心焦虑不安,离愁不解。

狱中学骚体〔1〕

夫何秋夜之无情兮,皎皛悠悠而太长〔2〕？圜户杳其幽邃兮〔3〕,愁人披此严霜。见河汉之西落,闻鸿雁之南翔。山有桂兮桂有芳,心思君兮君不将〔4〕。忧与忧兮相积,欢与欢兮两忘。风裊裊兮木纷纷,凋绿叶兮吹白云〔5〕。寸步千里兮不相闻,思公子兮日将曛〔6〕。林已暮兮鸟群飞,重门掩兮人径稀〔7〕。万族皆有所托兮,蹇独淹留而不归〔8〕。

〔1〕作者离蜀客居洛阳期间,曾被横祸下狱,幸为友人救护得免。此诗是作者在狱中所作,抒写狱中的心境和对友人的思念。秋夜的景色萧索,狱中的心情悲凉,对友人的思念深切。以情写景,以景结情,景凄而情哀,抑郁而真切。骚体:起于战国时的楚国,以屈原《离骚》为代表,并因此而得名。形式也较自由,多用"兮"字以助语势。

〔2〕"夫何"二句:谓拘于狱中,弥觉秋夜之长。《淮南子·说山训》:"拘囹圄者,以日为修;当死市者,以日为短。"皎皛(xiǎo 小),光明洁白。

〔3〕圜(yuán 元)户:牢房。杳:幽暗。

〔4〕"山有桂"二句:有求援之意。淮南小山《招隐士》:"桂树丛生兮山之幽,偃蹇连蜷兮枝相缭。"王逸注:"仁义交错,条理成也。以言才德高明,宜辅贤君为贞干也。"桂,珍贵的观赏树。秋季开花,黄色或白

色,极芳香。不将,不来扶助。

〔5〕"风袅袅"二句:谓备受摧折。《九歌·湘夫人》:"袅袅兮秋风,洞庭波兮木叶下。"袅袅,秋风摇木貌。绿叶,指木叶。

〔6〕"寸步"二句:寄怀友之思。寸步千里,犹咫尺千里,喻相见之难。公子,指作者友人。

〔7〕重门:谓牢房层层设门。

〔8〕"万族"二句:陶潜《咏贫士》:"万族各有托,孤云独无依。"万族,万物。蹇,困厄。淹留,羁留。

怀仙引[1]

若有人兮山之曲[2],驾青虬兮乘白鹿[3],往从之游愿心足。披涧户,访岩轩。石濑潺湲横石径,松萝幂房掩松门[4]。下空濛而无鸟,上崾岩而有猿。怀飞阁,度飞梁[5]。休余马于幽谷,挂余冠于夕阳。曲复曲兮烟庄邃[6],行复行兮天路长。修途杳其未半[7],飞雨忽以茫茫。山块轧,磴连蹇。攀旧壁而无据,泝泥溪而不前[8]。向无情之白日,窃有恨于皇天。回行遵故道,通川遍流潦[9]。回首望群峰,白云正溶溶[10]。珠为阙兮玉为楼,青云盖兮紫霜裘。天长地久时相忆,千龄万代一来游[11]。

〔1〕作者因仕途坎坷,厌倦尘俗,因慕仙道。这首诗写他访问神仙、游览仙境往返的过程,流露了怨天尤人的情绪,寄寓了超尘脱俗的怀抱。飘逸玄邈,旷迈自适,情韵高远,具有浪漫的色彩。怀仙引:亦游仙诗之

一种,体近骚。

〔2〕"若有人"句:屈原《九歌·山鬼》:"若有人兮山之阿,被薛荔兮带女萝。"曲,山势弯曲隐蔽处。

〔3〕"驾青虬"句:楚辞《九章·涉江》:"此溷浊而莫余知兮,吾方高驰而不顾。驾青虬兮骖白螭,吾与重华游兮瑶之圃。"青虬,青色的无角龙。白鹿,白色的鹿。古时仙人所骑。楚辞《哀时命》:"浮云雾而入冥兮,骑白鹿而容与。"

〔4〕"披涧"四句:谓入山求仙。涧户,山涧中住宅。岩轩,岩屋。石濑,水为石激形成的急流。松萝,即女萝,地衣门植物。幂房(mì lì 密历),亦作"幂历",分布覆被貌。

〔5〕"怀飞"二句:谓行栈道,过桥梁。怀,来到。《诗经·齐风·南山》:"既曰归止,曷又怀止!"飞阁,架空建筑的阁道。飞梁,凌空飞架的桥。

〔6〕烟庄:烟雾迷漫的山庄。邃:幽深。

〔7〕修途:长路。杳:幽远。

〔8〕"山坱轧"四句:写跋涉山川之难。坱轧,地势高低不平貌。连蹇,亦作"连蹇",行走艰难貌。语本《周易·蹇》:"往蹇来连。"王弼注:"往来皆难。"旧壁,原来的岩壁。泥溪,谓泥沙淤积的溪流。

〔9〕流潦:路面流水或沟中积水。

〔10〕溶溶:云盛貌。

〔11〕"珠为阙"四句:写到达仙界的状况与心境。住是珠阙玉楼,行是乘云盖车,衣则是紫霜裘;然犹时忆人世间的亲故,只能偶一来游。千龄,千年。

七日登乐游故墓[1]

四序周缇篇[2],三正纪璇耀[3]。绿野变初黄,旸山开晓眺[4]。中天擢露掌[5],匝地分星徼[6]。汉寝眷遗灵[7],秦江想馀吊[8]。蚁泛青田酌[9],莺歌紫芝调[10]。柳色摇岁华,冰文荡春照。远迹谢群动[11],高情符众妙[12]。兰游澹未归[13],倾光下岩窈[14]。

〔1〕此诗为七月七登乐游苑有感而作。先写登高晓眺,凭吊前贤;后写歌酒乐游,高情雅兴。辞采婉惬,情幽兴远,慨然有隐逸意。乐游:指乐游苑,故址在今陕西西安东南。本为秦时的宜春苑,汉宣帝改建乐游苑,唐时为长安士女游赏的胜地。故墓:指陵,汉帝陵墓。墓近乐游苑。

〔2〕四序:指春、夏、秋、冬四季。缇籥(yuè 月):古代一种管乐器,似笛而短小。古人以律管定音乐和气候。故常以乐律喻气候。乐府郊庙歌《唐蜡百神乐章》:"缇籥功序,玄英晚候。"

〔3〕三正:指三正历,即三统历。夏正建寅为人统,商正建丑为地统,周正建子为人统,称三统历。汉刘歆所造。璇耀:璇玑和七曜,即北斗星和日、月、金、木、水、火、土七星,泛指天道。王俭《褚渊碑文》:"天鉴璇曜,蹠武前王。"《文选》李善注:"言君能鉴照璇玑七曜之道,蹠武前王而受禅也。"

〔4〕旸(yáng 洋)山:犹言旸谷,日所出处。《淮南子·天文训》:"日出于旸谷,浴于咸池。"

〔5〕擢:耸出。露掌:即承露盘。《史记·孝武本纪》:"其后则又作柏梁、铜柱、承露仙人掌之属矣。"裴骃集解引苏林曰:"仙人以手掌擎盘承甘露也。"

〔6〕"匝地"句:犹言分野。古以十二星辰配十二州,即《周礼·春官·保章氏》所说:"封域皆有分星。"星徼,以星为界。

〔7〕汉寝:汉帝陵墓上的正殿。指杜陵。遗灵:汉宣帝神灵。

〔8〕秦江:秦地的河流。当指流经长安的渭水。

〔9〕蚁泛:借指酒。蚁,酒面泡沫。青田酎:青田酒。晋崔豹《古今注·草木》:"乌孙国有青田核,莫测其树实之形,至中国者,但得其核耳。得清水则有酒味出,如醇美好酒。核大如六升瓠,空之以盛水,俄而成酒……名曰青田酒。"

〔10〕紫芝调:即紫芝曲。隐逸避世之歌。相传秦末东园公、绮里季、夏黄公、甪里先生避乱隐居,称商山四皓,作歌曰:"漠漠商洛,深谷威夷。晔晔紫芝,可以疗饥。皇农邈远,余将安归?驷马高盖,其忧甚大。富贵而畏人,不若贫贱而轻世。"歌见郭茂倩《乐府诗集》。

〔11〕群动:尘世的种种烦扰。

〔12〕众妙:万物深奥玄妙的道理。《老子》:"玄之又玄,众妙之门。"

〔13〕兰游:与知交共游。交友投合称金兰。出《周易·系辞》:"二人同心,其利断金;同心之言,其臭如兰。"憺未归:安然不知归。憺,亦作"憺"。《九歌·东君》:"羌声色兮娱人,观者憺兮忘归。"

〔14〕倾光:日倾之光,夕照。岩窈:山岩的深处。

刘生[1]

刘生气不平,抱剑欲专征[2]。报恩为豪侠,死难在横行[3]。翠羽装刀鞘,黄金饰马铃[4]。但令一顾重,不吝百身轻[5]。

〔1〕此诗刻画一个豪迈英武的侠客形象,歌颂其重义报恩、视死如归的无畏精神。诗中侧重描述侠客驰骋沙场的英勇和佩带坐骑的华贵,突出其内心世界的豪迈。形象鲜明,笔力顺畅而豪放。

〔2〕"刘生"二句:《乐府解题》曰:"刘生不知何代人,或云抱剑专征,为符节官所未详也。"刘生,乐府横吹曲旧题。或疑即梁鼓角横吹《东平刘生歌》。齐梁以来本题歌辞多写任侠。专征,受命自主征战。

〔3〕死难:为国家的危难或正义事业而付出生命。横行:纵横驰骋,指在征战中所向无敌。

〔4〕饰:一作"镂"。马铃:系在马身上的铃铛。铃,一作"缨"。

〔5〕"但令"二句:谓重义轻生。顾重,顾念重视。不吝,又作"不悋"。百身轻,谓不惜生命。

陇头水[1]

陇阪高无极[2],征人一望乡[3]。关河别去水,沙塞断归肠[4]。马系千年树,旄悬九月霜[5]。从来共呜咽,皆是为勤王[6]。

〔1〕此诗写为勤王而戍边的战士对故乡的思念。诗中景色荒漠、苍凉,情思低沉、凄切,境与意会,出于自然。陇头水:汉乐府横吹曲旧题。

〔2〕陇阪:即陇山。六盘山南段的别称,绵延于甘肃、陕西交界的地方。

〔3〕征人:指戍边战士。一望乡:一作"望故乡"。

〔4〕"关河"二句:意本汉无名氏《陇头歌》:"陇头流水,鸣声幽咽。遥望秦川,肝肠断绝。"沙塞,沙漠边塞。

〔5〕旄:古代用牦牛尾或兼五采羽毛饰竿头的旗子。此处指战旗。

〔6〕勤王:谓尽力于王事。

巫山高[1]

巫山望不极,望望下朝氛[2]。莫辨啼猿树,徒看神女云[3]。惊涛乱水脉[4],骤雨暗峰文。沾裳即此地,况复远思君[5]。

〔1〕这是一首爱情诗,作者以巫山神女为典实,描绘了巫山的高峻、神女的神秘、江流的汹涌、骤雨的倾覆,寄托着凄厉、急切的情思。奇峭浓烈,委折有致。巫山高:乐府鼓吹曲旧题。曲辞多杂阳台神女之事。巫山,位于长江三峡之中,地跨川鄂两省。

〔2〕"巫山"二句:梁范云《巫山高》:"巫山高不极,白日隐光晖。霭霭朝云去,溟溟暮雨归。"朝氛,早晨的云气。

〔3〕"莫辨"二句:陈后主《巫山高》:"风岩朝蕊落,雾岭晚猿吟。云来足荐枕,雨过非感琴。"啼猿,巫山多猿。神女云,巫山神女"旦为朝云,暮为行雨"。见宋玉《高唐赋》。

〔4〕惊涛:指长江的汹涌波涛。

〔5〕"沾裳"二句:谓于巫峡思君而泪益沾裳。古有渔歌曰:"巴东三峡巫峡长,猿鸣三声泪沾裳。"见《水经注·江水》。

芳树[1]

芳树本多奇,年华复在斯。结翠成新幄,开红满故枝[2]。风归花历乱,日度影参差[3]。容色朝朝落,思君君不知[4]。

〔1〕这是一首相思曲。诗中写芳树逢春,翠绿华茂、摇曳多姿,却因朝朝思念而容色衰败。作者运用比喻、拟人的手法,写一个女子因相思而零落的情景。意象韶秀,情致温婉,感情恳切而哀怨。芳树:乐府鼓吹曲旧题。谢朓《芳树》云:"霜下桂枝销,怨与飞蓬逝。"咏芳之歇。
〔2〕"结翠"二句:写芳树花叶之盛。新幄,新的篷帐,形容树叶茂密。开红,开花。
〔3〕"风归"二句:写风日对芳树的摧残。花,一作"声"。历乱,纷乱。参差,不齐貌。
〔4〕"容色"二句:由写芳树,暗转写人。喻女子之思君而损容颜。

雨雪曲[1]

虏骑三秋入[2],关云万里平[3]。雪似胡沙暗,冰如汉月明[4]。高阙银为阙,长城玉作城[5]。节旄零落尽[6],天子不知名[7]。

〔1〕这是一首边塞诗,与乐府古辞同旨。诗中描绘了秋天塞外雪景,把冰雪比为胡沙、汉月,又比为银、玉,以此来抒写戍边战士的坚韧与辛苦。结句也流露了不为天子所知的怨气。奇情壮采,清新隽永。雨雪曲:又称《雨雪》,乐府横吹曲旧题,内容多写边塞守战之事。
〔2〕虏骑:敌寇的骑兵。三秋:指秋天。
〔3〕关云:边关上空的云。陈张正见《雨雪曲》:"胡关辛苦地,云路

远漫漫。"

〔4〕"雪似"二句:雪与胡沙,冰与汉月,均为实景,而互为比喻,益显出边关气氛。胡沙,胡地的沙漠。汉月,故国的明月。胡沙汉月,亦汉沙胡月,互文见义。

〔5〕"高阙"二句:写边塞雪景。高阙,古地名,在今内蒙古自治区杭锦后旗西北。战国赵武灵王向北开拓疆土,自阴山下至高阙为塞。银,喻指冰雪。长城,《水经注·河水》谓阴山下有长城。玉,喻指冰雪。

〔6〕节旄:旌节上所缀的牦牛尾饰物。

〔7〕天子:古称帝王为天子。不知名:谓默默无闻地守卫边关要塞。

昭君怨[1]

合殿恩中绝[2],交河使渐稀[3]。肝肠辞玉辇[4],形影向金微[5]。汉地草应绿,胡庭沙正飞。愿逐三秋雁,年年一度归[6]。

〔1〕此诗写昭君失去恩宠,孤身离开汉宫,留居匈奴的哀怨和思归的心情,揭示了昭君内心的痛苦。哀怨深切,归思绵绵。昭君怨:乐府琴曲旧题。相传为汉王昭君所作。《乐府解题》:"昭君恨帝始不见遇,巧作怨思之歌。"昭君,汉南郡秭归(今属湖北)人,名嫱,字昭君,元帝宫人。自请嫁匈奴。入匈奴后,被称为宁胡阏氏。今内蒙古自治区呼和浩特市南有昭君墓,世称青冢。

〔2〕合殿:合欢殿。汉未央宫殿名。班固《西都赋》"合欢增城",《文选》李善注:"长安有合欢殿。"中绝:中断,断绝。

〔3〕交河:西汉至后魏,车师前王国皆都于此。后为高昌所并。唐灭高昌后改置交河县。故址在今新疆吐鲁番境内。

〔4〕玉辇:天子乘的车,以玉为饰。此处指汉帝。

〔5〕金微:即今阿尔泰山。唐贞观年间,以铁勒卜骨部地置金微都督府,乃以此山得名。

〔6〕"愿逐"二句:意欲随北雁南飞。三秋,指秋季。

折杨柳[1]

倡楼启曙扉[2],杨柳正依依[3]。莺啼知岁隔,条变识春归。露叶凝愁黛[4],风花乱舞衣[5]。攀折聊将寄[6],军中音信稀[7]。

〔1〕此诗写倡女拂晓开门,见到杨柳而引发的情思。诗中紧扣题目,以杨柳的枝、叶、花,描绘倡女烦乱、哀愁的心绪和神态,进而以折柳寄情和音信稀,来表现倡女心情的恳切和焦虑。以景写情,情思缠绵悱恻,凄切而忧伤。折杨柳:乐府横吹曲旧题。见杨炯《折杨柳》注。

〔2〕倡楼:倡女所居处。

〔3〕杨:一作"园"。依依:轻柔披拂貌。《诗经·小雅·采薇》:"昔我往矣,杨柳依依。"

〔4〕"露叶"句:古人常以柳叶喻妇女之眉。愁黛,发愁而皱着的眉头。一作"啼脸",则以露喻泪。

〔5〕风花:风中的花,指柳絮。乱:纷扰。一作"落"。

〔6〕"攀折"句:古人有折柳赠别的习俗,以"柳"谐"留"之音。聊

将:一作"将安"。

〔7〕"军中"句:知其所思为从征将士。音,一作"书"。

十五夜观灯[1]

锦里开芳宴[2],兰缸艳早年[3]。缛彩遥分地,繁光远缀天[4]。接汉疑星落[5],依楼似月悬。别有千金笑[6],来映九枝前[7]。

〔1〕此诗写成都元宵灯会的盛况。元宵灯节,繁灯闪耀,绚丽多彩,似星如月,天上地下,缀成一片。而千金一笑,更添了一分色彩。物象鲜丽,意境新颖,情兴爽朗而婉惬。十五夜:正月十五日夜,即元宵。

〔2〕锦里:即锦官城,成都的代称。晋常璩《华阳国志·蜀志》:"州夺郡文学为州学,郡更于夷里桥南岸道东边起文学,有女墙,其道西城,故锦官也。锦工织锦,濯其中则鲜明,他江则不好,故命曰锦里也。"

〔3〕兰缸:燃兰膏的灯。早年:年初。时为正月十五日。

〔4〕"缛彩"二句:写灯的光彩照耀天地。缛彩,绚丽的色彩。

〔5〕汉:银河。

〔6〕千金笑:千金一笑。指美人难得的笑容。崔骃《七依》:"回顾百万,一笑千金。"

〔7〕九枝:古灯名,即九枝灯。一干九枝的烛灯。沈约《伤美人赋》:"拂螭云之高帐,陈九枝之华烛。"

入秦川界[1]

陇阪长无极,苍山望不穷[2]。石径萦疑断[3],回流映似空。花开绿野雾,莺啭紫岩风[4]。春芳勿遽尽,留赏故人同[5]。

〔1〕此诗写秦川春天优美的景色,以简洁的笔法写景,着墨于山水、莺花、风雾的描绘,构成了一幅春色图,使人赏心悦目,抒发了对大自然的热爱。鲜丽清新,景美情惬。秦川:关中渭河南北沃野千里,为秦故地,因称秦川。

〔2〕"陇阪"二句:作者由陇入秦,见陇山苍莽无尽。陇阪,即陇山,见作者《陇水头》注。

〔3〕石径:山间石路。萦(yíng 萤):迂回曲折。

〔4〕莺啭(zhuàn 传):黄莺鸣啼。紫岩:紫色山崖。

〔5〕"春芳"二句:劝春留住,欲与故人共赏。言外流露入秦川的喜悦心情。

文翁讲堂[1]

锦里淹中馆[2],岷山稷下亭[3]。空梁无燕雀,古壁有丹青[4]。槐落犹疑市[5],苔深不辨铭[6]。良哉二千石,江汉表遗灵[7]。

〔1〕此诗为作者出任益州新都尉时瞻仰文翁讲堂写的一篇怀古诗。诗中描写了讲堂的荒废,赞赏了文翁的业绩,表达了对文翁的敬仰之情。思古幽情,真实纯正,文词简练,情韵高远。文翁:汉庐江舒人,景帝末,为蜀郡守,"仁爱好教化",在成都市中起学官。蜀郡自是文风大振,教化大兴。见《汉书·文翁传》。讲堂:儒师讲学的堂舍。北魏郦道元《水经注·江水一》:"始文翁为蜀守,立讲堂作石室于南城。"

〔2〕锦里:即锦官城,成都的别称。见作者《十五夜观灯》注。淹中馆:淹中的塾馆,借指儒家学馆。淹中,春秋鲁国里名,在今山东曲阜,古文《礼经》所出之处。

〔3〕岷山:山名,在四川北部。稷下亭:喻指学者讲学议论荟萃之地。稷下,指战国齐都城临淄西门稷门附近地区。齐威王、宣王曾在此建学宫,广招文学游说之士讲学议论,或为各学派活动的中心。

〔4〕"空梁"二句:写屋舍之破败荒废。丹青,指壁画。

〔5〕"槐落"句:《三辅黄图》:"(常满)仓之北,为槐市,列槐树数百行为队,无墙屋。诸生朔望会此市,各持其郡所出货物及经传书记、笙磬乐器,相与买卖,雍容揖让,或议论槐下。"槐市在长安城东南。此因槐落而想及槐市。

〔6〕"苔深"句:谓讲堂碑石苔厚而不能辨识铭文。铭,刻写在石上的文辞。当是后人纪念文翁所勒碑铭。

〔7〕"良哉"二句:赞美文翁重视文教的精神。二千石,汉制,郡守俸禄为二千石。文翁为郡守。此处指文翁。江汉,指长江与汉水。遗灵,前贤遗留下来的道德精神。夏侯湛《东方朔画赞》:"昔在有德,罔不遗灵。天秩有礼,神监孔明。"

相如琴台〔1〕

闻有雍容地〔2〕,千年无四邻。园院风烟古,池台松槚春〔3〕。

云疑作赋客,月似听琴人[4]。寂寂啼莺处[5],空伤游子神[6]。

〔1〕此诗写春天月夜相如琴台的幽静、孤寂的景象,抒发游子哀情。托古抚今,触物生悲,情思忧怨。相如:即司马相如。西汉辞赋家。《史记·司马相如传》:"是时卓王孙有女文君新寡,好音,故相如缪与令相重,而以琴心挑之。"琴台:在四川成都。相传为司马相如弹琴之所。旧误传其址在抚琴台街,实则蜀王王建永陵。

〔2〕雍容地:指琴台。雍容,容仪温文。《史记·司马相如传》:"相如之临邛,从车骑,雍容闲雅甚都。"

〔3〕"园院"二句:写琴台园院池台之荒凉。松槚,松树与槚树,材可制棺,因以为墓地的代称。疑琴台亦相如墓地,故云。

〔4〕"云疑"二句:写夜间云月,而拟其为相如文君。作赋客,指司马相如。相如善作赋,曾客梁孝王梁苑,故称作赋客。听琴人,指卓文君。

〔5〕啼莺:一作"啼乌"。

〔6〕游子:离家远游,久居异乡的人。作者自指。

石镜寺[1]

古墓芙蓉塔[2],神铭松柏烟[3]。鸾沉仙镜底[4],花没梵轮前[5]。铢衣千古佛[6],宝月两重圆[7]。隐隐香台夜[8],钟声彻九天[9]。

〔1〕此诗写石镜寺周围的景象,境界苍茫静穆,情思玄邈幽沉,言近而意远。石镜寺:当在今四川成都。石镜,相传武都丈夫,化为女子,颜色美好,蜀王娶以为妻,无几物故。于成都郭中葬之,以石镜一枚表其基,经二丈,高五尺。见《蜀纪》。

〔2〕芙蓉塔:底座莲花形的墓塔。僧人圆寂建墓塔。

〔3〕神铭:指墓塔碑铭。

〔4〕鸾:传说中凤凰一类的鸟。仙镜:指石镜。

〔5〕"花没"句:用佛祖说法天雨花事。梵轮,也称法轮,谓佛说法不停滞于一人一处,辗转传人,犹如车轮,故称。

〔6〕铢衣:传说神仙穿的衣服。一作"钵衣"。

〔7〕"宝月"句:谓明月与石镜相辉映。圆,一作"悬"。

〔8〕香台:烧香之台,佛殿的别称。

〔9〕钟声:礼佛的梵钟之声。

辛法司宅观妓〔1〕

南国佳人至〔2〕,北堂罗荐开〔3〕。长裙随凤管〔4〕,促柱送鸾杯〔5〕。云光身后落,雪态掌中回〔6〕。到愁金谷晚〔7〕,不怪玉山颓〔8〕。

〔1〕此诗写在辛宅观妓醉酒的情景,赞许倡女的身姿和歌舞的技艺,抒发心中的愁绪。描摹生动,语言轻巧,情兴温婉。辛法司:生平不详。法司,古代掌司法刑狱的官署,此指司法官吏。一作"司法"。

〔2〕南国佳人:江南美女。

〔3〕北堂：北屋。罗荐：丝织席褥。

〔4〕凤管：笙箫的美称。句意谓随乐曲而起舞。

〔5〕促柱：急弦。此处指弹琴。鸾杯：鸾鸟为饰的酒杯。句意谓以琴曲佐酒。

〔6〕"云光"二句：写佳人起舞的姿态。云光，美女头发的光泽。掌中，体态轻盈的舞蹈。古有掌中舞，又叫掌上舞。典出赵飞燕。见《白孔六帖·杂舞》。

〔7〕到：通"倒"，反而。金谷：晋石崇别墅在洛城郊金谷涧，常与友人游宴其中，赋诗叙怀，诗不成者罚酒三斗。见石崇《金谷诗序》。此指罚金谷酒数。

〔8〕玉山颓：形容人酒醉欲倒之态。《世说新语·容止》："嵇叔夜之为人也，岩岩若孤松之独立；其醉也，傀俄若玉山之将崩。"

春晚山庄率题二首[1]

一

顾步三春晚[2]，田园四望通。游丝横惹树[3]，戏蝶乱依丛。竹懒偏宜水[4]，花狂不待风。唯馀诗酒意，当了一生中[5]。

二

田家无四邻，独坐一园春。莺啼非选树[6]，鱼戏不惊纶[7]。

山水弹琴尽[8],风花酌酒频。年华已可乐,高兴复留人[9]。

〔1〕作者晚年居太白山下,后徙居阳翟(今河南禹县)具茨山下,买园数十亩,疏凿颍水,环绕住宅。这二首诗当是这时期的作品,第一首写晚春眺望,四野清雅,诗酒为乐;第二首写春园独坐,景色宜人,琴酒自娱。虽仕途失意,病疾缠身,但处于这种幽雅的环境,能饮咏自得,其怀抱的清淡可见。

〔2〕顾步:徘徊自顾。陆机诗:"俯仰纷阿那,顾步咸可欢。"三春:指春天。

〔3〕游丝:指蜘蛛等布吐的飘荡在天空的丝。惹:牵扯。

〔4〕"竹懒"句:写池边竹。亦谢灵运《过始宁墅》:"绿篠媚清涟。"懒,困倦下垂。宜水,适宜于水滨。

〔5〕"唯馀"二句:典出晋毕卓。卓嗜酒,尝言:"一手持蟹螯,一手持酒杯,拍浮酒池中,便足了一生。"见《世说新语·任诞》。

〔6〕"莺啼"句:《诗经·小雅·伐木》:"伐木丁丁,鸟鸣嘤嘤。出自幽谷,迁于乔木。"反其意而咏之。非选树,谓非迁乔木。

〔7〕纶:指钓丝。

〔8〕"山水"句:语本伯牙弹琴高山流水之意。见《淮南子·修务训》。

〔9〕"年华"二句:谓光景情兴均可乐。细味之乃自慰之语。

江中望月[1]

江水向涔阳[2],澄澄写月光[3]。镜圆珠溜澈,弦满箭波长[4]。沉钩摇兔影,浮桂动丹芳[5]。延照相思夕,千里共沾裳[6]。

〔1〕这是一首相思曲,写望着天上明月和江中月影,寄寓相思的苦衷。诗中描摹月亮,以镜、弦、钩、桂为喻,勾勒其在江中摇曳、飘动、明净、清澈的形象,以动写静,以景启情,显得自然工致,空灵有韵。

〔2〕涔阳:洲渚名。《九歌·湘君》:"望涔阳兮极浦,横大江兮扬灵。"注:"今澧州有涔阳浦。"

〔3〕写:倾泻。

〔4〕"镜圆"二句:写月与水,月光与水光相映成趣。溜,溪水。弦满,圆月。箭波,流动的江水。

〔5〕"沉钩"二句:写天上月,水中影,上下交映。沉钩,指水中新月之影。兔影,玉兔的影子。传说月中有玉兔。浮桂,传说月中有桂树。丹芳,丹桂的芳香。

〔6〕"延照"二句:写月夜千里相思之情。沾裳,泪沾裳。极言相思泪水之多。

元日述怀[1]

筮仕无中秩[2],归耕有外臣[3]。人歌小岁酒[4],花舞大唐春。草色迷三径[5],风光动四邻。愿得长如此,年年物候新[6]。

〔1〕题一作《明月引》。作者早年出仕,后因病归退,住太白山中,

摆脱了官场的烦扰,过着恬适的田园生活。此诗应作于归耕初期,它以清新的语言,描绘了新春佳节的欢乐气氛和优美的景色,抒发了退隐后的恬淡心境和对大自然热爱之情。诗中"歌""舞""迷""动"用得精妙,使诗充满诗情画意。元日:农历正月初一日。

〔2〕筮(shì是)仕:古人将出做官时,先占卜问吉凶,称筮仕。中秩:指中级官职。

〔3〕外臣:方外之臣,指隐居不仕者。

〔4〕小岁:古代于冬至后第三个戌日行腊祭,腊祭次日为小岁,此处指元日。

〔5〕三径:晋赵岐《三辅决录·逃名》:"蒋诩(西汉末年兖州刺史)归乡里,荆棘塞门,舍中有三径,不出,唯求仲、羊仲从之游。"后以"三径"指归隐者的家园。

〔6〕物候:动植物随季节气候而至,谓之物候。

益州城西张超亭观妓[1]

落日明歌席,行云逐舞人。江前飞暮雨,梁上下轻尘[2]。冶服看疑画[3],妆楼望似春[4]。高车勿遽返,长袖欲相亲[5]。

〔1〕此诗为作者益州新都尉任上所作,写傍晚歌舞的景色,表现了对歌舞的迷恋。诗中没有对歌舞女艺人的美貌和技艺作正面的描绘,而是从背景、服饰侧面烘托歌舞女艺人的美丽。诗末两句则点明了题意。精巧委婉,别有一番情趣。益州:今四川成都。见作者《奉使益州至长安发钟阳驿》注。张超亭:纪念张超的亭子。张超,后汉郑人,字子并,有文才。灵帝时从朱隽讨黄巾有功,为别驾司马。善草书,世共传之。

〔2〕"梁上"句:汉刘向《别录》:"汉兴以来,善歌者鲁人虞公,发声清哀,盖动梁尘。"句意谓歌动梁尘。

〔3〕冶服:华丽的服装。

〔4〕妆楼:指妇女的居室。一作"妆台"。

〔5〕"高车"二句:劝客留观,兴犹未尽。高车,高大的车,显贵者所乘。长袖,长的衣袖,借指歌舞女艺人。古谚云:"长袖善舞,多钱善贾。"见《韩非子·五蠹》。

还京赠别〔1〕

风月清江夜,山水白云朝。万里同为客,三秋契不凋〔2〕。戏凫分断岸〔3〕,归骑别高标〔4〕。一去仙桥道〔5〕,还望锦城遥〔6〕。

〔1〕作者于益州新都尉任满,漫游蜀中,后离蜀寓居洛阳。此是作者离蜀时所作。诗中抒写与友人分别依依不舍的心境,朝夕相处,离别情伤,以景写情,平淡散缓,有内在的情趣。

〔2〕契不凋:谓友情亲密不衰。

〔3〕戏凫:嬉戏的水鸟。凫,野鸭。

〔4〕归骑:回归的马。谓策马返归。高标:指蜀中高山。左思《蜀都赋》:"羲和假道于峻岐,阳乌回翼乎高标。"

〔5〕仙桥道:指蜀道。仙桥,升仙桥,在今四川成都北。传为李冰所建。常璩《华阳国志·蜀志》:"城北十里有升仙桥,有送客观。"

〔6〕锦城:即锦官城,故址在今四川成都南,后为成都的别称。见作

者《十五夜观灯》注。

至陈仓晓晴望京邑[1]

拂曙驱飞传[2],初晴带晓凉。雾敛长安树[3],云归仙帝乡[4]。涧流漂素沫,岩景霭朱光[5]。今朝好风色,延眺极天庄[6]。

　　[1] 此诗为作者离蜀北归至陈仓望京都长安时所作,写清晨在陈仓回望京都所见的美好景色,抒发恋京之情。境界清朗寥廓,情思缠绵缱绻。陈仓:刘邦用韩信计,明修栈道,暗渡陈仓,即此。汉魏以来为攻守要地。唐至德二年改为宝鸡县,即今陕西宝鸡市。京邑:京都。
　　[2] 飞传:指驿传的车马。
　　[3] "雾敛"句:谓雾消可望长安之树。长安,唐京都,今陕西西安。
　　[4] 仙帝乡:天帝居处。此指京都。《庄子·天地》:"千岁厌世,去而上仙,乘彼白云,至于帝乡。"
　　[5] "岩景"句:谓山岩之影使日光显得晦暗。岩景,即岩影。霭,晦暝貌。朱光,日光。
　　[6] 延眺:远望。天庄:指京师。

晚渡滹沱敬赠魏大[1]

津谷朝行远[2],冰川夕望曛[3]。霞明深浅浪,风卷去来云。

澄波泛月影,激浪聚沙文。谁忍仙舟上[4],携手独思君。

〔1〕此诗抒写夜间渡河,在船上思念魏大的情景。笔墨集中描绘江上的风浪,以衬托其因思念而不平静的心境。笔力苍劲,状物生动,情意真切。滹(hū乎)沱:即滹沱河,在今河北西部。穿割太行山,东流入河北平原,与滏阳河汇合为子牙河。魏大:生平不详。大,排行第一。

〔2〕津谷:通向渡口的山谷。

〔3〕冰川:积冰的原野。曛:昏暗。

〔4〕仙舟:舟船的美称。此指滹沱河渡船。

和吴侍御被使燕然[1]

春归龙塞北[2],骑指雁门垂[3]。胡笳折杨柳[4],汉使采燕支[5]。戍城聊一望[6],花雪几参差[7]。关山有新曲,应向笛中吹[8]。

〔1〕吴侍御奉命出使燕然,有诗,此为和诗,诗中写塞北风光,抒旷迈怀抱。落笔轻快爽朗,语言平易舒坦。吴侍御:生平不详。侍御,唐代称殿中侍御史、监察御史为侍御。被使:奉命出使。燕然:即今蒙古人民共和国境内的杭爱山。

〔2〕龙塞:即卢龙塞。在今河北迁安西北。曹操征乌桓曾出此塞。

〔3〕雁门:即雁门关,在今山西之北。

〔4〕胡笳:我国古代北方民族的管乐器。折杨柳:乐府横吹曲旧题。见杨炯《折杨柳》注〔1〕。句意谓胡笳吹《折杨柳》之曲。写别意。

〔5〕汉使:指吴侍御。燕支:草名,可作红色染料。晋崔豹《古今注·草木》:"燕支,叶似蓟,花似蒲公,出西方。土人以染,名为燕支。中国人谓之红蓝。"谐燕支山(焉支山)名,以喻指燕然山。燕,一作"条"。

〔6〕戍城:边城。

〔7〕花雪:即霰。俗称雪珠。

〔8〕"关山"二句:谓当新谱笛曲《关山月》,以抒写塞外之情。汉乐府横吹曲有《关山月》,多写士兵久戍伤离之情,今吴侍御奉命出使燕然,与戍边有别,故宜谱"新曲"。

七夕泛舟二首[1]

一

汀葭肃徂暑[2],江树起初凉。水疑通织室[3],舟似泛仙潢[4]。连桡渡急响[5],鸣棹下浮光[6]。日晚菱歌唱[7],风烟满夕阳。

二

凤杼秋期至[8],凫舟野望开[9]。微吟翠塘侧,延想白云隈[10]。石似支机罢[11],槎疑犯宿来[12]。天潢殊漫漫[13],日暮独悠哉。

〔1〕此二诗写七夕泛舟江中,抒悠闲恬适的心情。想象丰富,喻比生动,和谐地融合了牛郎织女传说中的事物,使天上人间汇成一片。意境开阔高朗、清新飘逸,情悠而意惬。七夕:农历七月初七之夕。民间传说牛郎织女每年此夜在天河相会。

〔2〕汀葭:水边的芦苇。肃:肃杀。指秋气。徂暑:盛暑。《诗经·小雅·四月》:"四月维夏,六月徂暑。"

〔3〕"水疑"句:谓疑泛舟之水潜通蛟室。张华《博物志》:"南海水有鲛(蛟)人,水居如鱼,不废织绩,其眼能泣珠。"织室,指蛟室,鲛人居处。此借喻织女织作处。

〔4〕"舟似"句:谓泛舟于江,如张骞泛槎上天河遇织女。张华《博物志》载,海上人曾乘仙槎入天河遇牛郎织女。或传为张骞奉命乘槎寻河源而入天河。故杜甫《秋兴》诗曰"奉使虚随八月槎"。见《荆楚岁时记》。仙潢:指天河。

〔5〕连桡:双桨划船。桡,船桨。

〔6〕鸣棹:以桨划船。浮光:水面反射的光。

〔7〕菱歌:采菱之歌。梁简文帝《棹歌行》:"妾家住湘川,菱歌本自便。"

〔8〕凤杼:织机的美称,借指织女。一作"风杼"。秋期:指七夕。牛郎织女约会之期。

〔9〕凫舟:鸭形的船。晋张协《七命》:"乘凫舟兮为水戏。"

〔10〕白云隈:白云边。

〔11〕石似支机:即支机石。传说为天上织女用以支撑织布机的石头。《太平御览》卷八引刘义庆《集林》:"昔有一人寻河源,见妇人浣纱,以问之,曰:'此天河也。'乃与一石而归。问严君平,云:'此支机石也。'"按,长安昆明湖滨有支机石。

〔12〕槎(chá 茶)：木筏。此指张骞所乘之槎。犯宿：冒犯星宿。

〔13〕天潢：即天河。

西使兼送孟学士南游〔1〕

地道巴陵北〔2〕，天山弱水东〔3〕。相看万馀里，共倚一征蓬〔4〕。零雨悲王粲〔5〕，清尊别孔融〔6〕。裴回闻夜鹤，怅望待秋鸿。骨肉胡秦外〔7〕，风尘关塞中〔8〕。唯馀剑锋在，耿耿气成虹〔9〕。

〔1〕此诗写送别孟学士的离情别绪和自己西使的心境。作者与孟学士情似骨肉，但一西使，一南游，隔同胡秦，自然哀伤；诗中以王粲比自己，以孔融比孟学士，暗示自己仕途失意和对孟学士的敬重；结句又表达了自己气贯长虹的壮志。景色凄怆，情意殷切，意境悲壮，含思温婉。孟学士：生平不详。学士，官名，南北朝以后，以学士为司文学撰述之官。

〔2〕地道：地下通道。巴陵：今湖南岳阳。唐天宝元年复置巴陵郡，乾元元年改称岳州。

〔3〕天山：唐时称伊州、西州以北一带山脉为天山。伊州，今新疆哈密；西州，今吐鲁番盆地一带。弱水：古水名。《山海经·大荒西经》昆仑之邱，"其下有弱水之渊环之"。按，唐之天山，在弱水之东。

〔4〕征蓬：飘蓬，指远行的人。

〔5〕"零雨"句：意本王粲《赠蔡子笃》诗："风流云散，一别如雨。"写别情。王粲，字仲宣，山阳高平（今山东邹县）人，"建安七子"之一。

〔6〕"清尊"句：典出孔融。孔融字文举，鲁国人，孔子二十世孙，曾

任北海相。《三国志·魏书·崔琰传》引张璠《汉纪》:孔融尝讥曹操酒禁,"宾客日满其门,爱才乐酒,常叹曰:'坐上客常满,樽中酒不空,吾无忧矣。'"

〔7〕胡秦:胡与秦,比喻相距很远。传苏武《别诗》:"昔者常相近,邈若胡与秦。"

〔8〕风尘:谓行旅辛苦劳顿。

〔9〕"唯馀"二句:喻壮志犹存。耿耿,形容剑光明亮。江淹《无为论》:"负长剑而耿耿,佩鸣玉而锵锵。"气成虹,谓剑气如虹。

送郑司仓入蜀〔1〕

离人丹水北〔2〕,游客锦城东〔3〕。别意还无已〔4〕,离忧自不穷。陇云朝结阵〔5〕,江月夜临空。关塞疲征马,霜氛落早鸿。潘年三十外〔6〕,蜀道五千中〔7〕。送君秋水曲,酌酒对清风〔8〕。

〔1〕这是一首送别诗,写秋天江边月夜送郑司仓赴成都的情景。作者怀着对友人的无限情思,临别远望,极目凄凉,以冷寒险阻、阴晦清寂的景色,衬托缠绵哀伤的情思。景凄情哀,苍凉沉郁。郑司仓:生平不详。司仓,官名,主管仓库,为州郡的属官。唐制,在府的称仓曹参军,在州的称司仓参军,在县的称司仓。

〔2〕丹水:河名,即今陕西丹江,发源于陕西商县冢领山,东入河南省境。句意谓丹水北送别。

〔3〕锦城:城名,故址在今四川成都南。此谓郑司仓将赴锦城之东。

〔4〕别意还:一作"客恨良"。

〔5〕陇云:陇上的浮云。自长安入蜀,途中可望陇山。

〔6〕潘年:指三十二岁左右的年纪。晋潘岳《秋兴赋》序:"余春秋三十有二,始见二毛。"

〔7〕"蜀道"句:谓蜀地在五服之中。《尚书·益稷》:"弼成五服,至于五千。"正义:"服五百里,四方相距为五千里。"

〔8〕"送君"二句:言秋日于丹水之滨饯别。曲,指水之转弯处。酌酒,此谓饯行劝酒。

绵州官池赠别同赋湾字〔1〕

䩭轩遵上国〔2〕,仙佩下灵关〔3〕。尊酒方无地〔4〕,联绻喜暂攀〔5〕。离言欲赠策〔6〕,高辨正连环〔7〕。野迥浮云断,荒池春草斑。残花落古树,度鸟入澄湾。欲叙他乡别,幽谷有绵蛮〔8〕。

〔1〕此诗写在绵州官府饮宴赋诗赠别的情景。铺展开去,先落笔于官府饮宴的热烈场景,以酒酣、攀谈、赠言,表现彼此的亲切眷恋,然后把笔锋转向郊野的景色,以苍茫、凄凉、深幽的景物,抒发怅惘的别情。景情融会成章,殷切而缱绻。绵州:汉广汉郡涪县地,隋置绵州,历代相同。今四川绵阳。赋湾字:作诗拈得湾字为韵。

〔2〕䩭(yóu 尤)轩:古代使臣乘坐的一种轻车。此处指使臣。上国:京师。句意谓来自京师的使臣。

〔3〕仙佩:佩带华贵的仙人。灵关:道教语,指仙界的关门。"灵"

175

一作"云"。此以仙人下凡喻官员聚会。

〔4〕无地：至极，形容酒酣。

〔5〕联绻：互相眷恋。

〔6〕赠策：临别赠言。《左传·文公十三年》载：晋大夫士会奔秦，晋恐士会为秦所用，就派人招他回国。士会离秦时，"绕朝赠之以策，曰：'子无谓秦无人，吾谋适不用也。'"孔颖达引服虔曰："绕朝以策书赠士会。"或以为策乃马鞭，即所谓"绕朝鞭"。

〔7〕"高辨"句：《淮南子》："知终天地，明照日月，辨解连环，泽润玉石。"又，梁简文帝《答湘东王书》："唐景荐大言之赋，安太述连环之辨。"辨，通"辩"，谈论。连环，比喻连续不断。

〔8〕"欲叙"二句：写惜别之情。绵蛮，指小鸟。《诗经·小雅·绵蛮》："绵蛮黄鸟，止于丘阿。道之云远，我劳如何。"毛传："绵蛮，小鸟貌。"

还赴蜀中贻示京邑游好[1]

籞宿花初满[2]，章台柳尚飞[3]。如何正此日，还望昔多违[4]。怅别风期阻[5]，将乖云会稀[6]。敛袿辞丹阙[7]，悬旗陟翠微[8]。野禽喧戍鼓[9]，春草变征衣。回顾长安道[10]，关山起夕霏[11]。

〔1〕此诗是作者再度赴蜀即将离京所作。曾经久别的朋友，又要分离，作者心情自然是苦涩的。诗写春景别情，先写初春的韶秀景色，抒离别的惆怅之情；后悬拟途中凄怆的景物，抒对京都的眷恋。作者直抒

胸臆,以情写景,情景水乳交融,格调低回沉闷。蜀中:指蜀地。今四川中部地区。京邑:京都。游好:常相过从的友好。

〔2〕籞(yù御)宿:亦作"蘌宿",古代帝王的禁苑名。《汉书·元后》:"(太后)夏游蘌宿,鄠、杜之间。"颜师古注:"蘌宿苑,在长安城内,今之御宿川是也。"

〔3〕章台:汉长安街名。此处指长安。尚:一作"向"。

〔4〕还望:一作"不喜"。多违:谓久别。

〔5〕风期:友谊。

〔6〕云会:聚会。

〔7〕敛衽:整饬衣襟,表示恭敬。丹阙:赤色的宫阙。借指帝都长安。

〔8〕悬旗:一作"悬津"。陟:攀登。翠微:指青翠掩映高山。

〔9〕戍鼓:戍楼上的鼓声。

〔10〕长安道:通向长安的道路。

〔11〕夕霏:傍晚的雾霭。

初夏日幽庄[1]

闻有高踪客[2],耿介坐幽庄[3]。林壑人事少,风烟鸟路长[4]。瀑水含秋气,垂藤引夏凉。苗深全覆陇[5],荷上半侵塘。钓渚青凫没[6],村田白鹭翔。知君振奇藻,还嗣海隅芳[7]。

〔1〕作者在太白山、具茨山度过了残年。仕途失志,一生坎坷,不堪

世俗的困扰,早有隐逸的意向。此诗描写了一个幽庄隐者,为作者所尊崇。首联写隐者的正直,中八联写隐者居处的清幽,尾联写隐者的文才。即景写人,景幽而情高,清雅而飘逸。初夏:夏季的第一个月,又称孟夏。初,一作"和"。按,细味诗意,作"和"为是。诗似和隐者之作。幽庄:幽静的山庄。

〔2〕高踪客:此指隐者。高踪,高卓的行迹。

〔3〕耿介:正直不阿,洁好自持。

〔4〕鸟路:险峻狭窄的山路。

〔5〕陇:田畦。

〔6〕钓渚:钓鱼的水中洲。青凫:即野鸭。

〔7〕"知君"二句:语本曹植《与杨德祖(修)书》:"伟长擅名于青土,公干振藻于海隅。"意谓隐者继承刘桢(公干)的文才,诗可流芳。按,隐者或姓刘,故以公干为拟。振奇藻,发挥奇特的文才。海隅,海边。刘桢东平宁阳人,宁阳为齐之边,因称海隅。

山庄休沐〔1〕

兰署乘闲日〔2〕,蓬扉狎遁栖〔3〕。龙柯疏玉井,凤叶下金堤〔4〕。川光摇水箭,山气上云梯。亭幽闻唳鹤,窗晓听鸣鸡。玉轸临风奏〔5〕,琼浆映月携〔6〕。田家自有乐,谁肯谢青溪〔7〕?

〔1〕作者早年为邓王府典签,此诗当是这时期的作品,写夏天在山庄度假的情景。诗中描绘的农村景色的优美,闲居生活的舒适,流露了

对田家乐的向往。作者从官府走到农村,展现在他面前的是一片清新的天地,这里没有官场的烦闷,没有世事的纷扰。在作者笔下,景色优雅清丽,心情舒坦恬适。笔触爽朗疏畅,情韵超逸旷放。山庄休沐:一作"和夏日山庄"。休沐,休息洗沐,指休假。

〔2〕兰署:即兰台,指秘书省。

〔3〕"蓬扉"句:谓与草屋隐者亲近。

〔4〕"龙柯"二句:谓树干陈于井边,树叶落于堤上。特以龙凤金玉华藻为形容。柯,树干。玉井,石砌的井。金堤,堤堰的美称。

〔5〕玉轸:玉制的琴柱,指琴。

〔6〕琼浆:仙人的饮料,喻美酒。

〔7〕"田家"二句:意谓田家山庄自有乐趣,不必求仙道。青溪,此指仙境。晋郭璞《游仙诗》:"青溪千馀仞,中有一道士。"

山林休日田家[1]

归休乘暇日,镃稼返秋场[2]。径草疏王篲[3],岩枝落帝桑[4]。耕田虞讼寝[5],凿井汉机忘[6]。戎葵朝委露[7],齐枣夜含霜[8]。南涧泉初冽[9],东篱菊正芳[10]。还思北窗下,高卧偃羲皇[11]。

〔1〕此诗是作者早期的作品,写秋天休假在农村的所见所感。作者看到农村的幽雅景色和农民专心地劳作,引起了退隐的心思。语言藻饰华丽,仍有六朝遗风,但题材已由朝廷走向了民间,注入了清新的气息。写景悠闲,写事真切,抒情自然,事、景、情合而为一,不失为一首反

映农村景象的好诗。休日:休沐日,假日。

〔2〕馌(yè 夜)稼:为耕作者送饭。秋场:秋收使用的打谷场。

〔3〕王篲(huì 惠):又名地肤,俗称扫帚菜,一年生草本植物,茎可作扫帚,果实地肤子,可入药。见李时珍《本草纲目·草五·地肤》。

〔4〕帝桑:帝女桑。《山海经·中山经》:"(宣山)其上有桑焉,大五十尺,其枝四衢,其叶大尺馀,赤理黄华青柎,名曰帝女之桑。"神话传说中的桑树,以赤帝女居此桑而升天,故名。见《太平御览》卷九二一引《广异记》。此指桑树。

〔5〕"耕田"句:典出《史记·周本纪》:"西伯阴行善,诸侯皆来决平。于是虞、芮之人有狱不能决,乃如周。入界,耕者皆让畔,民俗皆让长。虞、芮之人未见西伯,皆惭,相谓曰:'吾所争,周人所耻,何往为,只取辱耳。'遂还,俱让而去。……诗人道西伯盖受命之年称王而断虞芮之讼。"虞为虞国,即后之虞城;芮为芮国,即后之芮城。虞讼,指虞芮之讼。寝,息。

〔6〕"凿井"句:典出《庄子·天地》:"子贡南游于楚,反于晋,过汉阴。见一丈人方将为圃畦,凿隧而入井,抱瓮而出灌。搰搰然用力甚多而见功寡。子贡曰:'有械于此,一日浸百畦。用力甚寡而见功多。夫子不欲乎?'为圃者仰而视之。……忿然作色而笑曰:'吾闻之吾师,有机械者必有机事,有机事者必有机心。机心存于胸中,则纯白不备。……'"汉,指汉阴老圃。

〔7〕戎葵:即蜀葵,两年生草本植物。

〔8〕齐枣:一作"荠草"。

〔9〕南涧泉:南边的涧中泉水。洌(liè 列):寒冷。

〔10〕东篱菊:晋陶潜《饮酒》诗:"采菊东篱下,悠然见南山。"

〔11〕"还思"二句:典出陶潜《与子俨等疏》:"尝言五六月中北窗下卧,遇凉风暂至,自谓是羲皇上人。"偃,安卧。羲皇,即伏羲氏。伏羲为

三皇,故称羲皇。古代想象羲皇之世其民皆恬静闲适,隐逸之士往往以羲皇上人自拟。

宴梓州南亭得池字[1]

二条开胜迹[2],大隐叶冲规[3]。亭阁分危岫[4],楼台绕曲池。长薄秋烟起[5],飞梁古蔓垂[6]。水鸟翻荷叶,山虫咬桂枝。游人惜将晚,公子爱忘疲[7]。愿得回三舍[8],琴尊长若斯。

〔1〕此诗写在梓州南亭饮宴,以"池"为韵吟诗述怀。先写南亭周围幽雅的景色,后写游人雅士留连忘返。作者既写静物,又写动物,并赋予静物以动态,构成了一个清丽恬适的意境。写景写人,错落有致,工巧而有情韵。梓州:治所在今四川三台。

〔2〕二条:当指南条与北条。或说有三条。《尚书·禹贡》:"尊岍及岐,至于荆山"。孔颖达疏:"马融、王肃皆为三条:尊岍北条,西倾中条,嶓冢南条。"嶓冢在梁州。《方舆胜览》谓梓州乃"禹贡梁州之域"。故诗称"二条"。

〔3〕"大隐"句:谓大隐者类皆以淡泊为准则。晋袁宏《后汉纪·灵帝纪》:"此子神气冲和,言合规矩,高才妙识,罕见其伦。"

〔4〕危岫:高峻的山峰。

〔5〕长薄:绵延的草木丛。

〔6〕飞梁:凌空飞架的桥。古蔓:久年的藤蔓。

〔7〕公子:富贵人家的子弟。

〔8〕回三舍:鲁阳公与韩战酣日暮,扬戈,"日为之反三舍"。见《淮南子·览冥训》。三舍,九十里。一舍三十里。

山行寄刘李二参军[1]

万里烟尘客[2],三春桃李时。事去纷无限,愁来不自持。狂歌欲叹凤[3],失路反占龟[4]。草碍人行缓,花繁鸟度迟。彼美参卿事[5],留连求友诗[6]。安知倦游子[7],两鬓渐如丝。

〔1〕此诗写游子之思,羁旅之愁。作者飘泊异乡,失志、困顿、愁苦,心境复杂,一面歌咏圣德,一面蹭蹬仕途;一面渴求功名,一面羁旅烟尘。于是占龟、求友,寻求解脱。此诗直抒胸臆,满纸悲愤,平直而细密,情凄而意切。刘李:二人生平事迹不详。参军:官名,见作者《送梓州高参军还京》注。

〔2〕烟尘客:奔波于旅途者,指作者自己。

〔3〕"狂歌"句:《论语·微子》:楚狂接舆歌而过孔子,曰:"凤兮凤兮,何德之衰。"

〔4〕占龟:视龟兆以测吉凶。

〔5〕彼美:语本《诗经·邶风·简兮》:"彼美人兮,西方之人兮。"后以"彼美"称颂有才德的人。此指刘、李二人。参卿事:即参军事。二人均为州郡参军。

〔6〕求友:寻求朋友。《诗经·小雅·伐木》:"嘤其鸣矣,求其友声。相彼鸟矣,犹求友声,矧伊人矣,不求友生。"

〔7〕倦游子：离家远行，倦于飘泊异乡仕宦的人。

首春贻京邑文士〔1〕

寂寂罢将迎〔2〕，门无车马声〔3〕。横琴答山水〔4〕，披卷阅公卿〔5〕。忽闻岁云晏〔6〕，倚杖出檐楹〔7〕。寒辞杨柳陌〔8〕，春满凤皇城〔9〕。梅花扶院吐〔10〕，兰叶绕阶生。览镜改容色，藏书留姓名。时来不假问，生死任交情〔11〕。

〔1〕此诗描绘了一个伏案披阅、抚琴歌咏、企重情谊的文士形象，表露了对友情的笃诚，对文士的敬仰。一落笔便创造了一个恬静的氛围，突出了文士的专心致志，继而把笔锋一转，用了个"忽闻"，惊悟到冬去春来，转向了初春景色的描绘，又折向对友情的述说。一波三折，起伏跌宕，形象显明，情韵高远。首春：指农历正月，即孟春。贻：赠。京邑文士：京城能文之士。

〔2〕将迎：送往迎来。《庄子·知北游》："颜渊问乎仲尼曰：'回尝闻诸夫子曰："无有所将，无有所迎。"回敢问其游。'仲尼曰：'……唯无所伤者，为能与人相将迎。'"

〔3〕"门无"句：陶潜《饮酒》诗："结庐在人境，而无车马喧。"

〔4〕"横琴"句：暗用伯牙弹琴，而钟子期知其奏高山流水故事。见《列子·汤问》。

〔5〕"披卷"句：《孟子·告子》："有天爵者，有人爵者。仁义忠信，乐善不倦，此天爵也；公卿大夫，此人爵也。"赵氏注："天爵以德，人爵以禄。"句意似因读书而悟公卿仕禄之理。公卿，三公九卿。

〔6〕岁云晏：犹岁云暮。一年将尽。

〔7〕檐楹：一作"帘楹"。

〔8〕杨柳陌：当是洛阳铜驰陌。其路旁多栽杨柳。

〔9〕凤皇城：京城，此指东都。

〔10〕扶院：沿着院子。

〔11〕生死：指生死之交，即可共生死的朋友。

赠许左丞从驾万年宫[1]

闻道上之回[2]，诏跸下蓬莱[3]。中枢移北斗[4]，左辖去南台[5]。黄山闻凤笛[6]，清跸侍龙媒[7]。曳日朱旗卷，参云金障开[8]。朝参五城柳，夕宴柏梁杯[9]。汉畤光如月，秦祠听似雷[10]。寂寂芸香阁[11]，离思独悠哉。

〔1〕此诗写帝王出行的烜赫和自己的孤寂，揭示了古时帝王的骄奢，抒发了自己的失意。诗中按时间顺序写出行从驾的过程，从清道、仪仗、参拜、饮宴、祭祀着笔，染墨浓重，极力渲染，而与结句"寂寂芸香阁，离思独悠哉"，构成了鲜明的对比，从而衬托自己心境的苍凉。夸饰秾丽，对照显明，情思委折。许左丞：当是许敬宗，高宗时为相。左丞，左丞相的简称。从驾：随从皇帝出行。万年宫：即九成宫，唐高宗永徽二年改名万年宫。永徽五年（654）三月，高宗幸万年宫。亲制万年宫铭，刊石于永光门。

〔2〕上之回：汉乐府铙歌旧题有《上之回》。因汉武帝出幸回中道而得名。此借指唐高宗之出幸万年宫。

〔3〕"诏跸(bì 毕)"句：谓皇帝降诣清道出蓬莱宫。蓬莱，指蓬莱宫。即大明宫，称东内。

〔4〕中枢(shū 书)：天体运行的中心，即中天。北斗：北斗星。喻帝王。

〔5〕左辖：星名，属轸宿，即今乌鸦座。此指左丞。《周书·韦镇传》："复入为行台左丞，……再居左辖，时论荣之。"南台：御史台，以在宫阙西南，故称。

〔6〕黄山：山名，在陕西兴平县北，也名黄麓山。为往麟游万年宫必经之地。凤笛：笛的美称，此处指笛所奏的乐曲。笛，一作"吹"。

〔7〕清跸：旧时谓帝王出行，清除道路，禁止行人。龙媒：骏马。《汉书·礼乐志》："天马徕，龙之媒。"颜师古注引应劭曰："言天马者乃神龙之类，今天马已来，此龙必至之效也。"

〔8〕"曳日"二句：写仪仗之盛。朱旗，红色的旗幡。金障，金色的障扇。

〔9〕"朝参"二句：写许左丞在万年宫参拜侍宴的荣耀。五城，神仙居所。道教谓天上有五城十二楼。此指万年宫。柏梁杯，指万年宫御宴。柏梁，台名，汉武帝所建，在长安北阙内。《三辅旧事》："帝尝置酒其上，诏群臣和诗。"

〔10〕"汉畤"二句：谓途经秦汉时祭祀天地祖先之所。畤祠互文见义。汉畤(zhì 志)，帝王祭天地五帝的场所。秦有四畤，汉有一畤，即北畤。秦祠，秦时祭祀的庙堂。

〔11〕芸香阁：秘书省别称。因秘书省司典图籍，故亦以指省中藏书、校书处。作者时任邓王府典签。

晚渡渭桥寄示京邑游好[1]

我行背城阙[2]，驱马独悠悠。寥落百年事，裴回万里忧。途遥日向夕,时晚鬓将秋[3]。滔滔俯东逝[4],耿耿泣西浮[5]。长虹掩钓浦,落雁下星洲。草变黄山曲[6],花飞清渭流[7]。进水惊愁鹭,腾沙起狎鸥[8]。一赴清泥道[9],空思玄灞游[10]。

〔1〕此诗为作者西行入蜀途中所作,写离京别友的慨叹。先抒一腔忧愁,继而即景兴悲。思苦而语奇,景凄而情哀。渭桥:汉唐时代长安渭水上的桥梁,东、中、西共有三座,此处当指西渭桥。京邑游好:京都常相过从的友好。

〔2〕城阙:指京城。

〔3〕鬓将秋:谓鬓发将白。

〔4〕东逝:东去的流水。《论语·子罕》:"子在川上曰:'逝者如斯夫!不舍昼夜。'"

〔5〕耿耿:烦躁不安。西浮:西游入蜀之路。《九章·哀郢》:"过夏首而西浮兮,顾龙门而不见。"

〔6〕黄山:又称黄麓山,在陕西兴平西南。扬雄《羽猎赋序》:"北绕黄山,滨渭而东,周袤数百里。"

〔7〕清渭:指渭水,黄河最大支流。横贯陕西中部,至潼关入黄河。

〔8〕狎鸥:可狎玩的鸥鸟。《列子·黄帝》:"海上之人有好沤(鸥)鸟者,每旦之海上,从沤鸟游,沤鸟之至者百住而不止。其父曰:'吾闻沤鸟皆从汝游,汝取来,吾玩之。'明日之海上,沤鸟舞而不下也。"

〔9〕清泥:指青泥岭,在甘肃徽县南,陕西略阳西北,古为入蜀之要道。

〔10〕"空思"句:谓徒然悬想长安灞水之游。玄灞,指灞水。在今陕西西安东。晋潘岳《西征赋》:"南有玄灞素浐,汤井温谷。"《文选》李善注:"玄素,水色也;灞浐,二水名。"

羁卧山中[1]

卧壑迷时代,行歌任死生[2]。红颜意气尽[3],白璧故交轻[4]。洞户无人迹,山窗听鸟声。春色缘岩上,寒光入溜平。雪尽松帷暗[5],云开石路明。夜伴饥鼯宿[6],朝随驯雉行[7]。度溪犹忆处,寻洞不知名。紫书常日阅[8],丹药几年成[9]?扣钟鸣天鼓[10],烧香厌地精[11]。倘遇浮丘鹤,飘飘凌太清[12]。

[1] 此诗写山中的生活情景。先写消极处世,顺应自然;次写山中清幽,生活恬适;后写读经炼丹,学道求仙。虽有消极厌世的一面,但其放旷林泉,飘逸遐想,也有清高超逸的一面。境界幽寂清丽,情韵恬静高远。羁(jī基)卧:羁留幽居。

[2] 任死生:听其死亡与生存。王羲之《兰亭序》:"固知一死生为虚诞,齐彭殇为妄作。"

[3] 红颜:年轻人的红润脸色。

[4] 白璧:平圆形而中有孔的白玉。

[5] 松帷:谓犹如帷幔的松林。

[6] 饥鼯:饥饿的鼯鼠。鼯,别名夷由,俗称大飞鼠,外形像松鼠,生活在高山树林中。

[7] 驯雉:驯顺的野鸡。

[8] 紫书:道经。班固《汉武帝内传》:"地真素诀,长生紫书。"

[9] 丹药:道教称用丹砂炼制的药物。晋葛洪《抱朴子·金丹》:

"又用五帝符以五色书之,亦令人不死,但不及太清及九鼎丹药耳。"

〔10〕扣钟:一作"撞钟"。鸣天鼓:道家修炼之法。两掌掩两耳,以食指击脑后作声,谓之鸣天鼓。天鼓,天神之鼓。《史记·天官书》:"天鼓,有音如雷非雷,音在地而下及地。"

〔11〕地精:人参的别名。

〔12〕"倘遇"二句:谓若逢浮丘公之仙鹤,便可飞升成仙。遇,一作"过"。浮丘,即浮丘公,古代传说中的仙人。太清,道家谓天外别有三清:玉清、太清、上清。《抱朴子·杂应》:"上升四十里,名为太清。"

酬张少府柬之[1]

昔余与夫子,相遇汉川阴[2]。珠浦龙犹卧,檀溪马正沉[3]。价重瑶山曲[4],词惊丹凤林[5]。十年暌赏慰,万里隔招寻[6]。毫翰风期阻,荆衡云路深[7]。鹏飞俱望昔,蠖屈共悲今[8]。谁谓青衣道,还叹白头吟[9]?地接神仙涧,江连云雨岑[10]。飞泉如散玉,落日似悬金。重以瑶华赠,空怀舞咏心[11]。

〔1〕此诗写与张的情谊,抒离别暌违之悲、怀才不遇之叹。先写张的才华,次写音讯隔绝,继写共同命运,后写珍重友情。写人写景,喻比贴切生动;以情写人,以景衬情,写意真古,辞情邈绵。张少府柬之:张柬之,字孟将,襄阳人。举进士,贤良对策第一,授监察御史。圣历中,为凤阁舍人,弘文馆学士。长安中,令举宰相材,迁凤阁侍郎。中宗即位,以功擢天官尚书,封汉阳王。迁中书令,为武三思所搆,贬死。少府,县尉

的别称。

〔2〕"昔余"二句：回叙与张柬之于汉水之南相识。夫子，古代对男子的敬称，指张少府。汉川，指汉水。一称汉江。流经陕西南部。汉川阴，汉阴，地当汉中汉阴。

〔3〕"珠浦"二句：谓二人如龙卧马伏，尚未得一逞其才。暗以诸葛亮、刘备自拟。珠浦，暗指汉水郑交甫遇仙女解佩处。地近隆中。龙犹卧，是吐珠骊龙，又是隆中卧龙诸葛亮。檀溪，在今湖北襄樊西南，因汉末刘备骑的卢马跃渡脱险而闻名。沉，隐伏。

〔4〕瑶山曲：瑶山深处。瑶山，玉山。古人以玉价重，故引以为喻。

〔5〕丹凤林：丹凤栖息的树林。犹文林。丹凤，头与翅膀上的羽毛为红色的凤鸟。此借指文坛才士。

〔6〕"十年"二句：二人一别十年，相隔万里。暌，隔离。

〔7〕"毫翰"二句：谓张在楚，己在蜀，不得谋面。毫翰，指信札。风期，友谊，交情。荆衡，荆山与衡山。泛指楚地，即今湖北、湖南。

〔8〕"鹏飞"二句：意谓在昔有大鹏图南之志，而今成尺蠖难伸之状。鹏飞，典出《庄子·逍遥游》。蠖(huò 或)屈，如尺蠖之屈状。喻人不得志。

〔9〕"谁谓"二句：自写在蜀中失意之叹。青衣道，指蜀道。青衣，羌国故城，在今四川雅安北。白头吟，乐府旧题，传为卓文君所作。此借字面，言年长失志。

〔10〕"地接"二句：言蜀地接巫峡巫山。神仙涧，指神女出入之巫峡。云雨岑，指巫山。神女"旦为行云，暮为行雨"之处。见宋玉《高唐赋》。

〔11〕"重以"二句：谓张复赠诗，徒然怀想一道舞咏的心情。以不得会晤也。瑶华，指珍贵的诗赠。谢朓《郡内高斋闲望赠吕法曹》："惠而能好我，问以瑶华音。"舞咏，语本《论语·先进》："冠者五六人，童子

六七人,浴乎沂,风乎舞雩,咏而归。"

过东山谷口[1]

不知名利险[2],辛苦滞皇州[3]。始觉飞尘倦,归来事绿畴[4]。桃源迷处所[5],桂树可淹留[6]。迹异人间俗,禽同海上鸥[7]。古苔依井被,新乳傍崖流[8]。野老堪成鹤,山神或化鸠[9]。泉鸣碧涧底,花落紫岩幽。日暮餐龟壳,天寒御鹿裘[10]。不辨秦将汉[11],宁知春与秋。多谢青溪客[12],去去赤松游[13]。

〔1〕此诗写谷口人们恬适平和的生活和优美的自然景色,创造了一个超凡脱俗的理想境界,表达了自己摆脱尘世的纷扰,隐逸避世的志向,有着浓烈的黄老思想。笔法飘逸娴熟,意象新鲜奇特,情思悠闲恬淡。

〔2〕名利:名位和利禄。名利险,《周易·坎卦》:"坎有险,求小得。"又汉无名氏《古诗》:"甘瓜抱苦蒂,美枣生荆棘。利傍有倚刀,贪人还自贼。"

〔3〕皇州:京城。

〔4〕"始觉"二句:谓倦游京城,归事躬耕。绿畴,绿色的田地。

〔5〕桃源:即桃花源。晋陶潜作《桃花源记》,谓有渔人入桃花源,见秦时避乱者的后裔居其间,有无为而治的纯朴古风。渔人出洞归,后再往寻找,遂迷不复得路。此以乡居喻入桃花源。

〔6〕"桂树"句:本于淮南小山《招隐士》:"攀援桂枝兮聊淹留,王孙

游兮不归,春草生兮萋萋。"淹留,逗留。

〔7〕海上鸥:典出《列子·黄帝》:"海上之人有好沤(鸥)鸟者,每旦之海上,从沤鸟游,沤鸟之至者百住而不止。"句意谓陶然忘机。

〔8〕"古苔"二句:写乡村井泉景色。新乳,新石乳,指春天的泉水。庾信《奉和赵王隐士》诗:"洞风吹户里,石乳滴窗前。"

〔9〕"野老"二句:谓村农们几欲成仙。成鹤,形容发白如鹤,带仙气。山神,主管某山的神灵。鸠,指鸠杖,拐杖上端刻鸠形。《后汉书·礼仪志》载,八十、九十岁者赐鸠杖。

〔10〕"日暮"二句:写民风古朴。龟壳,龟甲。可食用,可占卜。鹿裘,粗陋的裘衣。《史记·太史公自序》:"(墨者)夏日葛衣,冬日鹿裘。"

〔11〕"不辨"句:陶潜《桃花源记》:"不知有汉,无论魏晋。"秦将汉,秦与汉。

〔12〕青溪客:指隐者。

〔13〕赤松:即赤松子,传说中的仙人。《史记·留侯世家》:"愿弃人间事,欲从赤松子游耳。"

送幽州陈参军赴任寄呈乡曲父老〔1〕

蓟北三千里〔2〕,关西二十年〔3〕。冯唐犹在汉〔4〕,乐毅不归燕〔5〕。人同黄鹤远,乡共白云连。郭隗池台处〔6〕,昭王尊酒前〔7〕。故人当已老,旧壑几成田?红颜如昨日,衰鬓似秋天。西蜀桥应毁〔8〕,东周石尚全〔9〕。灞池水犹绿〔10〕,榆关月早圆[11]。塞云初上雁,庭树欲销蝉。送君之旧国[12],挥泪独潸然。

〔1〕此诗为晚年在长安时期所作。作者故乡在幽州范阳,陈参军恰往幽州上任,因寄语乡曲父老,抒写心中的不平和悲愤。一借历史人物、时代变迁的追溯,抒生不逢时,怀才不遇的忧忧心情;一借东西两地景物的描绘,抒身在长安,心系故土的绵绵乡思。二者参差错落,往来疏数,沉蕴而苍凉。幽州:战国燕地。州治在今北京。陈参军:生平不详。参军,见作者《送梓州高参军还京》注。

〔2〕蓟北:指作者的故乡幽州范阳。

〔3〕关西:潼关以西。此指长安。

〔4〕冯唐:汉安陵人,身历汉文帝、景帝、武帝三朝,武帝时举为贤良,时年九十馀,不能复为官。见《史记·张释之冯唐列传》。此处借以感叹年寿老迈,生不逢时。

〔5〕乐毅:战国燕将。自魏使燕,燕昭王任为上将。燕惠王继位,齐行反间计,惠王使骑劫代毅。毅惧诛,出奔赵,赵封于观津,号望诸君。

〔6〕郭隗(wěi伟):战国燕人。燕昭王欲得贤士,以报齐仇。郭隗曰:"王必欲致士,先从隗始。况贤于隗者,岂远千里哉!"于是昭王为隗改筑宫而师事之。乐毅自魏往,邹衍自齐往,剧辛自赵往,士争趋燕,燕国大强。见《史记·燕世家》。池台:池苑楼台。燕昭王为招贤强国,于易水东南筑台,置千金于上,以招贤士,旁有"小金台",相传即"郭隗台"。

〔7〕昭王:即燕昭王。战国时燕王哙子,名平。时燕为齐所破,哙死,燕人立为王。卑身厚币,招纳贤士,师事郭隗,士争相赴。与燕人同甘苦,日以富强。见《战国策·燕一》《史记·燕召公世家》。

〔8〕西蜀:今四川省,古为蜀地,因在西方,故称西蜀。西蜀桥,似指

升仙桥。故址在四川成都北。《华阳国志·蜀志》:"司马相如初入长安,题市门曰:'不乘赤车驷马,不过汝下也。'"句意谓已无相如之壮志。

〔9〕东周:周平王从镐京东迁至洛邑起,至为秦所灭,史称东周。东周石,未详出典。待考。

〔10〕灞池:池名,在汉文帝陵墓灞陵上,今陕西西安东。

〔11〕榆关:即山海关。其地古有渝水,县与关都以水得名。在今河北秦皇岛。

〔12〕故国:故乡。

登玉清[1]

绝顶横临日,孤峰半倚天。裴回拜真老[2],万里见风烟。

〔1〕此诗写高耸霄汉的仙境,明修真养性的心志。诗中创造了一个高峻、旷远、迷茫的境界,融合了孤高超逸的情思。笔力矫健,情韵高远。玉清:道家三清境之一,为元始天尊所居。

〔2〕真老:指道家所崇奉的仙人。

曲池荷[1]

浮香绕曲岸,圆影覆华池。常恐秋风早,飘零君不知。

〔1〕此诗咏荷抒怀,先写花香,次写花形,后抒凋零之感。沈德潜

云:"言外有怀才不遇,早年零落之感。"诗中着眼于"荷"字,着墨于荷花香、圆的美好和对凋零的畏惧,寄以自己的情怀,含蓄蕴藉。曲池荷:一作"曲江池"。

浴浪鸟[1]

独舞依磐石[2],群飞动轻浪。奋迅碧沙前,长怀白云上。

〔1〕这是一首小巧的咏物诗,运用拟人和白描手法,不加烘托,寥寥数笔,勾勒了鸟的生动形象。以磐石、轻浪、碧沙、白云为背景,通过鸟的一舞一飞,一奋迅一长怀,表现了鸟的轻捷、迅疾、奋发,寄寓了自己的凌云之志。浴浪:乘着波浪,忽上忽下地飞翔。

〔2〕磐石:厚而大的石头。

临阶竹[1]

封霜连锦砌[2],防露拂瑶阶。聊将仪凤质[3],暂与俗人谐。

〔1〕这是一首咏物诗,写竹的生长环境、经历和质地,赞许了竹的傲岸性格和美好的姿质。它生长于锦砌瑶阶,却要经霜蒙露;有着仪凤的素质,却要与俗人相处,这恰是作者自己的写照。写物摹状,对照映衬,简约而温婉,咏竹而不见竹,有"不着一字,尽得风流"之致。

〔2〕封霜:覆盖着霜。锦砌:阶除的美称。

〔3〕仪凤：凤凰的别称。古人多以凤喻竹，如所谓"凤尾森森，龙吟细细"。见《红楼梦》。

含风蝉[1]

高情临爽月，急响送秋风。独有危冠意[2]，还将衰鬓同[3]。

〔1〕此诗为咏物诗。历来诗家往往把蝉作为吟哦的对象，借蝉述怀言志，此诗也不例外。诗着眼于高情、急响的描绘，使月亮的爽朗与秋风的萧飒、危冠的高雅与鬓发的疏白构成对照，从而突出了迟暮之感。洗练精巧，情韵委曲。

〔2〕危冠：指古代的蝉冠。汉代侍从官之冠，以貂尾蝉文为饰，称蝉冠。后作为显贵的通称。

〔3〕衰鬓：年老而疏白的鬓发。古人所谓缥缈如蝉的"蝉鬓"，多作为妇女的一种发式（见晋崔豹《古今注》）。此则以蝉喻衰鬓。

葭川独泛[1]

倚棹春江上[2]，横舟石岸前。山暝行人断[3]，迢迢独泛仙[4]。

〔1〕此诗抒写日暮独自坐船游江，悠然自娱的情景。笔触简洁舒坦，境界恬静开阔，清幽而兴远，没有孤寂之感，而有飘逸之致。葭川：似

指葭萌水,即白水江。在今四川昭化之北。

〔2〕倚棹:指泛舟。

〔3〕山暝:谓日暮山暗。

〔4〕泛仙:如仙人般坐船游江。

送二兄入蜀[1]

关山客子路[2],花柳帝王城[3]。此中一分手,相顾怜无声。

〔1〕这是一首送别诗,抒写送二兄离京入蜀的别情。兄弟二人,将一南一北,手足分离,此中的离情别绪,自不堪言。结句极妙,感人至深,相视无言,此时"无声胜有声",贯注了深沉的感情、离别的悲哀。平易朴素,深挚纯真。

〔2〕客子:离家在外的人。

〔3〕帝王城:指京都。

宿玄武二首[1]

一

方池开晓色,圆月下秋阴。已乘千里兴,还抚一弦琴[2]。

二

庭摇北风柳,院绕南溟禽[3]。累宿恩方重[4],穷秋叹不深。

〔1〕此二诗写秋天歇息玄武情景,一写天晓月下抚琴,情兴悠闲;一写庭院柳摇鸟飞,情绪闲适。即景抒情,景色清幽恬美,情兴恬适闲逸,境与意会,清新淡雅。玄武:指玄武山。在蜀中。见王勃《蜀中九日登玄武山旅眺》诗注。

〔2〕一弦琴:疑即独弦琴。《新唐书·骠国传》:"有独弦匏琴,以班竹为之,不加饰,刻木为虺首,张弦无轸,以弦系顶,有四柱如龟兹琵琶,弦应太簇。"

〔3〕南溟禽:指图南之大鹏。一作"南飞禽"。

〔4〕累宿:再宿。

九陇津集[1]

落落树阴紫,澄澄水华碧[2]。复有翻飞鸟,裴回疑曳舄[3]。

〔1〕此诗写九陇津集的景色,抒恬适的情怀。诗中轻描淡抹,连缀疏朗的树阴、澄绿的水华、飞翔的禽鸟,构成了清新的意境。而喻比别开生面,带着神奇的色彩。九陇津集:当在今四川彭县。《方舆胜览》:古彭州之西山,一伏陇,二豆陇,三秋陇,四龙奔陇,五走马陇,六骆驼陇,七千秋陇,八较车陇,九横担陇,故有九陇之名。

〔2〕水华:水中激起的浪花。
〔3〕曳舃:拖带着鞋履。传说东汉明帝时,邺县令王乔有神术,尝化两舃为双凫,乘之京师。见干宝《搜神记》。

游昌化山精舍[1]

宝地乘峰出[2],香台接汉高[3]。稍觉真途近[4],方知人事劳。

〔1〕此诗写高峰上的佛地,抒超凡脱俗之情。"乘峰"与"接汉"对举,显示了山寺的高旷、寂寥;"真途"与"人事"对比,表白了佛寺的清静、世事的纷扰。造语精妙,意境寥廓而飘逸。昌化山:当在四川旧雅州,今雅安。精舍:佛寺。
〔2〕宝地:指佛寺。
〔3〕香台:佛殿的别称。汉:指天河。
〔4〕真途:指仙佛之路。

九月九日登玄武山[1]

九月九日眺山川,归心归尘积风烟。他乡共酌金花酒[2],万里同悲鸿雁天[3]。

〔1〕此为思乡曲。高宗李治时,卢照邻为新都尉,与王勃、邵大震同

游玄武山,互相唱和,王有《蜀中九日》,邵有《九日登玄武山旅眺》,卢有此诗。诗写登高所望所感:山川积风烟,天空飞鸿雁,思乡之意油然而生。诗中对仗工整,文词浅显,格调哀伤,情真而意切。九月九日:重阳节。玄武山:在今四川成都之北。

〔2〕金花酒:即菊花酒。古人于重阳节多饮此酒。《西京杂记》卷三:"九月九日佩茱萸,食蓬饵,饮菊华酒,令人长寿。"

〔3〕鸿雁:一种候鸟,俗称大雁。古时鸿雁南飞,南北旅客多引起乡思。

骆宾王

晚憩田家[1]

转蓬劳远役[2]，披薜下田家[3]。山形如九折[4]，水势急三巴[5]。悬梁接断岸[6]，涩路拥崩查[7]。雾岩沦晓魄[8]，风溆涨寒沙[9]。心迹一朝舛[10]，关山万里赊。龙章徒表越[11]，闽俗本殊华[12]。旅行悲泛梗[13]，离赠折疏麻[14]。唯有寒潭菊[15]，独似故园花。

〔1〕此诗写环境险阻，行役艰辛，乡思悲凉。或抒情，或写景，或叙事，交错有致，融合和谐，有境与意会之妙。"唯有寒潭菊，独似故园花"，以凄寒、孤寂的形象设喻，缭绕着游子绵绵的乡思，堪称佳句。

〔2〕转蓬：随风飘转的蓬草。常用以喻漂泊的游子。曹操《却东西门行》："田中有转蓬，随风远飘扬。长与故根绝，万岁不相当。奈何此征夫，安得去四方。"

〔3〕披薜：披薜荔。以薜荔为衣裳。《九歌·山鬼》："被薜荔兮带女萝。"

〔4〕如九折：一作"类九折"。九折，迂回曲折。今四川荣经邛崃山有九折坂。

〔5〕三巴:水形如三折巴字。《三巴记》云:"阆白二水东南流,曲折三回,如'巴'字,故谓三巴。"

〔6〕"悬梁"句:庾信《咏画屏风》诗:"小桥飞断岸,高花出回楼。"悬梁,高悬的桥梁。断岸,江边绝壁。

〔7〕涩路:险阻的水路。崩查:朽散的木筏。庾信《咏画屏风》诗:"崩查时半没,坏舸或空浮。"查,"楂"的本字。

〔8〕晓魄:晓月。丘迟《夜发密岩口》诗:"惊明晓魄悬。"

〔9〕"风溆"句:王融《渌水曲》:"日霁沙溆明,风动泉花烛。"溆(xù叙),犹浦,水边。

〔10〕舛(chuǎn喘):不顺。

〔11〕龙章:画或绣龙之服。天子之服,指天子。《礼记·明堂位》:"有虞氏服韨,夏后氏山,殷火,周龙章。"《后汉书·邓禹传论》:"褫龙章于终朝,就侯服以卒岁。"李贤注:"龙章,衮龙之服也。"表越:穿龙章于越地。赵至《与嵇茂齐书》:"表龙章于裸壤。"以越为蛮荒之地。越,古国名,建都会稽(今浙江绍兴)。

〔12〕闽俗:闽地风俗。闽,古种族名,生活于浙江南部和福建一带。殊华:有异于华夏。华,华夏。《左传·定公十年》:"裔不谋夏,夷不乱华。"

〔13〕悲:一作"劳"。泛梗:喻漂泊。《战国策·齐策三》:"有土偶人与桃梗相与语。桃梗谓土偶人曰:'子西岸之土也,挺子以为人,至岁八月,降雨下,淄水至,则汝残矣。'土偶曰:'不然,吾西岸之土也,土则复西岸耳。今子,东国之桃梗也,刻削子以为人,降雨下,淄水至,流子而去,则子漂漂者将何如耳。'"

〔14〕疏麻:传说中的神麻,常折以赠别。《九歌·大司命》:"折疏麻兮瑶华,将以遗兮离居。"

〔15〕寒潭菊:张正见《赋得岸花临水发》诗:"别有仙潭菊,含芳独

向秋。"潭,指菊潭。又称菊水。在今河南内乡北。据《风俗通》载,菊潭水甘美,饮者长寿,上寿百二三十。

出石门[1]

层岩远接天,绝岭上栖烟。松低轻盖偃[2],藤细弱丝悬[3]。石明如挂镜[4],苔分似列钱[5]。暂策为龙杖,何处得神仙[6]?

〔1〕咸亨元年(670)作者从军西域,二三年后回长安,又到四川去从军。此诗当是作者入蜀时所作。诗中描绘了石门高峻清丽的景色,寄寓了企求神仙扶助的怀抱。文字简约轻快,情思爽朗飘逸。石门:在四川巴中北三十里,左右皆峭壁,环三百许。

〔2〕"松低"句:《抱朴子·内篇·对俗》:"千岁松树,四边枝起,上杪不长。望而视之,有如偃盖。"轻盖偃,谓松之枝叶如覆伞盖。

〔3〕"藤细"句:庾信《奉和赵王游仙诗》:"石纹如碎锦,藤苗似乱丝。"

〔4〕挂镜:悬挂的镜子。王褒《玄圃浚池》诗:"石壁如明镜,飞桥类饮虹。"

〔5〕"苔分"句:谓苔藓分布如钱排列。梁刘孝威《怨诗》:"素壁点苔钱。"苔藓一名绿钱,因其形圆如钱。

〔6〕"暂策"二句:典出《后汉书·方术传下·费长房》:"费长房者,汝南人也。曾为市掾。市中有老翁卖药,悬一壶于肆头,……长房辞归,翁与一竹杖,曰:'骑此任所之,则自至矣。既至,可以杖投葛陂中也。'

又为作一符,曰:'以此主地上鬼神。'长房乘杖,须臾来归,自谓去家适经旬日,而已十馀年矣。即以杖投陂,顾视则龙也。"神仙,指卖药老翁。

至分陕[1]

陕西开胜壤[2],召南分沃畴[3]。列树巢维鹊[4],平渚下雎鸠[5]。憩棠疑勿剪[6],曳葛似攀樛[7]。至今王化美,非独在隆周[8]。

〔1〕此诗扣紧周朝召伯巡南土,布德政的典故,着墨于树木、禽鸟的描绘,展现了分陕风景的幽丽,赞颂了教化的优美。秾丽韶秀,清朗新颖。分陕:相传周初周公旦、召公奭分陕而治,周公治陕以东,召公治陕以西。陕,即今河南三门峡。

〔2〕陕西:泛指陕陌以西地区。胜壤:风景优美之地。

〔3〕召南:在岐山之南。召,周初召伯的封地。沃畴:肥沃的田畴。

〔4〕"列树"句:《诗经·召南·鹊巢》:"维鹊有巢,维鸠居之。"维鹊,指鹊鸟。

〔5〕"平渚"句:《诗经·周南·关雎》:"关关雎鸠,在河之洲。"雎鸠,鸠鸟。

〔6〕"憩棠"句:《诗经·召南·甘棠》:"蔽芾甘棠,勿翦勿败,召伯所憩。"序曰:"《甘棠》,美召伯也。召伯之教,明于南国。"孔颖达疏、朱熹集传并谓召伯巡行南土,布文王之政,曾舍于甘棠之下,因爱结于民心,故人爱其树,而不忍伤。

〔7〕"曳葛"句:《诗经·周南·樛木》:"南有樛木,葛藟累之,乐只

君子,福履绥之。"葛,多年生草本植物,茎蔓生。攀樛,牵缠于樛树。樛,枝向下弯曲的树。

〔8〕"至今"二句:谓今之王化,可并隆周之美。王化,天子的教化。《诗大序》:"《周南》《召南》,正始之道,王化之基。"隆周,强盛的周朝。

寓居洛滨对雪忆谢二[1]

旅思眇难裁[2],冲飙恨易哀[3]。旷望洛川晚[4],飘飖瑞雪来[5]。积彩明书幌[6],流韵绕琴台[7]。色夺迎仙羽,花避犯霜梅[8]。谢庭赏方逸[9],袁扉掩未开[10]。高人傥有访,兴尽讵须回[11]?

〔1〕此诗写观赏雪景,抒自己的情思和对谢二的思念。诗中先写旅思,次写雪景,后抒情兴。采饰富丽,清新超逸。洛滨:洛水之滨。谢二:生平不详。一作"谢二兄弟"。

〔2〕"旅思"二句:谢朓《离夜》诗:"翻潮尚知恨,客思眇难裁。"旅思,羁旅的愁思。裁,割断。

〔3〕冲飙:疾风。恨:一作"愤"。

〔4〕旷望:极目眺望。洛川:即洛水。

〔5〕"飘飖"句:刘璠《雪赋》:"始飘飖而稍落。"瑞雪,应时好雪。丰年的预兆,故称。

〔6〕"积彩"句:典出孙康。康贫,常映雪读书。见《南史·范云传》。书幌,书帷,指书房。

〔7〕"流韵"句:宋玉《讽赋》:"乃更于兰房之室,止臣其中,中有鸣

琴焉,臣援而鼓之,为《幽兰》《白雪》之曲。"琴台,泛指弹琴处。

〔8〕"色夺"二句:意谓仙鹤、梅花均未足以比雪之白。仙羽,仙禽,指鹤。鲍照《舞鹤赋》:"伟胎化之仙禽。"犯霜梅,何逊《咏早梅》诗:"衔霜当路发,映雪凝寒开。"

〔9〕"谢庭"句:典出晋太傅谢安。安尝于雪天与子侄集会论文赋诗。俄而雪骤,安欣然曰:"白雪纷纷何所似?"侄儿谢朗曰:"撒盐空中差可拟。"侄女谢道韫曰:"未若柳絮因风起。"安大笑乐。见《世说新语·言语》。方逸,正闲适。

〔10〕"袁扉"句:典出汉袁安。袁安未达时,洛阳大雪,人多出乞食,安独僵卧不起。洛阳令按行至安门,见而贤之,举为孝廉,除阴平长、任城令。见《后汉书·袁安传》唐李贤注引《汝南先贤传》。

〔11〕"高人"二句:典出王子猷雪中访戴。《晋书·王徽之传》:徽之字子猷,性卓荦不羁,尝居山阴,夜雪初霁,月色清朗,四望皓然,独酌酒,咏左思《招隐》诗。忽忆戴逵。逵时在剡,便夜乘小船诣之。经宿方至,造门不前而反。人问其故,徽之曰:"本乘兴而来,兴尽而反,何必见安道耶!"讵须回,反其意,谓虽兴尽亦不必返回。

北眺春陵〔1〕

揽辔疲宵迈〔2〕,驱马倦晨兴〔3〕。既出封泥谷〔4〕,还过避雨陵〔5〕。山行明照上〔6〕,谿宿密云蒸。登高徒欲赋,词殚独抚膺〔7〕。

〔1〕此诗写羁旅之苦,策马行进,翻山越岭,晓行夜宿,疲惫不堪;路

途艰险,心中激愤,想要吟诵,但一时词穷,只能抚膺长叹。奇峭沉郁,悲愤激越。春陵:在湖北枣阳东,汉为侯国,属南阳郡,东汉改章陵县。隋复称春陵县,并为春陵郡治。唐隶山南道随州枣阳。

〔2〕揽辔:挽住马缰。一作"总辔"。

〔3〕晨兴:早起。

〔4〕封泥谷:《后汉书·隗嚣传》:"(王)元请以一丸泥为大王东封函谷关,此万世一时也。"谓守关如封泥。此指函谷关,在今河南灵宝南,是秦的东关,东自崤山,西至潼津,深险如函,通名函谷。

〔5〕避雨陵:指殽山北陵。即东殽山。在今陕西潼关至河南新安县一带。东殽山与西殽山,中有古道,其两侧高山相嵌,可避风雨。传说周文王曾避风雨于此。

〔6〕明照:阳光照射。《周易·离卦》象曰:明两作离,大人以继明照于四方。

〔7〕"登高"二句:谓登高作赋,词不尽意。语本《韩诗外传》:孔子避于景山之上,子路、子贡、颜渊从。孔子曰:"君子登高必赋,小子曷言其愿?丘将启汝。"词殚,词尽。谢灵运《会吟行》:"词殚意未已。"抚膺,抚摩或捶拍胸口,表示哀叹、悲愤。陆机《梁父吟》:"慷慨独抚膺。"

夏日游目聊作[1]

暂屏嚣尘累[2],言寻物外情[3]。致逸心逾默,神幽体自轻[4]。浦夏荷香满,田秋麦气清。讵假沧浪上,将濯楚臣缨[5]。

〔1〕此诗写其超凡脱俗的情怀,以抒情为主,并以清香的景色,衬托淡雅的神思;以屈原自况,突出其高洁的节操。神幽情逸,清雅恬适。

〔2〕嚣尘:指纷扰的俗尘。《左传·昭公三年》:景公欲更晏子之宅,曰:"子之宅近市,湫隘嚣尘,不可以居,请更诸爽垲者。"

〔3〕物外:超脱于尘世之外。

〔4〕神幽:神思深远。体自轻:自己感到轻松。何劭《杂诗》:"心虚体自轻,飘飘若仙步。"

〔5〕"讵假"二句:楚辞《渔父》:"渔父莞尔而笑,鼓枻而去,歌曰:'沧浪之水清兮,可以濯吾缨;沧浪之水浊兮,可以濯吾足。'遂去,不复与言。"歌又见《孟子·离娄上》。楚臣,指屈原。汉王逸《楚辞》注云:"《渔父》者,屈原之所作也。"故以渔父之歌归于屈原。

同崔驸马晓初登楼思京[1]

丽谯通四望[2],繁忧起万端。绮疏低晚魄[3],镂槛肃初寒[4]。白云乡思远[5],黄图归路难[6]。唯馀西向笑,暂似当长安[7]。

〔1〕此诗写清晨登楼遥望,思绪万端,寄寓对京都的怀念。景色描绘,低回肃杀;情思流露,辽远纷繁。文辞畅达,意境怆凉。崔驸马:未详。驸马之崔姓者,有崔恭礼,尚真空公主;崔宣庆,尚馆陶公主。

〔2〕丽谯:华丽的高楼。

〔3〕绮疏:雕刻成空心花纹的窗户。晚魄:指月亮。一作"晓魄"。

〔4〕镂槛:雕花的栏杆。

〔5〕白云乡思:喻思亲。《旧唐书·狄仁杰传》:"其亲在河阳别业,仁杰赴并州,登太行山,南望见白云孤飞,谓左右曰:'吾亲所居,在此云下。'瞻望伫立久之,云移乃行。"

〔6〕黄图:指京都。《隋书·经籍志》录《黄图》一卷,记三辅宫观、陵庙、辟雍、郊畤等事。

〔7〕"唯馀"二句:曹植《与吴季重书》李善《文选》注引《桓子新论》曰:"人闻长安乐,则出门向西而笑。知肉味美,对屠门而大嚼。"长安,唐京城。

月夜有怀简诸同病[1]

闲庭落景尽[2],疏帘夜月通。山灵响似应[3],水净望如空[4]。栖枝犹绕鹊[5],遵渚未来鸿[6]。可叹高楼妇,悲思杳难终[7]。

〔1〕此诗描绘了月夜楼房内外的景色,营造了一个空旷寂静的氛围,以思妇为喻,表达了自己对同病友人的思念,真切而深沉。同病:一作"同寮"。

〔2〕落景:夕阳。庾阐《海赋》:"照落景而俱红。"

〔3〕山灵:山神。

〔4〕"水净"句:沈约《八咏》诗:"水洁望如空。"

〔5〕"栖枝"句:曹操《短歌行》:"月明星稀,乌鹊南飞。绕树三匝,何枝可依。"

〔6〕遵渚:语出《诗·豳风·九罭》:"鸿飞遵渚,公归无所。"谓鸿雁

循着水中小洲飞翔。

〔7〕"可叹"二句:曹植《七哀》诗:"明月照高楼,流光正徘徊。上有愁思妇,悲歌有馀哀。借问叹者谁,言是客子妻。"

叙寄员半千[1]

薄宦三河道[2],自负十馀年。不应惊若厉[3],只为直如弦[4]。坐历山川险[5],呀嗟陵谷迁[6]。长吟空抱膝[7],短翮讵冲天[8]?魂归沧海上[9],望断白云前[10]。钓名劳拾紫[11],隐迹自谈玄[12]。不学多能圣[13],徒思鸿宝仙[14]。斯志良难已,此道岂徒然?嗟为刀笔吏[15],耻从绳墨牵[16]。岐路情虽狎[17],人伦地本偏。长揖谢时事,独往访林泉[18]。寄言二三子[19],生死不来旋。

〔1〕此诗当作于员半千任武陟尉时,故首言"薄宦",而感叹世路险恶、仕途失意,表白求仙学道、归隐山林的心志。时而哀叹,时而愤激;时而沉郁,时而旷迈,回环往复,委曲而幽深。员半千:本名馀庆,字荣期,晋州临汾(属山西)人,幼通书史,举童子科。长事王义方,王曰:"五百岁一贤者生,子宜当之。"因名半千。咸亨中为武陟尉,武后时守豪蕲二州刺史,所至礼化大行。睿宗初累官弘文馆学士,封平原郡公。历事五君,有清白节,老年乐山水自放,年九十四卒,吏民哭于野。
〔2〕薄宦:卑微的官职。三河道:《史记·货殖列传》:"昔唐人都河东,殷人都河内,周人都河南。夫三河,在天下之中,若鼎足,王者所更居地。"此指武陟。按武陟古为河内之地,故云。

〔3〕惊若厉:即惕若厉。《周易·乾卦》:"君子终日乾乾,夕惕若厉,无咎。"孔颖达疏:"厉,危也,言寻常忧惧,恒如倾危,乃得无咎。"

〔4〕"只为"句:顺帝之末京师童谣:"直如弦,死道边。曲如钩,反封侯。"见《后汉书·五行志》。

〔5〕山川险:喻世路艰辛。

〔6〕陵谷迁:比喻世事巨变。语本《诗经·小雅·十月之交》:"高岸为谷,深谷为陵。"

〔7〕"长吟"句:《三国志·蜀书·诸葛亮传》裴松之注引《魏略》:建安初,亮在荆州,"每晨夜从容,抱膝长啸"。抱膝,以手抱膝而坐。有所思貌。

〔8〕"短翮"句:《吴越春秋内传》载庄王曰:"此鸟不飞,飞则冲天;不鸣,鸣则惊人。"

〔9〕沧海:神话中的海岛名。《海内十洲记·沧海岛》:"沧海岛在北海中。地方三千里,去岸二十一万里,海四面绕岛,各广二千里,水皆苍色,仙人谓之沧海也。"

〔10〕白云:指白云乡,即仙乡。《庄子·天地》:"乘彼白云,游于帝乡。"

〔11〕钓名:作伪以求虚名。《史记·平津侯传》:"夫以三公为布被,诚饰诈以钓名。"拾紫:谓获取高官显位。《汉书·两夏侯传》:夏侯胜常谓诸生曰:"士病不明经术,经术苟明,其取青紫,如俯拾地芥耳。"《周书·儒林传论》:"前世通六艺之士,莫不兼达政术,故云拾青紫如地芥。"

〔12〕隐迹:隐藏踪迹,指隐居。谈玄:谈论黄老玄理。《世说新语·容止》:"王夷甫(衍)容貌整丽,妙于谈玄。"

〔13〕多能:具有多方面的才能。《论语·子罕》:"大宰问于子贡曰:'夫子圣者与?何其多能也?'子贡曰:'固天纵之将圣,又多能也。'"

圣:圣贤。

〔14〕鸿宝仙:仙人。鸿宝,道教修仙炼丹之书。《汉书·刘向传》:"上复兴神仙方术之事,而淮南有《枕中鸿宝苑秘书》。"

〔15〕刀笔吏:指掌文案的官吏。《战国策·秦策五》:"臣少为秦刀笔,以官长守小官,未尝为兵首。"

〔16〕绳墨牵:指入狱。绳墨,喻法度、法律。

〔17〕岐路:离别分手处。狎:亲近。

〔18〕"长揖"二句:左思《咏史》诗:"功成不受爵,长揖归田庐。"时事,世事。林泉,山林泉石。

〔19〕二三子:犹言诸位。《论语·阳货》载,孔子曰:"二三子,偃之言是也。"

从军中行路难[1](二首选一)

君不见封狐雄虺自成群[2],凭深负固结妖氛[3]。玉玺分兵徵恶少[4],金坛受律动将军[5]。将军拥旄宣庙略[6],战士横戈静夷落[7]。长驱一息背铜梁[8],直指三巴登剑阁[9]。阁道岩峣起戍楼[10],剑门遥裔俯灵丘[11]。邛关九折无平路[12],江水双源有急流[13]。征役无期返,他乡岁华晚。杳杳丘陵出,苍苍林薄远[14]。途危紫盖峰,路涩青泥坂[15]。去去指哀牢,行行入不毛[16]。绝壁千里险,连山四望高。中外分区宇,夷夏殊风土[17]。交趾枕南荒[18],昆弥临北户[19]。川原绕毒雾,溪谷多淫雨。行潦四时流,崩查千岁古[20]。漂梗飞蓬不自安[21],扪藤引葛度危峦。昔时闻道从军乐,今日方知行路难。沧江绿水东流驶[22],炎洲丹徼南中地[23]。南中南斗映星河[24],秦川秦塞阻烟波[25]。三春边地风光少,五月泸中瘴疠多[26]。朝驱疲斥候[27],夕息倦樵歌[28]。向月弯繁弱[29],连星转太阿[30]。重义轻生怀一顾[31],东伐西征凡几度。夜夜朝朝斑鬓新,年年岁岁戎衣故[32]。故人灞城隅[33],游子滇池水[34]。天涯望转遥,地际行无已[35]。徒觉炎凉节物非,不知关山千万里[36]。弃置勿重陈,征行多苦辛[37]。且悦清笳杨柳曲[38],讵忆芳园桃李人[39]?绛节朱旗分日羽[40],丹心白刃酬明主[41]。但令一被君王知,谁惮三边征战苦[42]?行路难,行路难,岐路几千端[43]。无复归云凭短翰[44],空馀望日想长安[45]。

〔1〕本题一作《行军军中行路难》,一作《军中行路难》。《全唐诗》有二首,骆集只一首,另一首题作《军中行路难同辛常伯作》。此诗一本作辛常伯诗,题作《军中行路难与骆宾王同作》,疑非。骆作为是。此为由蜀至姚州从军之诗,写出兵击姚州诸蛮事。诗中描绘了边地荒远险阻的景物,以及将士慷慨赴边、转战疆场的形象,表现了行役的苦辛、征战的艰难,和将士报效国家、怀念京都的复杂心境。先写敌人猖獗,将士赴边;次写边地荒远,行役无期;再写征途险阻,征战艰辛;后写报效明主、怀念京都。此诗抒写起伏跌宕,时而慷慨,时而哀叹;时而激昂,时而低沉,抑扬顿挫,一气呵成。行路难:乐府杂曲旧题。

〔2〕封狐雄虺(huǐ毁):楚辞《招魂》:"蝮蛇蓁蓁,封狐千里些。雄虺九首,往来儵忽,吞人以益其心些。"封狐,大狐。雄虺,古代传说中的大毒蛇,一身九头,往来奄忽,吞人以益其心。此以封狐雄虺喻指敌人。

〔3〕凭深负固:依恃险阻。曹冏《六代论》:"吴楚凭江,负固方城。"妖氛:妖异之气。指诸蛮之叛。时诸蛮属吐蕃。

〔4〕"玉玺"句:言皇帝降诏发兵讨诸蛮。玉玺,专指皇帝的玉印。

〔5〕"金坛"句:谓将军受命出师。金坛,拜将的坛。受律,受命。动,一作"劝"。

〔6〕拥旄:执旄,借指统率军队。庙略:朝廷的谋略。

〔7〕横戈:一作"横行"。夷落:古称少数民族聚居之地。此指诸蛮。左思《魏都赋》:"蛮陬夷落,译道而通。"

〔8〕铜梁:山名,在四川合川南,山有石梁横亘,色如铜,故称。

〔9〕三巴:巴郡分而为三,称三巴。见作者《晚憩田家》诗注。剑阁:栈道名,在今四川剑阁东北大剑山、小剑山之间。见卢照邻《大剑送别刘右史》诗注。

〔10〕阁道:栈道。岧峣(tiáoyáo 条尧):高峻,高耸。戍楼:边防驻军的瞭望楼。

〔11〕剑门:剑门山,在四川北部。见卢照邻《赠益府群官》诗注。遥裔:犹遥远。一作"遥倚"。灵丘:刘孝威《蜀道难》:"沉犀厌怪水,握镜表灵丘。"此指蜀中之山。

〔12〕邛关九折:写邛崃九折坂之险。

〔13〕江水双源:郭璞《江赋》:"分二源于岷崃。"长江蜀中之二源,一为源于崃山的中江,一为源于岷山的北江,均东注于大江。

〔14〕林薄:交错丛生的草木。

〔15〕"危途"二句:谓路之难行,逾于紫盖、青泥。紫盖峰,在湖南衡山西北,衡山七十二峰之一。青泥坂,即青泥岭,在今甘肃徽县南,历来为甘陕入蜀之要途。

〔16〕"去去"二句:谓赴姚安不毛之地。哀牢,西南地区少数民族聚居地姚安。《旧唐书·张柬之传》:"臣窃按姚州者,古哀牢之旧国,绝

域荒外,山高水深。"不毛,不生植物,指荒瘠。诸葛亮《出师表》:"五月渡泸,深入不毛。"

〔17〕"中外"二句:言中外夷夏地域风俗均异。区宇,境域。夷夏,夷狄与华夏。

〔18〕交趾:泛指五岭以南。汉武帝时为所置十三刺史部之一,辖境相当今广东、广西大部和越南的北部、中部。

〔19〕昆弥:汉时乌孙王的名号。犹匈奴的单于。自汉宣帝甘露元年起,乌孙有大小二昆弥,均受汉王朝册封。

〔20〕"行潦"二句:写诸蛮水行之古朴。行潦,沟中流水。崩查,朽散的木筏。

〔21〕漂梗飞蓬:喻漂泊不定。漂梗,随水漂流的桃梗。见作者《晚憩田家》诗注。飞蓬,指枯后根断遇风飞旋的蓬草。

〔22〕沧江:指澜沧江。源出青海唐古拉山,东南流贯云南西部,出国后称湄公河。

〔23〕炎洲:指南方炎热地区。丹徼:古代称南方的边疆。晋崔豹《古今注·都邑》:"南方徼色赤,故称丹徼为南方之极也。"南中:指岭南地区。

〔24〕南斗:即斗宿,有星六颗,在北斗星以南,形似斗,故称。

〔25〕秦川:见卢照邻《行路难》诗注。秦塞:秦之四塞。《战国策·齐策》:"今秦四塞之国。"注:"四面有山关之固,故曰四塞之国。"

〔26〕"五月"句:言五月渡泸水,瘴疠毒气尤多。泸,泸水。又名泸江水。指今雅砻江下游及金沙江会合雅砻江以后一段。瘴疠,瘴气。一种毒气。

〔27〕斥候:用以瞭望敌情的土堡。此指侦察敌情的士兵。

〔28〕樵歌:樵夫唱的歌。虞羲《春郊》诗:"樵歌喧陇暮,渔栧乱江晨。"

〔29〕繁弱:古代良弓名。

〔30〕连星:古人剑把常饰七星。太阿:古宝剑名。相传春秋时,楚王召欧冶子、干将铸二剑,一曰龙渊,一曰太阿。

〔31〕一顾:《战国策·燕策二》有经伯乐一顾而马价十倍之说。此以"一顾"喻受人引举称扬或提携知遇。谢朓《和王主簿李哲怨情》诗:"平生一顾重,宿昔千金贱。"

〔32〕戎衣:战衣。

〔33〕灞城:即灞陵,故址在今陕西西安东。汉文帝葬于此,故称。晋改为灞城。

〔34〕滇池:又称昆明湖、昆明池、滇南泽,在云南昆明西南。湖水在西南海口泄出称螳螂川,为金沙江支流普渡河上源。

〔35〕地际:大地的边际。

〔36〕"徒觉"二句:骆集作:"徒觉炎凉节,忽复离寒暑。物华非不知,关山千万里。"节物非,卢思道《从军行》:"边庭节物与华异。"节物,各个季节的风物景色。

〔37〕"弃置"二句:刘琨《扶风歌》:"弃置勿重陈,重陈令心伤。"征行,从军出征。一作"重陈"。

〔38〕清笳:凄清的胡笳声。杨柳曲:乐府近代曲《杨柳枝》的别称,本为汉乐府横吹曲辞《折杨柳》,至唐易名《杨柳枝》,开元时已入教坊曲。

〔39〕桃李人:指佳人,美女。梁元帝《咏云阳楼檐柳》诗:"拂檐应有意,偏宜桃李人。"

〔40〕绛节:古代使者持作凭证的红色符节。朱旗:红旗,指战旗。日羽:画有太阳的羽旗。梁简文帝《南郊颂序》:"珠旗日羽之兵,亘五营而星列。"一作"白羽"。

〔41〕丹心白刃:谓忠心尽力。梁元帝《忠臣传·谏争篇》:"丹心莫

亮,白刃先指。"

〔42〕三边:边疆。

〔43〕行路难:一本无"行路难岐路"五字。

〔44〕短翰:短翅。谢朓《和刘中书》诗:"图南矫风翻,会非息短翰。"

〔45〕"空馀"句:典出《世说新语·夙惠》:"(元帝)因问明帝:'汝意谓长安何如日远?'答曰:'日远。不闻人从日边来,居然可知。'元帝异之。明日集群臣宴会,告以此意,更重问之。乃答曰:'日近。'元帝失色,曰:'尔何故异昨日之言邪?'答曰:'举目见日,不见长安。'"一本无"空馀"二字。

帝京篇[1]

山河千里国,城阙九重门[2]。不睹皇居壮[3],安知天子尊?皇居帝里崤函谷[4],鹑野龙山侯甸服[5]。五纬连影集星躔[6],八水分流横地轴[7]。秦塞重关一百二[8],汉家离宫三十六[9]。桂殿欹岑对玉楼,椒房窈窕连金屋[10]。三条九陌丽城隈,万户千门平旦开[11]。复道斜通鸤鹊观,交衢直指凤凰台[12]。剑履南宫入,簪缨北阙来[13]。声名冠寰宇,文物象昭回[14]。钩陈肃兰庌[15],璧沼浮槐市[16]。铜羽应风回[17],金茎承露起[18]。校文天禄阁[19],习战昆明水[20]。朱邸抗平台[21],黄扉通戚里[22]。平台戚里带崇墉,炊金馔玉待鸣钟[23]。小堂绮帐三千户,大道青楼十二重[24]。宝盖雕鞍金络马,兰窗绣柱玉盘龙[25]。绣柱璇题粉壁映[26],锵金鸣玉王侯盛[27]。王侯贵人多近臣[28],朝游北里暮南邻[29]。陆贾分金将谳喜[30],陈遵投辖正留宾[31]。赵李经过密,萧朱交结亲[32]。丹凤朱城白日暮,青牛绀幰红尘度[33]。侠客珠弹垂杨道[34],倡妇银钩采桑路[35]。倡家桃李自芳菲[36],京华游侠盛轻肥[37]。延年女弟双飞入[38],罗敷使君千骑归[39]。同心结缕带,连理织成衣[40]。春朝桂尊尊百味,秋夜兰灯灯九微[41]。翠幌珠帘不独映,清歌宝瑟自相依[42]。且论三万六千是,宁知四十九年非[43]。古来荣利若浮云,人生倚伏信难分[44]。始见田窦相移夺[45],俄闻卫霍有功勋[46]。未厌金陵气[47],先开石椁文[48],朱门无复张公子[49],灞亭谁畏李将军[50]。相顾百龄皆有待,居然万化咸应改。桂枝芳气已销亡[51],柏梁高宴今何在[52]?春去春来苦自驰,争名争利徒尔为[53]。久留郎署终难遇[54],空扫相门谁见知[55]?当时一旦擅繁华,自言千载长骄奢[56]。倏忽抟风生羽翼,须臾失浪委泥沙[57]。黄雀徒巢桂[58],青门遂种瓜[59]。黄金销铄素丝变[60],一贵一贱交情见[61]。红颜宿昔白头新[62],脱粟布衣轻故人[63]。故人有湮沦,新知无意气[64]。灰死韩安国[65],罗伤翟廷尉[66]。已矣哉,归去来[67]!马卿辞蜀多文藻[68],扬雄仕汉乏良媒[69]。三冬自矜诚足用[70],十年不调几遭回[71]。汲黯薪愈积[72],孙弘阁未开[73]。谁惜长沙傅,独负洛阳才[74]。

〔1〕本集题下并上吏部侍郎《启》,云:"宾王启,昨引注日,垂索鄙文。拜手惊魂,承恩累息。楚羣丹质,在荆南以多惭;辽豕白头,望河东而载恧。宾王散樗易朽,蟠木难容。虽少好读书,无谢高凤;而老不晓事,有类扬雄。徒以易象六爻,幽赞通乎政本;诗人五际,比兴存乎国风。故体物成章,必寓情于小雅;登高能赋,岂图容于大夫。盖欲乐道遗荣,从心所好,非敢希声刻鹄,窃誉雕虫。至若资丑行以自媒,衒庸音而苟进,固立身之殊路,行己之外篇矣。君侯蕴明略以佐时,虚灵台以照物。观梁父之曲,识卧龙于孔明;听康衢之歌,得饭牛于宁戚。是用异人翘首,俊乂归诚。猥此疵贱之资,谬奉清通之盼。虽仲由之瑟,终闷响于丘门;而宋玉之歌,傥均音于郢路。敢忘下里,轻冒上呈。庶道叶起予,陈卜商之四始;恐吾几失子,效然明于一言。拜手增惭,忧心如醉。谨启。"此诗是作者在唐高宗上元三年(676)从武功主簿调任明堂主簿前写的。投赠给吏部侍郎裴行俭。当时传遍京畿,时人"以为绝唱"(《旧唐书·文苑传》)。诗题系唐太宗开创,但作者突破歌功颂德的束缚,扩大了题材,描绘了京都的繁华壮丽,上流社会的奢侈豪华,皇威的相互倾轧,以及下层社会的优游宴乐,抒发了中下层知识分子的困顿失意,是一篇富有现实精神的佳作。诗采用歌行形式,吸收汉赋铺张扬厉的手法,写京都胜景,气势壮阔,陈世道时事,回环往复;抒发自身积愤,笔力遒劲。且篇中三、五、七言并用,以鲜明的对照发挥玄理,颇令人深思。此诗与卢照邻《长安古意》相比美,两诗如星月辉映,堪称为长歌双璧。

〔2〕城阙:见王勃《杜少府之任蜀州》诗注。九重门:宋玉《九辩》:"君之门以九重。"以形容天子居处,宫禁严密。

〔3〕"不睹"二句:唐太宗《帝京篇》:"秦川雄帝宅,函谷壮皇居。"

〔4〕崤函谷:《战国策·秦策》:"东有崤、函之固。"崤山,在今河南洛宁北。函谷关,秦关在今河南灵宝;汉关在今河南新安境内。

〔5〕鹑野:即鹑首。古代天文称南方朱鸟七宿的前二宿(井、鬼)为

鹑首,其分野为秦地。后代指秦地,此处指长安周围的关中大地。龙山:指龙首山。唐大明宫在龙首山。侯甸服:侯服与甸服。古代王城外方一千里的地域叫王畿,王畿外方五百里的地域叫侯服,侯服外方五百里的地域叫甸服。

〔6〕五纬:金、木、水、火、土五星。星躔:日月星辰运行的度次。

〔7〕八水:即八川。司马相如《上林赋》:"荡荡乎八川,分流相背而异态。"《初学记》卷六引晋戴祚《西征记》:"关内八水,一泾、二渭、三灞、四浐、五涝、六潏、七沣、八滈。"地轴:古代传说中大地的轴,泛指大地。

〔8〕"秦塞"句:《史记·高祖纪》:"秦,形胜之国,带河山之险,悬隔千里,持戟百万,秦得百二焉。"苏林曰:"得百中之二焉。"谓秦乃四塞之国,山河险固。

〔9〕离宫三十六:班固《西都赋》:"离宫别馆,三十六所。"

〔10〕"桂殿"二句:言宫殿之壮丽华贵。桂殿,即桂宫,在未央宫之北,为元妃所住的深宫。嵌岑,高峻深邃。玉楼,原为神仙十二玉楼,此指华丽的楼房。椒房,《三辅黄图》:"椒房殿,在未央宫,以椒和泥涂,取其温而芬芳也。"此泛指后妃居住的宫室。窈窕,深邃秘奥。金屋,典出汉武帝金屋藏娇事,见《汉武帝故事》。此谓华美之屋。

〔11〕"三条"二句:写长安之市容。三条,班固《西都赋》:"披三条之广路,立十二之通门。"章怀太子注:"国方九里,旁三门,每门为大路,故曰三条。"九陌,《三辅黄图》:"长安城中,八街九陌。"万户千门,《汉书·郊祀志》:柏梁灾,于是作建章宫,度为千门万户。平旦开,鲍照《放歌行》:"鸡鸣洛城里,禁门平旦开。"

〔12〕"复道"二句:写宫观楼台之通道。复道,见卢照邻《长安古意》诗注。鸦鹊观:汉宫观名,在长安甘泉宫外,汉武帝建元中建。交衢,四通八达的道路。凤凰台,借用秦穆公为其女作凤台事,见《列仙传》。此指宫苑中的楼台。

〔13〕"剑履"二句：写高官入朝的气派。剑履，即剑履上殿，经帝王特许，重臣上朝时可不解剑、不脱履，以示殊荣。南宫，南面的宫殿。西京无南宫，此借与北阙对举。簪缨，古代官吏的冠饰，比喻显贵。北阙，古代宫殿北面的门楼，是臣子等候朝见或上书奏事之处。

〔14〕"声名"二句：即声明文物。《左传·桓公二年》："文物以纪之，声明以发之，以临百官。"声名，声教和名教；文物，指礼乐制度。昭回，星辰光耀回转。《诗经·大雅·云汉》："倬彼云汉，昭回于天。"

〔15〕钩陈：星名，在紫微垣内，靠近北极。古人以钩陈指代后宫。兰戺（shì 世）：台阶的美称。曹摅《述志赋》："被兰戺之芳华。"

〔16〕璧沼：即璧池。古代学宫前半月形的水池，借指太学和皇帝选士之所。槐市：汉代长安太学之东常满仓北有槐市，诸生朔望会此市。见《艺文类聚》引《黄图》。

〔17〕铜羽：即铜鸟。铜制的鸟形测风仪器，亦称相风鸟。张衡所制。见卢照邻《失群雁》诗注。羽，一作"雀"。

〔18〕"金茎"句：指铜柱承露盘。班固《西都赋》："抗仙掌以承露，擢双立之金茎。"见卢照邻《长安古意》诗注。承露，指仙人承露盘。

〔19〕"校文"句：张衡《西京赋》："次有天禄、石渠，校文之处。"校文，校勘文章。天禄阁，《三辅黄图》卷六："天禄阁，藏典籍之所。《汉宫殿疏》云：'天禄麒麟阁，萧何造。以藏秘书，处贤才也。'"

〔20〕昆明水：即昆明池。《汉书·武帝纪》注云，西南夷传，越巂昆明国有滇池方圆三百里。汉武帝时欲通身毒国，为昆明所阻，乃在长安西南作昆明池象之，以习水战，周围四十里。

〔21〕"朱邸"句：写豪贵第宅之盛。朱邸，汉诸侯第宅，以朱红漆门，故称朱邸。平台，在河南商丘东北。汉梁孝王筑，并曾与邹阳、枚乘等游此。句意谓朱邸之盛可与平台梁苑抗衡。

〔22〕黄扉：黄门。东汉给事内廷黄门令、中黄门诸官多以宦官充

任,因以黄门指宦官。句意谓宦官外戚之交通。戚里,帝王外戚聚居的地方。

〔23〕"平台"二句:写权贵生活之豪奢。崇墉,高墙。炊金馔玉,语本《战国策·楚策》:"楚国之食贵于玉,薪贵于桂。"鸣钟,《左传·哀公十四年》:"左师每食击钟。"后以钟鸣鼎食喻生活之豪奢。

〔24〕"小堂"二句:写贵妇人居处之华丽。梁元帝《春夜看妓》诗:"蛾眉渐成光,燕姬戏小堂。"曹植《美女篇》:"青楼临大道,高门结重关。"绮帐,华丽的帷帐。青楼,青漆涂饰的豪华精致的楼房。十二重,鲍照《京洛篇》:"凤楼十二重,四户八绮窗。"

〔25〕"宝盖"二句:写权贵车马居室之华贵。宝盖,华美的车盖。见卢照邻《长安古意》诗注。雕鞍,刻饰花纹的马鞍。金络,即金络头,金饰的马笼头。兰窗,雕饰高雅的窗子。绣柱,雕绘华美的柱子。玉盘龙,鲍照《京洛篇》:"绣桷金莲花,桂柱玉盘龙。"见卢照邻《长安古意》诗注。

〔26〕璇题:玉饰的椽头。粉壁:白色墙壁。

〔27〕锵金鸣玉:金玉相击而发声,指宴嬉时歌舞的情景。

〔28〕近臣:君主左右亲近之臣。

〔29〕"朝游"句:左思《咏史》:"南邻击钟磬,北里吹笙竽。"北里,见卢照邻《长安古意》诗注。

〔30〕陆贾分金:《汉书·陆贾传》载,陆贾出使南越,别人赠与千金珠宝。归来后,分给他的五个儿子。之后,依次到他儿子家中享用。乘的是安车驷马,带着从歌鼓瑟的侍从。后,陈平又给陆贾奴婢百人,车马五十乘,钱五百万,为食饮费,使陆贾与汉廷公卿结交。此处喻贵族的享乐。谦喜,潘岳《西征赋》:"陆贾之优游宴喜。"

〔31〕陈遵投辖:《汉书·陈遵传》载,陈遵,字孟公,西汉杜陵人。哀帝末年,以战功封奋威侯。好客,每大宴宾客,则取客车辖投入井中,

使客人不得离去。此处指殷勤留客。

〔32〕"赵李"二句：谓权贵之互相勾结。赵李，阮籍《咏怀》诗："西游咸阳中，赵李相经过。"历来注家于"赵李"无一致看法，顾炎武《日知录》以为成帝时李平婕妤与赵后飞燕。萧朱，指萧育和朱博。西汉时人，两人始为好友。长安语曰："萧朱结绶，王贡弹冠。"后有隙，终成仇人。见《汉书·萧育传》。

〔33〕"丹凤"二句：写长安的夜生活。丹凤朱城，即丹凤城，此指京城。青牛，指牛车。梁简文帝《乌栖曲》："青牛丹毂七香车，可怜今夜宿倡家。"见卢照邻《长安古意》诗注。绀幰，天青色车幔。

〔34〕珠弹：以珠作弹。谓其豪贵。何逊《拟轻薄篇》："柘弹随珠丸，白马黄金饰。"

〔35〕银钩：银质或银色的笼钩。采桑路：指城南路。古乐府《日出东南隅行》："罗敷善蚕桑，采桑城南隅。"

〔36〕倡家桃李：曹植《杂诗》："南国有佳人，容华若桃李。"见卢照邻《长安古意》诗注。

〔37〕京华游侠：郭璞《游侠》诗："京华游侠窟。"盛轻肥：陈子良《游侠篇》："游侠骋轻肥。"轻肥，轻裘肥马。《论语·雍也》："（公西）赤之适齐也，乘肥马，衣轻裘。"

〔38〕"延年"句：西汉协律都尉李延年，其女弟为汉武帝李夫人。二人皆得宠。故曰"双飞人"。

〔39〕"罗敷"句：古乐府《日出东南隅行》："秦氏有好女，自名为罗敷"，"使君从南来，五马立踟蹰"，"东方千馀骑，夫婿居上头"。罗敷，古美女名。使君，汉时称刺史为使君。

〔40〕"同心"二句：写男女恋情。同心，同心结。谓缕带打同心结。庾信《题结袜袋子》诗："一过同心缕，千年长命花。"连理，异根草木，枝干连生。此指织出花纹图案。梁武帝《子夜秋歌》："绣带合欢结，锦衣

连理纹。"同心结、连理衣,均表示恋情。

〔41〕"春朝"二句:写尝春酒观秋灯之乐。桂尊,犹言桂酒。《汉书·礼乐志》:"尊桂酒,宾八乡。"应劭曰:"切桂置酒中也。"兰灯,又称兰釭,用兰膏点的灯。王融《咏幔》:"但愿置尊酒,兰釭当夜明。"九微,九微灯。张华《博物志》:"王母乘紫云车而至,于殿西南面东向,时设九微灯。"

〔42〕"翠幌"二句:华屋清歌。翠幌珠帘,形容帘帷之华贵。宝瑟,瑟的美称。

〔43〕"且论"二句:意谓平生行乐,不知已非。三万六千,百年日数。古以百年指人生。蘧伯玉年五十而知四十九年非。见《淮南子·原道训》。

〔44〕"古来"二句:谓人生荣辱祸福无常。荣利若浮云,《论语·述而》:"不义而富且贵,于我如浮云。"倚伏,《老子》:"祸兮福之所倚,福兮祸之所伏。"

〔45〕田窦:田蚡和窦婴。《史记·魏其武安侯列传》载,田蚡,汉景帝王皇后同母弟,封为武安侯;窦婴,文帝窦皇后从兄子,封为魏其侯。两家全为贵戚,但互相倾夺,门客常视两人势力高下而移易门户。

〔46〕卫霍:两汉名将卫青和霍去病皆以武功著称,后世并称"卫霍"。事见《汉书·卫青霍去病传》。

〔47〕厌金陵气:《晋书·元帝纪》载,秦时,望气者云,五百年后,金陵有天子气。故始皇东游以厌之,改其地曰秣陵。

〔48〕开石椁文:《庄子·则阳》:灵公死,卜葬于沙丘而吉,掘之数仞,得石椁焉。洗而视之,有铭焉。曰:不冯其子。灵公夺而里之。

〔49〕"朱门"句:《汉书·外戚传》:"有童谣曰:'燕燕尾涎涎,张公子,时相见。'……成帝每微出行,常与张放俱,而称富平侯家,故曰张公子。"

〔50〕"灞亭"句:《史记·李将军列传》:汉将李广被削职为民后,"尝一夜从一骑出,从人田间饮。还至灞陵亭。灞陵尉醉,呵止广。广骑曰:'故李将军。'尉曰:'今将军尚不得行,何乃故也。'止广宿亭下。"

〔51〕"桂枝"句:汉武帝《伤悼李夫人赋》:"秋气憯以凄泪兮,桂枝落而销亡。"

〔52〕柏梁高宴:汉武帝元封三年作柏梁台,诏群臣二千石有能为七言诗者,乃得上座。见《艺文类聚·杂文部》。帝尝置酒其上,诏群臣和诗。见《汉武故事》。

〔53〕争名争利:《战国策·秦策》:张仪曰:"臣闻争名于朝者,争利于市。"

〔54〕"久留"句:张衡《思玄赋》中"尉尨眉而郎潜兮",《文选》注引《汉武故事》:颜驷,汉文帝时为郎。至武帝,尝辇过郎署,见驷庞眉皓发。上问曰:"叟何时为郎?何其老也!"答曰:"臣文帝时为郎,文帝好文,而臣好武,至景帝好美,而臣貌丑;陛下即位好少,而臣已老。是以三世不遇,故老于郎署。"上感其言,擢拜会稽尉。

〔55〕空扫相门:《史记·齐悼惠王世家》:"魏勃少时,欲求见齐相曹参,家贫无以自通,乃常独早夜扫齐相舍人门外……于是舍人见勃,曹参因以为舍人。"

〔56〕"当时"二句:谓一旦得志,即忘乎所以。擅繁华,《史记·吕不韦传》:"不以繁华时树本,即色衰爱弛后,虽欲开一言,尚可得乎?"繁华,一作"豪华"。

〔57〕"倏忽"二句:谓升沉在顷刻之间。抟风生羽翼,《庄子·逍遥游》:鲲鹏"其翼若垂天之云","抟扶摇而上者九万里"。委泥沙,虞世南《门有车马客行》:"逢思借羽翼,失路委泥沙。"

〔58〕"黄雀"句:《汉书·五行志》载,成帝时,歌谣又曰:"邪径败良田,谗口乱善人。桂树华不实,黄爵巢其颠。故为人所羡,今为人所怜。"

桂,赤色,汉家象。华不实,继无嗣也。王莽自谓黄象,黄爵巢其颠也。

〔59〕"青门"句:《三辅黄图》:青门外旧出佳瓜,广陵人召平为秦东陵侯,秦破,为布衣,种瓜青门外。瓜美,故时人谓之东陵瓜。青门,汉长安城东南门。本名霸城门,因其门色青,故俗呼为"青门"或"青城门"。

〔60〕黄金销铄:汉枚乘《七发》:"虽有金石之坚,犹将销铄而挺解也。"刘孝威《塘上行》:"黄金坐销铄,白玉遂缁磷。"素丝变:《墨子》载墨子见染素丝者而叹曰:"染于苍者则苍,染于黄者则黄。所以入者变,其色亦变,五入而为五色矣。故染不可不慎也。"

〔61〕"一贵"句:《史记·汲黯郑当时传赞》:"一贵一贱,交情乃见。"

〔62〕"红颜"句:谓自少至老,交情不变。邹阳《狱中上书》引语云:"白头如新,倾盖如故。"

〔63〕"脱粟"句:《西京杂记》:公孙弘起家徒步,为丞相。故人高贺从之。弘食以脱粟饭,覆以布被。贺怨曰:"何用故人富贵为?脱粟布被,我自有之。"弘叹曰:"宁逢恶宾,不逢故人。"布衣,以声故,改"被"为"衣"。

〔64〕"故人"二句:谓新旧朋友皆沉沦失势。湮沦,沦落。新知,新交结的知己,即新相知。《九歌·少司命》:"乐莫乐兮新相知。"

〔65〕灰死韩安国:《史记·韩长孺列传》:"蒙狱吏田甲辱安国,安国曰:'死灰独不复然乎?'"此处形容失势受辱的心情。

〔66〕罗伤翟廷尉:《史记·汲郑列传》载,翟公是西汉下邽人,做廷尉时宾客盈门。罢官后门庭冷落,门外可设网罗捕雀。此处喻失意受冷落。

〔67〕归去来:《晋书·陶潜传》:潜为彭泽令,叹曰:"吾不能为五斗米折腰、拳拳事乡里小人邪!"义熙二年解印去县,乃赋《归去来》。

〔68〕"马卿"句:谓司马相如以多文藻而离蜀游于梁孝王之苑。马

卿,即司马相如。字长卿。辞蜀,辞别蜀都。见杨炯《和刘侍郎入隆唐观》诗注。文藻,词采,文采。

〔69〕"扬雄"句:谓扬雄无仕宦门路。《汉书·扬雄传》载,西汉扬雄,字子云,蜀郡成都人,少即好学博闻,"不汲汲于富贵,不戚戚于贫贱,不修廉隅以徼名当世",终日闭门读书著述,故不为当朝所重,久未升迁。

〔70〕"三冬"句:《汉书·东方朔传》:"朔初来,上书曰:'臣朔少失父母,长养兄嫂。年十三学书,三冬文史足用。'"三国魏如淳注:"贫子冬日乃得学书,言文史之事足可用也。"自矜,自夸。

〔71〕十年不调:《汉书·张冯汲郑传》:"张释之,字季,以赀为骑郎,十年不得调。"调,选,升迁。遭回:困顿。

〔72〕"汲黯"句:《史记·汲黯传》:"陛下用群臣如积薪耳,后来者居上。"相传汲黯位居九卿时,公孙弘、张汤只是个小官吏。后来公孙弘作丞相,并封侯,张汤作御史大夫,与汲黯同列,有时受尊重和权限超过汲黯。汲黯见到皇上,以"积薪"为喻向汉武帝发怨言。

〔73〕"孙弘"句:汉武帝时,宰相公孙弘曾开东阁以延揽天下贤能之士。《汉书·公孙弘传》:弘"数年至宰相封侯,于是起客馆,开东阁,以延贤人与参谋议"。

〔74〕"谁惜"二句:《史记·贾生列传》载,汉太中大夫贾谊以贤才遭嫉,初为文帝所疏远,不纳其建议,继"以贾生为长沙王太傅",居长沙三年。洛阳才,指贾谊。因他是洛阳人,又有文名,号称洛阳才子。晋潘岳《西征赋》:"终童山东之英妙,贾生洛阳之才子。"

畴昔篇[1]

少年重英侠,弱岁贱衣冠[2]。既托寰中赏,方承膝下欢[3]。

遨游霸水曲,风月洛城端[4]。且知无玉馔,谁肯逐金丸[5]？金丸玉馔盛繁华,自信轻侮季伦家[6]。九陌争驰千里马,三条竞骛七香车。掩映飞轩乘落照,参差步障引朝霞[7]。池中旧水如悬镜,屋里新妆不让花[8]。意气风云倏如昨,岁月春秋屡回薄[9]。上苑频经柳絮飞[10],中园几见梅花落[11]。当时门客今何在？畴昔交朋已疏索[12]。莫教憔悴损容仪,会得高秋云雾廓[13]。淹留坐帝乡,无事积炎凉。一朝披短褐,六载奉长廊[14]。赋文惭昔马,执戟叹前扬。挥戈出武帐,荷笔入文昌[15]。文昌隐隐皇城里,由来奕奕多才子。潘陆词锋骆驿飞,张曹翰苑纵横起[16]。卿相未曾识,王侯宁见拟[17]。垂钓甘成白首翁[18],负薪何处逢知己[19]？判将运命赋穷通,从来奇舛任西东。不应永弃同刍狗,且复飘飖类转蓬[20]。容鬓年年异,春华岁岁同。荣亲未尽礼,徇主欲申功[21]。脂车秣马辞京国,策辔西南使邛僰[22]。玉垒铜梁不易攀,地角天涯眇难测[23]。莺啼蝉吟有悲望,鸿来雁度无音息[24]。阳关积雾万里昏,剑阁连山千种色[25]。蜀路何悠悠,岷峰阻且修[26]。回肠随九折[27],迸泪连双流[28]。寒光千里暮,露气二江秋。长途看束马[29],平水见沉牛[30]。华阳旧地标神制[31],石镜蛾眉真秀丽[32]。诸葛才雄已号龙[33],公孙跃马轻称帝[34]。五丁卓荦多奇力[35],四士英灵富文艺[36]。云气横开八阵形[37],桥影遥分七星势[38]。川平烟雾开,游戏锦城隈[39]。堋高龟望出[40],水净雁文回[41]。寻姝入酒肆,访客上琴台[42]。不识金貂重[43],偏惜玉山颓[44]。他乡冉冉消年月,帝里沉沉限城阙[45]。不见猿声助客啼,唯闻旅思将花发。我家迢递关山里,关山迢递不可越。故园梅柳尚馀春,来时勿使芳菲歇[46]。解鞅欲言归,执袂怆多违。北梁俱握手,南浦共沾衣。别情伤去盖,离念惜徂辉。知音何所托,木落雁南飞[47]。回来望平陆[48],春来酒应熟。相将菌阁卧青溪,且用藤杯泛黄菊[49]。十年不调为贫贱,百日屡迁随倚伏[50]。只为须求负郭田,使我再干州县禄[51]。百年郁郁少腾迁,万里遥遥入镜川[52]。吴江沸潮冲白日,淮海长波接远天[53]。丛竹凝朝露,孤山起暝烟。赖有边城月,常伴客旌悬[54]。东南美箭称吴会,名都隐轸三江外。涂山执玉应昌朝,曲水开襟重文会[55]。仙镝流音鸣鹤岭[56],宝剑分辉落蛟濑[57]。未看白马对芦刍[58],且觉浮云似车盖[59]。江南节序多,文酒屡经过。共踏春江曲,俱唱采菱歌[60]。舟移疑入镜,棹举若乘波。风光无限极,归楫碍池荷[61]。眺听烟霞正流盼,即从王事归舻转[62]。芝田花月屡裴回,金谷佳期重游衍[63]。登高北望嗤梁叟[64],凭轼西征想潘掾[65]。峰开华岳耸疑莲,水激龙门急如箭[66]。人事谢光阴,俄遭霜露侵。偷存七尺影,分没九泉深[67]。穷途行泣玉[68],愤路未藏金[69]。茹荼空有叹,怀橘独伤心[70]。年来岁去成销铄,怀抱心期渐寥落。挂冠裂冕已辞荣,南亩东皋事耕凿[71]。宾阶客院常疏散,蓬径柴扉终寂寞。自有林泉堪隐栖,何必山中事丘壑[72]?我住青门外,家临素浐滨。遥瞻丹凤阙,斜望黑龙津[73]。荒衢通猎骑,穷巷抵樵轮[74]。时有桃源客,来访竹林人[75]。昨夜琴声奏悲调,旭旦含颦不成笑[76]。果乘骢马发囂书,复道郎官禀纶诰[77]。冶长非罪曾缧绁[78],长孺然灰也经溺[79]。高门有阅不图封[80],峻笔无闻敛敷妙[81]。适离京兆谤,还从御史弹[82]。炎威资夏景,平曲况秋翰[83]。画地终难入[84],书空自不安[85]。吹毛未可待[86],摇尾且求餐[87]。丈夫坎壈多愁疾,契阔迍邅尽今日[88]。慎罚宁凭两造辞[89],严科直挂三章律[90]。邹衍衔悲系燕狱[91],李斯抱怨拘秦桎[92]。不应白发顿成丝,直为黄沙暗如漆[93]。紫禁终难叫,朱门不易排[94]。惊魂闻叶落,危魄逐轮埋[95]。霜威遥有厉,雪柱遂无阶。含冤欲谁道,饮气独居怀[96]。忽闻驿使发关东,传道天波万里通。涸鳞去辙还游海,幽禽释网便翔空[97]。舜泽尧曦方有极[98],谗言巧佞俦无穷[99]。谁能踽迹依三辅?会就商山访四翁[100]。

〔1〕此诗历述作者前半生的游历和坎坷遭遇,抒发其壮志未酬,怀才不遇的悲愤情怀。先写少年豪气和京华盛衰的情景;次写从文无成和就武入蜀的感触;再写离蜀回京和赴命江南的怀抱;后写返京栖隐和受陷入狱的遭遇。仪凤三年(678)作者由长安县主簿迁侍御史,同年冬被诬入狱。调露元年(678)秋遇赦出狱,写下了这篇巨制。诗中抒情、叙事、写景间见杂出,情调沉郁激越,五、七言交错,参差灵活,用典遣词,自然流畅,有声情并茂之致。这首宏篇巨制连同他的其他长篇歌行,对唐人长篇歌行的开拓,有着发轫之功。

〔2〕"少年"二句：自叙年轻时落拓不羁的情况。重英侠，即重游侠。张正见《长安有狭邪行》："少年重游侠。"弱岁，古时以男子二十岁为成人，初加冠，因体犹未壮，故称弱冠。贱衣冠，犹言轻仕途官宦。

〔3〕"既托"二句：谓身居京城，承欢膝下。寰中，天下。此指京畿。膝下，指在父母身边。

〔4〕"遨游"二句：谓游乐于东西两京。灞水，渭河支流，在陕西中部，关中八川之一。一作"灞陵"。洛城，洛阳。武后时曾都于洛阳。

〔5〕"且知"二句：言与豪贵子弟交游。玉馔，珍美的饮食。逐金丸，《西京杂记》："韩嫣好弹，常以金为丸，所失者日有十馀。长安为之语曰：'苦饥寒，逐金丸。'京师儿童每闻嫣出弹，辄随之，望丸之所落，辄拾焉。"

〔6〕季伦：西晋石崇，字季伦。《晋书·石崇传》记载，石崇二十多岁便被任用为修武令，才称于世。累宦太守、征虏将军、侍中等，贵富天下，"与贵戚王恺、羊琇之徒，以奢靡相尚"。此以喻富豪之家。

〔7〕"九陌"四句：写日夜游乐于长安。九陌，长安街道。一作"五霸"，非。千里马，日行千里的骏马。三条，都城的三条大道。七香车，用多种香料涂饰或用多种香木制作的车。指华美的车。梁简文帝《乌栖曲》："青牛丹毂七香车，可怜今夜宿倡家。"飞轩，轻车。步障，用以遮蔽风尘或视线的一种屏幕。

〔8〕"池中"二句：写夜宿倡家。语本庾信《春赋》："池中水影胜悬镜，屋里衣香不如花。"悬镜，悬挂着的镜。言水平如镜。新妆，谓女子新扮饰。

〔9〕"意气"二句：谓虚度年华。倏如昨，忽与以往一样。岁月春秋，一作"岁去年来"。回薄，循环相迫变化无常。潘岳《秋兴赋》："四时忽其代序兮，万物纷以回薄。"

〔10〕上苑：皇家的园林。

〔11〕中园:园中。梅花落:梅花飘落。鲍照有《梅花落》诗。

〔12〕"当时"二句:写门客朋交离散。以其失势也。《史记·汲郑列传》太史公曰:"夫以汲黯之贤,有势则宾客十倍,无势则否,况众人乎!"门客,寄食于贵族门下并为之服务的人。疏索,离散。

〔13〕"莫教"二句:劝慰,亦自慰。云雾廓,云消雾散。《隋书·杨素传》:"雾廓云除,冰消瓦解。"

〔14〕"淹留"四句:自叙为道王(元庆)府属六年,经历炎凉世态。帝乡,京城。炎凉,寒暑。喻世态。短褐,粗布短衣,古代贫贱者之服。多指未出仕者。

〔15〕"赋文"四句:谓掌文翰。昔马,指往日之司马相如。相如善作赋,故自愧不如。执戟,古郎官多执戟而侍,或称执戟臣。前扬,指从前的扬雄。曹植《与杨德祖书》:"昔扬子云先朝执戟之臣。"武帐,置兵帷帐。《汉书·汲黯传》"上尝坐武帐",孟康曰:"今御武帐置兵。阑五兵于帐中也。"文昌,指文昌殿。此指弘文馆。曹植《槐赋》:"冯文昌之华殿,森列峙乎端门。"

〔16〕"文昌"四句:写掌文翰时与文人才士的交往。按,其时或为东台详正学士。皇城,指皇宫宫城。奕奕,美盛貌。潘陆,晋文学家潘岳和陆机的并称,此指文人学士。潘岳字安仁,荥阳中牟(今属河南)人,曾任河阳令,能诗赋。陆机字士衡,吴郡吴县华亭(今上海松江)人,曾官平原内史,能文善赋。骆驿,连续不断。张曹,张衡、曹植的并称。张衡字平子,河南南阳西鄂(今河南南召南)人,曾两度担任掌管天文的太史令。能文善赋。曹植字子建,沛国谯县(今安徽亳县)人,曹操第三子,封陈王,谥思,世称陈思王。诗以五言为主,词采华茂,成就颇高。

〔17〕"卿相"二句:叹怀才不遇。其时受抑于宰相裴行俭,而道王元庆已逝,故有不遇之叹。卿相,当指裴行俭等。王侯,除道王外之诸王。

〔18〕"垂钓"句：用吕尚事。吕尚年八十钓于渭滨，始遇文王；其后辅佐周武王灭殷。

〔19〕"负薪"句：用汉朱买臣事。朱买臣字翁子，吴人。家贫好读书，常刈薪樵，卖以给食。担束薪，行且诵书。后随上计吏入京，得严助之荐，拜为中大夫。见《汉书·严朱传》。

〔20〕"判将"四句：叹命舛落魄。运命赋穷通，刘峻《辩命论序》："余谓士之穷通，无非命也。"穷通，困厄与显达。奇舛，命运不好。刍狗，古代祭祀时用草扎成的狗，喻微贱无用的人。转蓬，随风飘转的蓬草。喻到处飘泊。曹植《杂诗》："转蓬离根本，飘飖随长风。"

〔21〕"荣亲"二句：写由详正学士被谪出京，赴西南击诸蛮。徇主，为君王效命。

〔22〕"脂车"二句：写辞京入蜀。脂车秣马，给车轴涂好油脂，喂饱马。指准备长征。京国，指京都长安。邛僰（bó 博），汉代临邛、僰道的并称，约今四川邛崃、宜宾一带。

〔23〕"玉垒"二句：写蜀道难行。玉垒，指玉垒山。在四川灌县东南。铜梁，在四川合川南。山有石梁横亘，色如铜。刘孝威《蜀道难》："玉垒高无极，铜梁不可攀。"地角天涯，张世南《游宦纪闻》："项在成都，乃知天涯石，在中兴寺。耆老传云，人坐其上，则脚肿不能行。至今人不敢践履。地角石，旧有庙，在罗城内西北角，高三尺馀。王均之乱，为守城者所坏，今不复存矣。"此或附会之说，而非故实。

〔24〕"莺嗟"二句：潘岳《秋兴赋》："蝉嘒嘒而寒吟兮，雁飘飘而南飞。"此写其悲观失望。鸿来雁度，《汉书·苏武传》载，有大雁传书之事，故用以指书信。

〔25〕"阳关"二句：写蜀中关山。阳关，战国时巴国三关之一，三国蜀刘备又置关。北魏郦道元《水经注·江水一》："江水东迳阳关巴子梁，江之两岸，犹有梁处。巴之三关，斯为一也。"剑阁，剑门山的阁道。

在今四川剑阁。

〔26〕岷峰:指岷山。在四川北部,见卢照邻《赠益府群官》诗注。

〔27〕"回肠"句:司马迁《报任少卿书》:"是以肠一日而九回。"九折,九折坂。在今四川荣经。

〔28〕双流:成都双流县,此县有二江环绕得名。

〔29〕束马:包裹马足,以防滑跌,形容山路险隘难行。《晋书·羊祜传》:"蜀之为山,非不险也。高山寻云霓,深谷肆无景。束马悬车,然后得济。"

〔30〕沉牛:此指李冰沉石犀以厌水精之处。《水经注·江水》:"西南石牛门曰市桥。吴汉入蜀,自广都令轻骑先往焚之。桥下谓之石犀渊。李冰昔作石犀五头,以厌水精,穿石犀渠于南江,命之曰犀牛里。后转犀牛二头,一头在府市桥门,一头沉之于渊也。"

〔31〕华阳:此指南朝所置郡县,治所在今四川广元一带。又,巴蜀在晋分梁、益、宁三州地,因以为属《尚书·禹贡》"华阳黑水惟梁州",故晋常璩记巴蜀历史地理之书取名曰《华阳国志》。

〔32〕石镜:据《华阳国志·蜀志》载,蜀王妃物故,遣五丁之武都,担土作冢,高七丈,上有石镜。峨眉:似指蜀王妃。据传蜀王妃美而艳,为山精所化。一作"峨眉"。

〔33〕"诸葛"句:写诸葛亮。三国时蜀汉政治家、军事家诸葛亮字孔明,足智多谋,才雄一世,初躬耕陇亩,隐于隆中,号称卧龙。后为刘备蜀汉效力。

〔34〕"公孙"句:左思《蜀都赋》"公孙跃马而称帝",《文选》李善注引《后汉书》:"公孙述,字子阳,扶风人,王莽时为导江卒正,更始立,述持地险众附,遂自立为天下。"

〔35〕五丁:神话传说中的五个力士。《艺文类聚》卷七引汉扬雄《蜀王本纪》:"天为蜀王生五丁力士,能献(一作"徙")山。秦王(秦惠

王)献美女与蜀王,蜀王遣五丁迎女。见一大蛇入山穴中,五丁并引蛇,山崩,秦五女皆上山,化为石。"卓荦:超绝出众。奇力:神奇的力量。

〔36〕四士:指蜀中四士:司马相如、严君平、王褒、扬雄。左思《蜀都赋》:"近则江汉炳灵,世载其英。蔚若相如,皭若君平,王褒韡晔而秀发,扬雄含章而挺生。幽思绚道德,摛藻揿天庭。考四海而为隽,当中叶而擅名。"

〔37〕八阵形:即八阵图。古代用兵的一种阵法,阵势有八:天、地、风、云、飞龙、翔鸟、虎翼、蛇盘。传为三国蜀诸葛亮所创。《三国志·蜀志·诸葛亮传》:"推演兵法,作八阵图。"《晋书·桓温传》:"初,诸葛亮造八阵图于鱼腹平沙之下,垒石为八,相去二丈。温见之,谓'此常山蛇势也'。文武皆莫能识之。"其故迹在今四川奉节。

〔38〕"桥影"句:晋常璩《华阳国志·蜀志》:"西南两江有七桥,长老传言,李冰造七桥,上应七星。"七星,指北斗七星。

〔39〕锦城:即锦官城。故址在今四川成都南。隈:城边。

〔40〕"堳高"句:《元和郡县图志》"(益州)州城,秦惠王二十七年张仪所筑。初,仪筑城,屡颓不立,忽有大龟周行旋走,巫言依龟行处筑之,遂得坚立。"堳,城墙。

〔41〕"水净"句:水净可见雁字回时的倒影。雁文,犹言雁字,雁群飞列成"一"字或"人"字。

〔42〕"寻姝"二句:浪游成都,暗用文君相如典故。卓王孙女文君新寡,相如以琴心挑之。文君夜奔相如,相与驰归成都,家徒四壁,买一酒舍酤买,文君当垆,相如涤器。见《史记·司马相如传》。姝,美女。酒肆,酒店。琴台,在四川成都,相传为汉司马相如弹琴之所。

〔43〕"不识"句:《晋书·阮孚传》:孚,字遥集,迁黄门侍郎、散骑常侍,以金貂换酒。金貂,皇帝左右侍臣的冠饰。汉始,侍中、常侍之冠,于武冠上加黄金珰,附蝉为文,貂尾为饰,谓之赵惠文冠。

〔44〕玉山颓:《世说新语·容止》:"(嵇康)其醉也,傀俄若玉山之将崩。"见卢照邻《辛法司宅观妓》诗注。

〔45〕帝里:帝都。沉沉:宫室深邃貌。城阙:宫阙。

〔46〕"不见"六句:写羁旅思乡之情。旅思将花发,言离人之思与春花并发。迢递不可越,谢庄《月赋》:"川路长兮不可越。"芳菲歇,芳菲尽,谓花全谢了。

〔47〕"解鞅"八句:写与朋友分别之情。言别蜀中诸友还京国。解鞅,驻马。鞅,套在马颈用以负轭的皮带。执袂,拉住衣袖。形容分别时依恋不舍。北梁,北边的桥。谢朓《送远曲》:"北梁辞欢宴,南浦送佳人。"南浦,指送别之地。《九歌·河伯》:"子交手兮东行,送美人兮南浦。"去盖,离去的车盖。徂辉,落日的光辉。木落雁南飞,语本汉武帝《秋风辞》:"草木黄落兮雁南飞。"

〔48〕"回来"句:一作"飞鸟转南陆"。平陆,平原。

〔49〕"相将"二句:言归隐饮酒事。菌阁,形如菌状的阁。王褒《九怀·匡机》:"菌阁兮蕙楼,观道兮从横。"青溪,碧绿的溪水。古以为仙人居处。见郭璞《游仙诗》。藤杯,用藤实做的酒杯。《太平广记》卷四〇七引唐王睿《炙毂子》:"藤实杯出西域,藤大如臂,叶似葛花,实如梧桐,实成坚固,皆可酌酒。"黄菊,指菊花酒。

〔50〕"十年"二句:谓久不升调,运命屯蹇。调,升迁。倚伏,《老子》:"祸兮福之所倚,福兮祸之所伏。"

〔51〕"只为"二句:谓为求生活粗安,再乞禄于州县。负郭田,指近郊良田。《史记·苏秦列传》载,苏秦喟然叹曰:"此一人之身,富贵则亲戚畏惧之,贫贱则轻易之,况众人乎!且使我有雒阳负郭田二顷,吾岂能佩六国相印乎!"

〔52〕"百年"二句:言一生仕途失意,故又辞京远入吴越。腾迁,升迁。梁荀济《赠阴梁州》诗:"坎壈多搆难,郁怏少腾迁。"镜川,镜湖。

《太平寰宇记》：汉顺帝永和五年，会稽太守马臻创立镜湖，在会稽、山阴两县界。

〔53〕"吴江"二句：写入越水路波涛之险。吴江，指长江入吴的一段。一作"浃江"。沸潮，一作"拂潮"。淮海，指淮河。源出河南桐柏山，东经安徽、江苏入洪泽湖，主流合于运河，经高邮江都入长江。

〔54〕"赖有"二句：写旅夜之孤寂。边城，指边远的城镇。客旌，古代官吏出使或上任时在途中所用的旌节。

〔55〕"东南"四句：写吴越物华人文之盛。美箭，指箭竹。节间三尺，坚韧中矢，会稽所产为美。《尔雅·释地》："东南之美者，有会稽之竹箭焉。"吴会，秦汉会稽郡治在吴县，郡县连称为吴会。或谓东汉时分会稽为吴郡和会稽二郡，并称吴会。名都，著名的都城。此指会稽。隐轸，盛貌。三江，指东南吴越（今江浙一带）三条水流之总称。韦昭《国语·越语上》谓三江为吴松江、钱塘江、浦阳江。涂山执玉，《左传·哀公十年》："禹会诸侯于涂山。执玉帛者万国。"涂山，指会稽山。昌朝，《诗经·齐风·鸡鸣》："东方既明，朝既昌矣。"一作"昌期"。曲水，指山阴兰亭宴集赋咏曲水流觞事。见王勃《三月曲水宴得烟字》诗注。

〔56〕"仙镝"句：典出孔灵符《会稽记》："射的山南，有白鹤山。此鹤为仙人取箭。"镝，箭镞，指箭。鹤岭，指白鹤山。与射的山相对，均在浙江绍兴之南。

〔57〕"宝剑"句：此疑用周处斩蛟事。《世说新语·自新》载周处入水斩蛟，又除一害。按，处，晋阳羡人，其斩蛟，亦在吴。因咏越连类而及吴中之事。

〔58〕白马对芦刍：《寰宇记》载，孔子与颜渊登鲁东山，望吴阊门，谓曰："尔何见？"曰："见一匹练，前有生蓝。"孔子曰："噫，此白马卢刍。"使人视之，果然。芦刍，芦苇草秆。

〔59〕浮云如车盖：魏文帝曹丕《杂诗》："西北有浮云，亭亭如车

盖。……吹我东南行,行行至吴会。"

〔60〕"江南"四句:写江南风情。节序,节令节日。文酒,饮酒赋诗。采菱歌,楚之歌曲。楚辞《招魂》:"涉江采菱,发阳阿些。"

〔61〕"舟移"四句:写镜湖泛舟情景。入镜,镜湖似镜,故云。棹举,划船。归楫,归舟。

〔62〕"眺听"二句:言因公事西归。正在江南吟赏烟霞,系于王事转舻回归。烟霞,指山水,山林。王事,王命差遣的公事。归舻,归舟。

〔63〕"芝田"二句:写重游洛阳。芝田,此指嵩山。曹植《洛神赋》:"秣驷乎芝田。"《文选》李善注:《嵩高山记》曰:"山上神芝。"花月,指春天。金谷,指晋石崇所造金谷园。故址在今洛阳东北郊。游衍,畅游。谢朓《登山曲》:"王孙尚游衍,蕙草正萋萋。"

〔64〕"登高"句:用梁鸿事。《后汉书·逸民传》载,梁鸿东出关,过京师,作《五噫歌》,帝求之不得。易姓名居齐鲁,又适吴,再适越,登岳长谣。嗤,讥笑。梁叟,指梁鸿。

〔65〕"凭轼"句:用晋潘岳事。潘岳字安仁,举秀才,出为河阳令,后选为长安令,作《西征赋》,曰:"潘子凭轼西征,自京徂秦。"事见《晋书》本传。凭轼,倚靠车前横木。西征,自洛阳赴长安。潘掾,潘岳曾为太尉贾充的掾吏(官府中佐助官吏的通称)。

〔66〕"峰开"二句:写西行途中所见。华岳,西岳华山。在陕西华阴南。以山顶有池,池生千叶莲花而名。又西岳有莲花峰。龙门,即禹门口。在山西河津西北和陕西韩城东北。黄河至此,两岸峭壁对峙,形如门阙,故名。

〔67〕"偷存"二句:《淮南子·精神训》:"吾生也,有七尺之形;吾死也,有一棺之土。"七尺影,指身躯。人身长约当古之七尺,故称。九泉,黄泉,指人死后的葬处。

〔68〕"穷途"句:《晋书·阮籍传》"(籍)时率意独驾,不由径路,车

迹所穷,辄哭而返。"本谓车无路可行而悲伤,此谓处于困境所发的绝望的哀伤。泣玉,流泪。以玉比泪。

〔69〕"愤路"句:或谓典出晋隗炤。炤善易,临终出版授其妻,言其亡后必大荒。时当有龚姓来止此亭,可持版索金。后果然,龚姓执版憪然,抚掌而叹,谓隗能镜穷达而洞凶吉。因告其妻当年所藏金,掘地九尺,如数得之。见《晋书·艺术传》。未藏金,谓不如隗炤之有先见之明。

〔70〕"茹荼"二句:言遭母丧,悲不自胜。茹荼,苻登移檄三辅曰:"贼臣莫大之甚,自古所未闻。虽茹荼之苦,衔蓼之辛,何以谕之。"见崔鸿《十六国春秋》。怀橘,《三国志·吴书·陆绩传》:"绩年六岁,于九江见袁术。术出橘,绩怀三枚,去,拜辞坠地,术谓曰:'陆郎作宾客而怀橘乎?'绩跪答曰:'欲归遗母。'术大奇之。"

〔71〕"挂冠"二句:谓解绶归田。挂冠裂冕,比喻绝意仕进。挂冠,晋袁宏《后汉纪·光武帝纪五》:"(逢萌)闻王莽居摄,子宇谏,莽杀之。萌会友人曰:'三纲绝矣,祸将及人。'即解衣冠,挂东都城门,将家属客于辽东。"后因以"挂冠"指辞官。裂冕,撕裂礼帽,指弃官。南亩东皋,谓农田。耕凿,耕田凿井。古诗《击壤歌》:"凿井而饮,耕田而食。"

〔72〕"宾阶"四句:写居于山林之萧寂。宾阶,西阶。古时宾主相见,宾自西阶上。《仪礼·聘礼》:"栗阶升,公西乡,宾阶上再拜稽首。"蓬径柴扉,谓山居之荒凉简陋。林泉,山林与泉石。丘壑,深山幽谷。

〔73〕"我住"四句:谓城东浐水之滨,可望宫阙与渭河。青门,汉长安城东南门。见作者《帝京篇》诗注。素浐,浐水。源出陕西蓝田,会灞水,入渭水。潘岳《西征赋》有"玄灞素浐"之说,因水色素白,故称素浐。丹凤阙,指京城宫阙。黑龙津,指渭水。《太平寰宇记》:"黑龙津,即秦时黑龙饮渭之处。"

〔74〕"荒衢"二句:写于山林见射猎采樵。猎骑,骑马行猎者。樵

轮，运柴的车子。

〔75〕"时有"二句：谓偶有入山相访者。桃源客，指入桃花源的渔人。此喻客人。见卢照邻《三月曲水宴得尊字》诗注。竹林人，魏晋之间陈留阮籍、谯郡嵇康、河内山涛、河南向秀、籍兄子咸、琅邪王戎、沛人刘伶相与友善，常宴集于竹林下，时人号为"竹林七贤"。此处作者自况。

〔76〕"昨夜"二句：谓得凶讯，悲自中来。旭旦，指日出时。含颦，皱眉，形容哀愁。

〔77〕"果乘"二句：写御史传讯。骢马，指御史所乘之马，借指御史。嚣书，谗书。《诗经·小雅·节南山》："无罪无辜，谗口嚣嚣。"郎官，谓侍郎、郎中等职。纶诰，皇帝诏令文告。

〔78〕冶长：公冶长。字子长，齐人。孔子曰："长，可妻也，虽在缧绁之中，非其罪也。"缧绁：囚禁。

〔79〕长孺：《汉书·汲黯传》记载，汲黯字长孺，曾召为中大夫，以犯颜直谏著称于当时，汉武帝恶其直言，"不得久留内，迁为东海太守"。后用以称刚直大臣。然灰：谓死灰复燃，比喻失势者从新得势。《史记·韩长孺列传》："安国坐法抵罪，蒙狱吏田甲辱安国。安国曰：'死灰独不复燃乎？'田甲曰：'然即溺之。'居无何，梁内史缺，汉使使者拜安国为梁内史，起徒中为二千石。田甲亡走。"

〔80〕"高门"句：《汉书·于定国传》载，定国父于公修闾门，公谓曰："少高大闾门，令容驷马高盖车。我治狱多阴德，未尝有所冤，子孙必有兴者。"至定国为丞相，于永为御史大夫，封侯传世。有阅，犹有容。不图封，不图谋封侯。

〔81〕峻笔：高超的文笔。敷妙：谓草拟诏书。江淹《齐太祖高皇帝诔》："寅亮大宝，敷纶妙秘。"

〔82〕"适离"二句：谓由长安主簿迁侍御史。京兆，京都地区的行

政长官。此指长安主簿。离谤,谓冤情已昭雪。御史,专司纠察弹劾之权。

〔83〕"炎威"二句:谓虽有炎威,而曲法申恩。写御史台执法犯法事。炎威,酷热的威势。夏景,夏天的日光。古有夏日可畏之说。平曲,谓不依法律而予宽大处理。秋翰,霜毫,毛笔。借指判书。

〔84〕"画地"句:司马迁《报任少卿书》:"士有画地为牢,势不可入,削木为吏,议不可对,定计于鲜也。"画地,指画地为牢。

〔85〕书空:《世说新语·黜罢》:"殷中军(浩)被废,在信安,终日恒书空作字。扬州吏民寻义逐之,窃视,唯作'咄咄怪事'四字而已。"

〔86〕吹毛:比喻事情易为。《韩非子·内储说》:仲尼为政于鲁,道不拾遗。齐景公患之。黎且谓景公曰:"去仲尼犹吹毛耳。"

〔87〕摇尾:狗摇尾巴,卑屈柔顺。司马迁《报任少卿书》:"猛虎在深山,百兽震恐。及在槛阱之中,摇尾而求食,积威约之渐也。"

〔88〕"丈夫"二句:自叹屯蹇。坎壈,困顿。契阔迍邅,谓劳苦困顿。沈约《与徐勉书》:"契阔屯邅,困于朝夕。"

〔89〕慎罚:谨慎处理刑罚之事。《尚书·康诰》:"克明德慎罚,不敢侮鳏寡。"两造辞:指诉讼的双方。《尚书·吕刑》:"两造具备,师听五辞。"

〔90〕严科:严厉的法律。三章律:三条法律。汉高祖刘邦率兵进入咸阳时,与父老约法三章:杀人者死,伤人及盗抵罪。见《史记·高祖本纪》。

〔91〕邹衍:战国齐临淄人,历游各国,至燕,昭王筑碣石宫师事之。系燕狱:因于燕国监牢。王充《论衡·感虚篇》:传书言邹衍无罪,见拘于燕。当夏五月,仰天而叹,天为陨霜。

〔92〕李斯:楚上蔡人,入秦,为秦相吕不韦舍人,因说秦王并六国,拜为客卿。始皇称帝统一六国,斯为丞相。始皇死后,赵高欲专朝政,诬

斯谋反,腰斩咸阳市中。拘秦桎:加秦的桎梏于颈。

〔93〕"不应"二句:意谓以牢狱黑暗,故黑发变白。黄沙,指牢狱。漆,漆黑。

〔94〕"紫禁"二句:谓呼告无门。紫禁,古以紫微垣比喻皇帝的居处,因称宫禁为紫禁。朱门,红漆大门,指权贵之家。

〔95〕"惊魂"二句:谓惊恐无状,以豺狼当道也。轮埋,即埋轮。汉安元年,选遣八使徇行风俗,馀人受命之部,而张纲独埋其车轮于洛阳都亭。曰:"豺狼当路,安问狐狸。"因参奏梁冀、梁不疑多树谄谀,以害忠良。见《后汉书·张纲传》。

〔96〕"霜威"四句:谓冤屈莫伸。厉,凶猛。雪柱,洗雪冤屈。无阶,没有门径。饮气,抱恨含冤。

〔97〕"忽闻"四句:谓遇赦获释。驿使,传递公文、书信的人。关东,唐代指洛阳。天波,喻皇帝的恩泽。涸鳞,指涸泽之鲋。典出《庄子·外物》。幽禽释网,喻遇赦出狱。

〔98〕舜泽尧曦:尧舜似的圣君明主所赐的恩泽与德晖。

〔99〕谗言巧佞:散布流言和阿谀奉承者。傥无穷:或许没有穷尽。

〔100〕"谁能"二句:有离长安引退之意。跼迹,拘限足迹。三辅,指京畿地区。商山,在今陕西商县东。秦末汉初四皓曾在此隐居。四翁,指商山四皓。见卢照邻《七日登乐游故墓》诗注。高祖欲废太子,吕后用张良计,迎四皓,使辅太子,高祖以太子羽翼已成,乃消除改立太子之意。事见《史记·留侯世家》《汉书·张良传》。

艳情代郭氏答卢照邻[1]

迢迢芊路望芝田[2],眇眇函关限蜀川[3]。归云已落涪江外,还雁应过洛水廛[4]。洛水傍连帝城侧,帝宅层甍垂凤翼[5]。铜驼路上柳千条,金谷园中花几色。柳叶园花处新,洛阳桃李应芳春[6]。妾向双流窥石镜[7],君住三川守玉人[8]。此时离别那堪道,此日空床对芳沼。芳沼徒游比目鱼,幽径还生拔心草[9]。流风回雪傥便娟[10],骥子鱼文实可怜[11]。掷果河阳君有分[12],货酒成都妾亦然[13]。莫言贫贱无人重,莫言富贵应须种[14]。绿珠犹得石崇怜[15],飞燕曾经汉皇宠[16]。良人何处醉纵横[17],直如循默守空名[18]。倒提新缣成慊慊,翻将故剑作平平[19]。离前吉梦成兰兆[20],别后啼痕上竹生[21]。别日分明相约束,已取宜家成诫勖[22]。当时拟弄掌中珠[23],岂谓先摧庭际玉[24]。悲鸣五里无人问,肠断三声谁为续[25]?思君欲上望夫台[26],端居懒听将雏曲[27]。沉沉落日向山低,檐前归燕并头栖。抱膝当窗看夕兔,侧耳空房听晓鸡[28]。舞蝶临阶只自舞,啼鸟逢人亦助啼。独坐伤孤枕,春来悲更甚。峨眉山上月如眉[29],濯锦江中霞似锦[30]。锦字回文欲赠君[31],剑壁层峰自纠纷[32]。平江森森分清浦,长路悠悠间白云。也知京洛多佳丽[33],也知山岫遥亏蔽[34]。无那短封即疏索,不在长情守期契[35]。传闻织女对牵牛,相望重河隔浅流。谁分迢迢经两岁,谁能脉脉待三秋[36]?情知唾井终无理[37],情知覆水也难收[38]。不复下山能借问[39],更向卢家字莫愁[40]。

〔1〕此诗是作者旅居四川时所作。卢照邻是作者的好友,郭氏是卢任四川新都县尉时的情妇。正当郭氏怀有身孕时,卢回到洛阳,临别前曾相约不久回来正式结婚。但时过二年,卢终不还,而且有了新欢。郭氏候音书不至,孩子也死了,心里悲痛欲绝。作者抱着对郭氏的满腔同情,蘸着郭氏的血和泪,抒写了一个被弃妇女的悲惨命运和悲愤心境。先写卢另有新欢,次写郭以前的情爱,再写卢别后失约,后写郭被弃心情。全诗贯穿着郭氏对卢的深挚的爱情和被弃的悲愤。作者善于遣词造句、用典设喻,把两地的风物和人物的感情潮流糅合在一起,构成了完美的诗歌形象。情调悲凉愤激,笔触疏朗,跌宕回旋,凄凉惨痛。这篇作品,与当时尚风靡一时的艳情诗——宫体,大相径庭,前者真人真事,实情实感,后者无病呻吟,淫靡酥软。这首诗无疑给当时堕落的诗坛带来了一股清新气息,对唐人长篇歌行的开拓不无意义。

〔2〕芊路:一作"芋路"。芝田:传说中仙人种灵芝的地方。此处借指洛阳。曹植《洛神赋》"秣驷乎芝田",《文选》注引《嵩高山记》:"山上神芝。"

〔3〕函关:函谷关。古关为战国秦所置,在今河南灵宝县境。因其路在谷中,深险如函,故名。汉关,移至今河南新安。蜀川:指蜀地。

〔4〕"归云"二句:言卢应到洛阳。涪江,在四川中部,源出松潘,东南流经平武、绵阳、三台、遂宁、潼南,至合川入嘉陵江。洛水,古水名,即今河南省洛河,源出陕西洛南县西北部,东入河南,经卢氏、洛宁、宜阳,至偃师纳伊河后,称伊洛河,到巩县的洛口流入黄河。廛,百姓所居。一本作"瀍"。

〔5〕"洛水"二句:写洛阳宫殿。武后朝以洛阳为帝都。帝城,京都。指洛阳。帝宅,皇宫。层甍(méng 蒙),高楼的屋脊。凤翼,凤凰的羽翼。张衡《西京赋》"凤骞翥于甍标",《文选》注:"谓作铁凤凰,令张两翼,举头敷尾,以函屋上,当栋中央,下有转枢,常向风如欲飞者焉。"

〔6〕"铜驼"四句:写洛阳春色。铜驼路,指铜驼街,在今河南洛阳故洛城中。以道旁曾有汉铸铜驼两枚相对而得名,为古代著名的繁华区域。金谷园,晋石崇于金谷涧中所筑的园馆。石崇曾写《金谷诗序》记其事。洛阳桃李,宋子侯《董娇娆》诗:"洛阳城东路,桃李生路傍。"

〔7〕双流:指二江。左思《蜀都赋》:"带二江之双流。"石镜:山石如镜。蜀王妃之冢,高七丈,上有石镜。见《华阳国志·蜀志》。在今成都北武担。

〔8〕三川:指洛阳。洛阳有河、洛、伊三川,故名。玉人:容貌美丽的人,指卢之新欢。

〔9〕"此时"四句:写郭氏相思之情。芳沼,春日的池塘。比目鱼,鲽、鲆、鲽、鳎、舌鳎等鱼类的统称。这几种鱼身体皆扁平而阔,成长后两眼逐渐移到头部的一侧,平卧在海底。喻情爱深挚的夫妻、情人。拔心草,即卷施草,又名宿莽。《尔雅·释草》:"卷施草,拔心不死。"

〔10〕流风回雪:喻美女身姿轻盈飘逸。曹植《洛神赋》:"髣髴兮若轻云之蔽月,飘飖兮若流风之回雪。"便娟:轻盈美好貌。楚辞《大招》:"丰肉微骨,体便娟只。"

〔11〕骥子鱼文:左思《蜀都赋》:"若夫王孙之属,郤公之伦,从禽于外,巷无居人。并乘骥子,俱服文鱼,玄黄异校,结驷缤纷。"骥子,良马。鱼文,指箭袋。

〔12〕掷果:谓妇女对美男子表示爱慕。《晋书·潘岳传》载,潘岳,字安仁,貌至美,少时出游,妇女都丢果子给他,于是满载而归。河阳:汉置县,属河内郡。故地在今河南孟县。潘岳曾任河阳令,因借指潘岳。

〔13〕货酒成都:汉司马相如,成都人,与卓文君相爱私奔,曾卖酒为生。见《史记》本传。

〔14〕"莫言"二句:言富贵贫贱无常。种,《史记·陈涉世家》:吴广召令属曰:"王侯将相,宁有种乎!"

〔15〕绿珠:晋石崇爱妾,相传本白州(今广西壮族自治区博白县)梁氏女,美而艳,善吹笛,后为孙秀所迫,坠楼而死。石崇:字季伦,晋南皮人。生于青州,故小字齐奴。历任散骑常侍、荆州刺史等职。于洛阳置金谷园,奢靡成风,与贵戚王恺、羊琇等以豪侈相尚。

〔16〕飞燕:指汉成帝赵皇后。《汉书·外戚传下·孝成赵皇后》:"孝成赵皇后,本长安宫人……学歌舞,号曰飞燕。"汉皇:指汉成帝。

〔17〕良人:古时女子对丈夫的称呼。

〔18〕循默:谓循常随俗而不表示意见。

〔19〕"倒提"二句:江总《怨诗》:"奈许新缣伤客意,无由故剑动君心。"新缣,新的双丝织的浅黄色细绢,比喻新欢。慊慊,恨不满之貌。故剑,汉宣帝即位前,曾娶许广汉之女君平,及即位,封为婕妤。时公卿议立霍光之女为皇后,宣帝乃"诏求微时故剑"。群臣知其意,乃议立许氏为皇后。见《汉书·外戚传上·孝宣许皇后》。后因以"故剑"指元配之妻。平平,平常。

〔20〕吉梦成兰兆:指生男育女的喜梦。典出《左传·宣公三年》:郑文公有贱妾曰燕姞,梦天使与己兰,曰:"余为伯鯈,余,而祖也,以是为而子。以兰有国香,人服媚之如是。"既而文公见之,与之兰而御之,生穆公,名之曰兰。

〔21〕啼痕上竹:指斑竹。一种茎上有紫褐色斑点的竹子,也叫湘妃竹。晋张华《博物志》卷八:"尧之二女,舜之二妃,曰湘夫人,帝崩,二妃哭,以涕挥竹,竹尽斑。"

〔22〕"别日"二句:谓临别时曾永好的誓约。约束,以言语相约。宜家,《诗经·周南·桃夭》:"之子于归,宜其室家。"朱熹集传:"宜者,和顺之意;室者,夫妇所居;家,谓一门之内。"诫勖,告诫勉励。

〔23〕掌中珠:即掌上明珠,比喻极疼爱之人。

〔24〕庭际玉:即庭玉,庭院中的玉树。晋谢安常戒约子侄,欲使其

佳,谢玄曰:"譬如芝兰玉树,欲其生于庭阶耳。"见《晋书·谢玄传》。先摧庭际玉,谓其子之夭死。

〔25〕"悲鸣"二句:谓因失子悲痛欲绝。悲鸣五里,养由基遇子母猿,射中其子,母长鸣三声,五里之外,诸猿闻之俱死。见《文选》注引《物类志》。肠断,形容极度悲痛。晋干宝《搜神记》卷二十:"临川东兴,有人入山,得猿子,便将归。猿母自后逐至家。此人缚猿子于庭中树上,以示之。其母便搏颊向人,欲乞哀状,直谓口不能言耳。此人既不能放,竟击杀之,猿母悲唤,自掷而死。此人破肠视之,寸寸断裂。"

〔26〕望夫台:望夫之台。所在多有,不必实指。借以抒发女子思念丈夫的真挚之情。

〔27〕端居:谓平常居处。将雏曲:指《凤将雏》曲。《晋书·乐志》:"《凤将雏歌》者,旧曲也,应璩《百一诗》云:'言是《凤将雏》',然则其来久矣。"

〔28〕"沉沉"四句:写彻夜相思无眠。归燕,回巢的燕子。并头栖,以燕之并头夜宿,反衬己之孤独。夕兔,古代神话谓月中有兔。故用为月亮的代称。听晓鸡,听晓鸡之鸣。意谓通宵不寐。

〔29〕峨眉山:在四川峨眉县西南。因山势逶迤,有山峰相对如蛾眉,故名。为我国佛教四大名山之一。

〔30〕濯锦江:即锦江。岷江流经成都附近的一段。濯锦,指漂洗织锦。《华阳国志·蜀志》:"蜀郡锦江,织锦濯其中,则鲜明,濯他江则不好,故命曰锦里也。"

〔31〕锦字回文:织锦回文诗。《晋书·窦滔妻苏氏传》:"窦滔妻苏氏,始平人也,名蕙,字若兰。善属文。滔,苻坚时为秦州刺史,被徙流沙,苏氏思之,织锦为回文旋图诗以赠滔。宛转循环以读之,词其凄惋。"回文,修辞手法之一,指诗词字句,回环往复读之均能成诵。

〔32〕剑壁层峰:写剑山重叠。张载《剑阁铭》:"是曰剑阁,壁立

千仞。"

〔33〕京洛:洛阳的别称,因东周、东汉均建都于此,故名。佳丽:美女。

〔34〕山岫遥亏蔽:谓山高蔽日。《史记·司马相如传》:"岑岩参差,日月蔽亏。"

〔35〕"无那"二句:意谓书不尽言,愿守约期。无那,无可奈何。短封,简短的书信。疏索,稀少。期契,誓约。

〔36〕"传闻"四句:谓如牵牛织女,已隔两年未相会。汉《古诗十九首》:"迢迢牵牛星,皎皎河汉女。……河汉清且浅,相去复几许。盈盈一水间,脉脉不得语。"织女对牵牛,古人多以牛郎织女隔河相望,喻夫妻暌隔。见王勃《河阳桥代窦郎中佳人答杨中舍》诗注。

〔37〕唾井:比喻遗忘旧情。《玉台新咏》载曹植《代刘勋妻王氏见出为诗》:"人言去妇薄,去妇情更重。千里不唾井,况乃昔所奉。"丁晏《曹集铨评》释之云:"观此意兴,乃为常饮此井,虽舍而去之千里,知不复饮矣,然犹以尝饮乎此,而不忍唾也。况昔所尝奉以为君子乎!李太白又采用此意为《平虏将军妻》诗曰:'古人不唾井,莫忘昔缠绵。'"

〔38〕覆水难收:《后汉书·何进传》:"国家之事,亦何容易!覆水不可收。宜深思之。"此以"覆水难收"喻事成定局,难以挽回。

〔39〕"不复"句:古诗《上山采蘼芜》:"上山采蘼芜,下山逢故夫。长跪问故夫,新人复何如。"自比弃妇。

〔40〕卢家:古乐府中相传有洛阳女子莫愁,嫁于豪富的卢氏夫家。此处以卢家比卢照邻。莫愁:古乐府中传说的女子。洛阳人,为卢家少妇。南朝梁武帝《河中三水歌》:"河中之水向东流,洛阳女子名莫愁……十五嫁为卢家妇,十六生儿字阿侯。"此处以莫愁比郭氏。

代女道士王灵妃赠道士李荣[1]

玄都五府风尘绝[2],碧海三山波浪深[3]。桃实千年非易待[4],桑田一变已难寻[5]。别有仙居对三市[6],金阙银宫相向起[7]。台前镜影伴仙娥,楼上箫声随凤史[8]。凤楼迢递绝尘埃,莺时物色正裴回。灵芝紫检参差长,仙桂丹花重叠开[9]。双童绰约时游陟[10],三鸟联翩报消息[11]。尽言真侣出遨游,传道风光无限极[12]。轻花委砌惹裾香,残月窥窗觇幌色。个时无数并妖妍,个里无穷总可怜[13]。别有众中称黜帝,天上人间少流例[14]。洛滨仙驾启遥源[15],淮浦灵津符远筮[16]。自言少小慕幽玄,只言容易得神仙[17]。珮中邀勒经时序[18],箫里寻思复几年[19]?寻思许事真情变,二八容华识少选[20]。漫道烧丹止七飞,空传化石曾三转[21]。寄语天上弄机人,寄语河边值查客。乍可匆匆共百年,谁使遥遥期七夕[22]。想知人意自相寻,果得深心共一心。一心一意无穷已,投漆投胶非足拟[23]。只将羞涩当风流,持此相怜保终始。相怜相念倍相亲,一生一代一双人[24]。不把丹心比玄石,惟将浊水况清尘[25]。只言柱下留期信[26],好欲将心学松蕣[27]。不能京兆画蛾眉[28],翻向成都骋骃引[29]。青牛紫气度灵关[30],尺素赪鳞去不还[31]。连苔上砌无穷绿,修竹临坛几处斑?此时空床难独守,此日别离那可久[32]?梅花如雪柳如丝,年去年来不自持。初言别在寒偏在,何悟春来春更思。春时物色无端绪,双枕孤眠谁分许。忿念娇莺一种啼,生憎燕子千般语。朝云旭日照青楼,迟晖丽色满皇州。落花泛泛浮灵沼,垂柳长长拂御沟[33]。御沟大道多奇赏,侠客妖容递来往。宝骑连花铁作钱,香轮弩水珠为网[34]。香轮宝骑竞繁华,可怜今夜宿倡家[35]。鹦鹉杯中浮竹叶[36],凤凰琴里落梅花[37]。许辈多情偏送款,为问春花几时满?千回鸟信说众诸[38],百过莺啼说长短[39]。长短众诸判不寻,千回百过浪关心。何曾举意西邻玉[40],未肯留情南陌金[41]。南陌西邻咸自保,还辔归期须及早。为想三春狭斜路[42],莫辞九折邛关道[43]。假令白里似长安,须使青牛学剑端[44]。蓣风入驭来应易[45],竹杖成龙去不难[46]。龙飙去去无消息,鸾镜朝朝减容色[47]。君心不记下山人[48],妾欲空期上林翼[49]。上林三月鸿欲稀,华表千年鹤未归[50]。不分淹留桑路待,只应直取挂轮飞[51]。

〔1〕此诗是蜀中宦游时期的作品。作者的朋友李荣,是一个有才名的道士,与王灵妃在长安时有一段爱情,但他久留四川不归,王灵妃思念心切,因代她写了这首诗赠给李荣。诗先写仙境的华丽,次写两人的情爱,再写别后的孤苦,后写盼归的凄切。全诗或寓景于情,或以景启情,或直抒胸臆,融合贯通而又缠绵往复,曲尽思妇的愁绪,深切而凄苦。王灵妃:女道士,时居长安。李荣:道士,作者《赠李荣道士》诗云:"敷诚归上帝,应诏佐明君。"据此可知李以应诏赴长安。

〔2〕玄都:传说中神仙居处。《海内十洲记·玄洲》:"上有大玄都,

仙伯真公所治。"晋葛洪《枕中书》：" 《真记》曰：玄都玉京七宝山，周回九万里，在大罗之上，城上七宝宫，宫内七宝台，有上中下三宫……上宫是盘古真人元始天尊太元圣母所治。"五府：传说中仙人居所。

〔3〕碧海：传说中的海名。《海内十洲记》："扶桑在东海之东岸。岸直，陆行登岸一万里，东复有碧海。海广狭浩汗，与东海等。水既不碱苦，正作碧色，甘香味美。"三山：传说中的海上三神山。晋王嘉《拾遗记·高辛》："三壶，则海中三山也。一曰方壶，则方丈也；二曰蓬壶，则蓬莱也；三曰瀛壶，则瀛洲也。"

〔4〕桃实：指西王母的仙桃。仙桃三千年一生实。见班固《武帝内传》。

〔5〕桑田：指桑田沧海的相互变化。麻姑仙曾见东海三为桑田。见葛洪《神仙传》。

〔6〕仙居：仙人居所。三市：指大市、朝市、夕市。《周礼》："大市，日仄而市；朝市，朝时为市；夕市，夕时为市。"

〔7〕金阙银宫：指仙女居处。

〔8〕"台前"二句：用弄玉萧史故事。见卢照邻《和王奭秋夜有所思》诗注。

〔9〕"凤楼"四句：写仙境春色。迢递，高峻貌。莺时，春光明媚之时。灵芝，传说中的瑞草、仙草，仙人的食品。紫检，紫甲。草木萌芽时所带的皮。仙桂，神话传说月中有桂树，称之为"仙桂"。丹花，红色的花。

〔10〕双童：两个仙童。魏文帝《西山诗》："西山一何高，高高殊无极。上有两仙童，不饮亦不食。与我一丸药，光耀有五色。"绰约：柔婉美好貌。《庄子·逍遥游》："藐姑射之仙，有神人居焉。肌肤若冰雪，淖约若处子。"绰，淖义同。

〔11〕三鸟：古代神话中西王母身边的三只青鸟，指称使者。《山海

经·大荒西经》:"有三青鸟,赤首黑目,一名曰大鵹,一名曰少鵹,一名曰青鸟。"郭璞注:"皆西王母所使也。"

〔12〕"尽言"二句:意谓与朋侣游赏风光。真侣,道友。

〔13〕"轻花"四句:谓在仙界沾花惹草。轻花委砌,花片落于台阶。惹裾,沾着衣服的前后襟。觇幔色,窥视帘幔的色彩。个时,这时。个里,此中。可怜,可爱。意谓仙女艳丽可爱。

〔14〕"别有"二句:谓仙女中有谪降人间者,妍丽无比。《搜神记》:济北玄超,嘉平中,夜梦神女从之,自称天上玉女。东郡人,姓成公,字智琼,早失母,天帝哀其孤苦,令得下嫁从夫。黜帝,为天帝所黜,谪降人间。流例,犹流利,活泼美丽。

〔15〕洛滨仙驾:用王乔故事。刘向《列仙传》:王乔者,周灵王太子晋也。好吹笙,作凤凰鸣。游伊洛之间,道士浮丘公接以上嵩高山。三十餘年后,求之于山上,见桓良曰:"告我家,七月七日,待我于缑氏山巅。"至时果乘白鹤,驻山头,望之不得到,举手谢时人,数日而去。

〔16〕"淮浦"句:典出王导。王导渡淮,使郭璞筮之。卦成,璞曰:"吉,无不利。淮水绝,王氏灭。"其后子孙繁衍,竟如璞言。见《晋书·王导传》。淮浦灵津,淮河岸边渡口。符远筮,合占卜远行凶吉之言。指郭璞筮言。

〔17〕"自言"二句:谓自小好道,慕神仙术。幽玄,指道教神仙世界。

〔18〕"珮中"句:汉刘向《列仙传·江妃二女》载,郑交甫见江妃二女而悦之,郑致辞请其珮,女遂解以赠之。珮,玉饰。

〔19〕"箫里"句:暗用萧史吹箫事。

〔20〕"寻思"二句:谓情变容衰。二八,指十六岁年华。容华,仪容丰采。少选,不多久。犹须臾。

〔21〕"漫道"二句:写炼丹事。烧丹,炼丹,指道教徒用朱砂炼药。

七飞,谓七次飞丹砂以炼丹。飞,将朱砂末浸于水中,以漂去浮于水面的粗屑。化石,炼石成丹。三转,谓炼丹时三次提炼。

〔22〕"寄语"四句:用牛女故事,谓不能长期两地睽违。弄机人,古谓弄机杼,即织布,此指织女。值查客,乘木筏的人。或说张骞乘槎上天河,遇牛郎织女。按,《博物志》谓海上人。乍可,宁可。七夕,农历七月初七之夕。民间传说,牛郎织女每年此夜在天河相会。旧俗妇女是夜在庭院中进行乞巧活动。

〔23〕"想知"四句:谓愿得两情如一,如胶似漆。投漆投胶,比喻情投意会。语出《古诗十九首》:"以胶投漆中,谁能别离此。"足拟,足以比拟。

〔24〕"只将"四句:谓愿终生相爱。风流,指男女私情事。相怜,互相怜爱。

〔25〕"不把"二句:言不欲从坏处揣度对方。玄石,黑石。《山海经·中山经》:"婴梁之山,上多苍玉,锌于玄石。"郭璞注:"言苍玉依黑石而生也。"浊水况清尘,曹植《七哀诗》:"君若清路尘,妾若浊水泥。浮沈各异势,会合何时谐!"

〔26〕柱下留期信:《庄子·盗跖》:"尾生与女子期于梁下,女子不来,水至不去,抱梁柱而死。"后以抱柱喻守信。

〔27〕松蕣:郭璞《游仙诗》:"寒露拂陵苕,女萝辞松柏。蕣华不终朝,蜉蝣岂见夕。"又,王僧孺《为何库部旧姬蘼芜之句》:"妾意在寒松,君心逐朝槿。"蕣,木名,又名木槿,夏季开花,早开晚落,仅荣一瞬,故名。喻存在的时间短暂。

〔28〕京兆画蛾眉:《汉书·张敞传》:敞为京兆,时罢朝会,过走马章台街,使御吏驱,自以便面拊马;又为妇画眉。长安传张京兆眉怃,有司以奏敞。京兆,指京畿。蛾眉,蚕蛾触须细长而弯曲,比喻女子美丽的眉毛。

〔29〕成都骈驺引：用司马相如事。司马相如成都人，拜为中郎将，建节往使，驰四乘之传，蜀太守以下郊迎，县令负弩矢先驱，蜀人以为宠。见《史记·司马相如传》。骈驺引，指县令负弩矢为前驱引路。

〔30〕"青牛"句：汉刘向《列仙传》："老子西游，关令尹喜望见有紫气浮关，而老子果乘青牛而过也。"紫气，紫色云气，古代以为祥瑞之气。附会为圣贤出现的预兆。灵关，此指函谷关。

〔31〕尺素赪鳞：古乐府《饮马长城窟行》："客从远方来，遗我双鲤鱼。呼儿烹鲤鱼，中有尺素书。"赪鳞，指鲤鱼。句意谓杳无音信。

〔32〕"连苔"四句：自谓孤独难守。砌，台阶。修竹，长长的竹子。坛，道坛。斑，指泪痕。张华《博物志》："尧之二女，舜之二妃，曰湘夫人，帝崩，二妃啼，以涕挥竹，竹尽斑。"

〔33〕"朝云"四句：写长安春景。青楼，青漆涂饰的豪华精致的楼房。皇州，京都。灵沼，池塘的美称。御沟，流经宫苑的河道。

〔34〕"御沟"四句：写京华游侠活动。侠客，旧称急人之难、出言必信、抑强扶弱的豪侠之士。妖容，指美女。宝骑，华丽的坐骑。连花铁作钱，即铁连钱，马斑纹铁色形似钱的骢马。沈炯《长安少年行》："长安好少年，骢马铁连钱。"香轮，香木作的车。鹜水，急水，形容多而快。网，车幔。

〔35〕"香轮"二句：写侠客宿倡。

〔36〕鹦鹉杯：一种酒杯，用鹦鹉螺制成。唐刘恂《岭表录异》："鹦鹉螺，旋尖处屈而朱，如鹦鹉嘴，故以此名。壳上青绿斑文，大者可受二升。壳内光莹如云母。装为酒杯，奇而可玩。"竹叶：古代酒名，即竹叶青。

〔37〕凤凰琴：古琴名。《西京杂记》："赵后有宝琴曰凤凰，皆以金玉隐起，为龙凤螭鸾古贤列女之象。"梅花：《梅花落》的省称。汉乐府横吹曲名。见杨炯《梅花落》诗注。

〔38〕鸟信:一作鸟语。众诸:即诸。众诸反切为诸。

〔39〕莺啼说长短:唐文德皇后《春游曲》:"树上长短听啼莺。"

〔40〕西邻玉:本指宋玉,此处指邻家的情郎。宋玉《登徒子好色赋》:"天下之佳人,莫若楚国。楚国之丽者,莫若臣里。臣里之美者,莫若臣东家之子。……然此女登墙阚臣三年,至今未许也。"

〔41〕"未肯"句:用秋胡妻事。鲁秋胡娶妻五日而官于陈,五年乃归,见路旁采桑妇,悦之,下车曰:"吾有金,愿以与夫人。"妇曰:"吾不愿金。"至家,秋胡始知采桑者为己妇,惭,其妇投河而死。见刘向《列女传》。南陌,城南面的道路。

〔42〕狭斜:长安小街曲巷。指妓女居处。陆机有《长安有狭斜行》。

〔43〕九折邛关:指邛崃九折坂。在今四川荣经。

〔44〕"假令"二句:谓倘若蜀中似长安,可愿似老子骑牛入剑门。白里,当在蜀中,或即王灵妃居处。剑端,指剑山,即剑门关。

〔45〕蘋风:掠过蘋草之风。宋玉《风赋》:"夫风生于地,起于青蘋之末。"入驭:入御。《庄子·逍遥游》:"夫列子御风而行,泠然善也。"

〔46〕竹杖成龙:用费长房骑竹杖化龙事。见《后汉书·方术传》。

〔47〕"龙飙"二句:谓自李荣去后,因无消息,致使灵妃相思瘦损。龙飙,指龙杖。鸾镜,南朝宋范泰《鸾鸟诗》序:"昔罽宾王结置峻祁之山,获一鸾鸟,王甚爱之,欲其鸣而不致也。乃饰以金樊,飨以珍羞。对之逾戚。三年不鸣。夫人曰:'闻鸟见其类而后鸣,何不县镜以映之!'王从言。鸾睹影感契,慨焉悲鸣,哀响中霄,一奋而绝。"

〔48〕下山人:借指被丈夫遗弃的妇女。此借以自拟。古诗《上山采蘼芜》:"上山采蘼芜,下山逢故夫。"

〔49〕上林翼:宫苑的鸟。此借指李荣。上林,古宫苑名,汉武帝重新扩建。故址今西安。

〔50〕"华表"句：陶潜《搜神后记》："丁令威，本辽东人，学道于灵虚山，后化鹤归辽，集城门华表柱。时有少年，举弓欲射之，鹤乃飞，徘徊空中而言曰：'有鸟有鸟丁令威，去家千年今始归。城郭如故人民非，何不学仙冢累累。'遂高上冲天。"

〔51〕"不分"二句：意促李荣速归。桑路，采桑之路。用秋胡逢采桑妇事。桂轮，指月轮。此复以月轮喻车轮。

从军行〔1〕

平生一顾重〔2〕，意气溢三军〔3〕。野日分戈影，天星合剑文〔4〕。弓弦抱汉月〔5〕，马足践胡尘〔6〕。不求生入塞，唯当死报君〔7〕。

〔1〕作者拟乐府旧题，直抒胸臆，突破了以前只叙军旅苦辛的题材。诗中描绘了驰骋沙场的英姿，抒发了自己为国从军的志向，表达了视死如归的气概。诗人抓取典型事物，着墨于武器，以天象为映衬，背景显得高远辽阔，述志抒情高昂壮烈。笔触雄浑，风格豪迈，对仗工整，是一首成熟的五言律诗。从军行：乐府相和歌旧题，内容多写军旅之事。

〔2〕"平生"句：谢朓《和王主簿怨情》诗："生平一顾重，宿昔千金贱。"顾重，顾念重视。

〔3〕三军：军队的通称。周制，天子六军，诸侯大国三军。《周礼·夏官·司马》："凡制军，万有二千五百人为军。王六军，大国三军，次国二军，小国一军。"

〔4〕"天星"句：伍子胥渡江津，解百金之剑与渔者，曰："此吾前君

之剑,中有七星,价值百金,以此相答。"见《吴越春秋》。剑文,古宝剑上的七星图纹。

〔5〕"弓弦"句:谓弓弦引满如月。汉月,汉家的明月。

〔6〕践胡尘:意谓杀入敌人阵地。胡尘,胡地的尘沙。

〔7〕"不求"二句:暗用班超事。班超征西域,年老思归,上书曰:"臣不敢望到酒泉郡,但愿生入玉门关。"见《后汉书·班超传》。此反其意而咏之。死报君,以死报答君王。吴筠《边城将》诗:"轻躯如未殡,终当厚报君。"

王昭君〔1〕

敛容辞豹尾〔2〕,缄恨度龙鳞〔3〕。金钿明汉月〔4〕,玉箸染胡尘〔5〕。古镜菱花暗〔6〕,愁眉柳叶颦〔7〕。唯有清笳曲〔8〕,时闻芳树春〔9〕。

〔1〕此诗题又作《昭君怨》,写昭君离汉赴胡的忧怨。诗中侧重于情态和妆饰的描绘,细腻地刻画其心理活动,心怀怨情,而又装出端庄;妆饰明丽,而又泪水涟涟;怀念汉宫,愁眉紧锁,时闻胡笳,更添了一层凄苦。辞情凄清而沉郁。王昭君:名嫱,汉南郡秭归(今属湖北)人,元帝宫人。见卢照邻《昭君怨》诗注。

〔2〕敛容:显出端庄的脸色。宋玉《神女赋》:"整衣服,敛容颜。"豹尾:天子属车上的饰物,悬于最后一车。此处借指天子属车,即豹尾车。

〔3〕缄恨:谓心怀怨恨。龙鳞:形容山形似龙之鳞。庾信《咏画屏风诗》:"三危上凤翼,九坂度龙鳞。"此或亦暗指匈奴龙城。

〔4〕金钿:嵌有金花的妇人首饰。

〔5〕玉箸:喻眼泪。梁简文帝《楚妃叹》:"金簪鬓下垂,玉箸衣前滴。"

〔6〕古镜:古铜镜。一作"妆镜"。菱花:指镜上菱花形的花纹。伶玄《飞燕外传》:飞燕始加大号,婕妤奏上三十六物以贺,有七尺菱花镜一奁。

〔7〕柳叶:形容女子细长之眉。陈子良《新宫词》:"柳叶生眉上,桃花落脸红。"颦:皱眉。

〔8〕清笳曲:凄清的胡笳曲。乐府琴曲旧题有《胡笳曲》。南朝宋吴迈远、梁陶弘景所作,皆写边塞征旅之事。与王昭君无涉,亦与蔡文姬无涉。

〔9〕芳树:乐府鼓吹曲名,《汉铙歌》十八曲之一。《乐府解题》曰:"古词中有'妬人之子愁杀人,君有他心乐不可禁。'若齐王融'相思早春日',谢朓'早玩华池阴',但言时暮众芳歇绝而已。"

渡瓜步江〔1〕

捧橄辞幽径〔2〕,鸣榔下贵洲〔3〕。惊涛疑跃马〔4〕,积气似连牛〔5〕。月迥寒沙净,风急夜江秋。不学浮云影,他乡空滞留〔6〕。

〔1〕作者从幽燕从军回来,被除为临海县丞。此诗当是赴临海就任途中所作。在边疆功业未成,却当上了地方小官,心境是苦涩的。面对江夜月下、惊涛积气、寒涉急风,只能发出低回的"他乡空滞留"的慨

叹。景色险峻冷寒,情绪低沉悲凉。瓜步江:指长江在瓜步的津渡。瓜步在今江苏六合。任昉《述异记》:"瓜步,在吴中。吴人卖瓜于江畔,用以名焉。昉按,吴楚间谓浦为步,语之讹耳。"

〔2〕捧檄:东汉人毛义有孝名。张奉去拜访他,刚好府檄至,要毛义去任守令,毛义拿到檄,表现出高兴的样子,张奉因此看不起他。后来毛义母死,毛义终于不再出去做官,张奉才知道"往日之喜,乃为亲屈也",感叹自己知他不深。见《后汉书·刘平传序》。后以"捧檄"为为母出仕的典故。檄,召书。

〔3〕鸣榔:敲击船舷使作声,因以惊鱼使入网中,或为歌声之节。此处借指乘船。贵洲:当在今江苏镇江一带。《隋书·郭衍传》:"开皇十年,从晋王广出镇扬州。遇江表搆逆,命衍为总管,领精锐万人,先屯京口,于贵洲南与战,败之。"

〔4〕跃马:驰骋腾跃的马。形容波涛。枚乘《七发》写广陵之涛曰:"沌沌浑浑,状如奔马。"

〔5〕"积气"句:暗用剑气冲斗牛事。见《晋书·张华传》。连牛,斗牛为吴之分野,故曰"连牛"。

〔6〕"不学"二句:语本魏文帝曹丕《杂诗》:"西北有浮云,亭亭如车盖。惜哉时不遇,适与飘风会。吹我东南行,行行至吴会。吴会非我乡,安得久留滞!"

途中有怀[1]

瞪然怀楚奏[2],怅矣背秦关[3]。涸鳞惊照辙[4],坠羽怯虚弯[5]。素服三川化[6],乌裘十上还[7]。莫言无皓齿,时俗薄朱颜[8]。

〔1〕此诗写离长安去临海途中的感受,抒眷念长安、怀才不遇的心情。作者奔波劳累,仕途坎坷,竟成为涸辙之鲋、惊弓之鸟,究其原因,是世俗的轻视。用典设喻,直抒胸臆,忧深而恨切。

〔2〕睠然:依恋貌。睠,同"眷",反顾。楚奏:奏楚地音乐。《左传·成公九年》载,楚钟仪被俘,囚于晋。晋侯命仪奏琴,仪操南音。晋大臣范文子说,钟仪"音操土风,不忘旧也"。

〔3〕秦关:关中地区,此指长安。

〔4〕涸鳞:即涸辙之鲋。喻处境艰难,急待援助的人。见作者《畴昔篇》诗注。照辙:晒干的车辙。照,一作"煦"。

〔5〕"坠羽"句:典出《战国策·楚策》:更嬴与魏王处京台之下,仰见飞鸟。更嬴引弓虚发而下之。盖鸟已伤而故疮痛也。坠羽,鸟受伤掉落。虚弯,犹虚弓,言弦上无箭。

〔6〕"素服"句:陆机《为顾彦先赠妇》诗:"京洛多风尘,素衣化为缁。"谓白衣因风尘而变黑。三川,指河水、洛水、伊水。秦因置三川郡,唐为河南府,今河南洛阳。

〔7〕"乌裘"句:《战国策·秦策》:"(苏秦)说秦王书十上而说不行。黑貂之裘弊,黄金百斤尽。资用乏绝,去秦而归。"后遂以"乌裘"为落魄失意之典。

〔8〕"莫言"二句:魏曹植《杂诗》:"时俗薄朱颜,谁为发皓齿?"朱颜,红润美好的容颜。此处借指才华。

至分水戍〔1〕

行役忽离忧〔2〕,复此怆分流〔3〕。溅石回湍咽〔4〕,萦丛曲涧幽[5]。阴岩常结晦[6]，宿莽竞含秋[7]。况乃霜晨早，寒风入戍楼[8]。

〔1〕此诗写秋天早晨在分水岭戍楼上守卫的情景。以幽咽、阴晦、冷寒的景物衬托行旅戍边的艰辛和离愁别恨的深沉。见景生情，以景抒情，层层递进，悲切而愁绝。分水戍：分水岭之戍楼。分水岭所在多有，此未详所指。戍，守卫。

〔2〕行役：出外跋涉。离忧：离别的忧愁。

〔3〕分流：水分道而流。

〔4〕溅石：指急流的水溅在石上。回湍：回旋的急流。

〔5〕萦丛：丛生的草木回旋缠绕。曲涧：迂回曲折的涧谷。

〔6〕阴岩：背阳的山岩。结晦：阴气凝聚，即昏暗。

〔7〕宿莽：经冬不死的草。屈原《离骚》："夕揽洲之宿莽。"

〔8〕戍楼：守军的瞭望楼。庾信《和宇文内史春日游山诗》："戍楼侵岭路，山村落猎围。"

望乡夕泛[1]

归怀剩不安[2]，促榜犯风澜[3]。落宿含楼近，浮月带江寒。喜逐行前至，忧从望里宽。今夜南枝鹊[4]，应无绕树难[5]。

〔1〕这是一首思乡曲，诗以归怀发端，以鹊巢南枝作结，写傍晚乘船投宿望乡的心境。文辞朴实，意境新颖，节奏轻快，归思殷切。夕泛：日夕泛舟。

〔2〕归怀：犹归思，回归故土的心情。剩：更加。一作"到"。

〔3〕促榜：催舟速行。榜，船桨，代指船。犯风澜：冒着风浪行船。

〔4〕南枝：朝南的树枝。《古诗十九首·行行重行行》："胡马依北风，越鸟巢南枝。"

〔5〕绕树：谓鹊环绕树木飞翔，寻找枝巢。曹操《短歌行》："月明星稀，乌鹊南飞。绕树三匝，何枝可依？"

久客临海有怀[1]

天涯非日观[2]，地屺望星楼[3]。练光摇乱马[4]，剑气上连牛[5]。草湿姑苏夕[6]，叶下洞庭秋[7]。欲知凄断意[8]，江上涉安流[9]。

〔1〕此诗是作者在临海任上的作品，写久羁临海，才华不得施展的心境。作者有壮心、有才气，但不合时世，久居临海，心情何等凄楚。诗先写天地旷阔，胸怀壮志，次以景色凄怆抒悲凉心情。笔触雄矫委曲，起落有致。临海：今属浙江。汉为回浦县，东汉为章安县，三国吴分章安置临海县。

〔2〕日观：泰山峰名，为著名的观日出之处。《水经注·汶水》引汉应劭《汉官仪》："泰山东南山顶名曰日观。日观者，鸡一鸣时，见日始欲出，长三丈许，故以名焉。秦观者，望见长安；吴观者，望见会稽；周观者，望见齐。"

〔3〕地屺（qǐ 起）：地上的山岭。屺，不长草木的山。一作"巴"。星楼：即落星楼，在今江苏南京东北。北齐郭遵《初日见朝元阁赋》："司晨

而见,异星楼之丽宵;质明乃光,殊日观之生晓。"

〔4〕"练光"句:颜回从孔子登日观,望吴门焉。见一疋练。孔子曰:"马也。"见《韩诗外传》。乱马,驰骋的马。

〔5〕"剑气"句:张华夜见剑气起于牛斗,后使雷焕在丰城掘得宝剑。见《晋书·张华传》。连牛,吴地为斗宿分野,故称"连牛"。作者《上司列太常伯启》:"登小鲁之岩,辨练光于曳马;临大吴之国,识宝气于连牛。"与此联用典正同。

〔6〕姑苏:即姑苏台。相传为吴王夫差所筑。在今江苏苏州灵岩山。

〔7〕洞庭:太湖的别名。左思《吴都赋》:"指包山而为期,集洞庭而淹留。"刘逵注引王逸曰:"太湖在秣陵东,湖中有包山,山中有如石室,俗谓洞庭。"太湖地跨江苏、浙江二省,为我国第三大淡水湖。湖中岛屿多,烟波浩渺,景色多姿。

〔8〕凄断:极其悲痛凄凉。陈子昂《送殷大入蜀》诗:"送君为一别,凄断故乡情。"

〔9〕涉:徒步渡水。安流:平稳的流水。《九歌·湘君》:"使江水兮安流。"

西京守岁[1]

闲居寡言宴[2],独坐惨风尘[3]。忽见严冬尽,方知列宿春[4]。夜将寒色去,年共晓光新。耿耿他乡夕,无由展旧亲[5]。

〔1〕仪凤三年(678),作者任明堂主簿,其后不久,其母去世,他在长安郊外为母服丧,除服后,补长安县主簿。此诗当在其母去世后所作。诗中写除夕夜怀念亲人的情景:冬尽寒去,春到年新,时光美好,作者却在异乡,孤单一人,因怀念亲人而忧愁不安。以乐景写哀,哀情更切。西京:指长安。唐显庆二年(657),以洛阳为东都,因称长安为西都,一称西京,天宝元年,定称西京,至德二载,改称中京。

〔2〕言宴:谈笑欢乐。语出《诗经・卫风・氓》:"总角之宴,言笑宴宴。"

〔3〕风尘:尘世,纷扰的现实生活境界。

〔4〕列宿:众星宿。特指二十八宿。

〔5〕"耿耿"二句:言因思乡思亲而失眠。耿耿,烦躁不安。《诗经・邶风・柏舟》:"耿耿不寐,如有隐忧。"展旧亲,见亲人。

送郑少府入辽共赋侠客远从戎〔1〕

边烽警榆塞〔2〕,侠客度桑干〔3〕。柳叶开银镝〔4〕,桃花照玉鞍〔5〕。满月临弓影〔6〕,连星入剑端〔7〕。不学燕丹客,空歌易水寒〔8〕。

〔1〕此诗当是作者在长安下狱前的作品,写侠客慷慨赴边卫国。诗中以坐骑的骏丽、武器的精良,并以柳叶、桃花、满月作比,侧面描绘了驰骋沙场、英勇杀敌的英雄形象。又以荆轲点染,表现了侠客为国的牺牲精神。格高韵美,词华朗耀,形象鲜明而突出。郑少府:未详。少府,县尉的别称。见王勃《白下驿饯唐少府》诗注。辽:区域名,指辽东或

辽西。

〔2〕边烽:边疆报警的烽火。榆塞:古塞名,即榆林塞。秦将蒙恬抗击匈奴入侵,在河套一带植榆为塞,故称。故址在今内蒙古自治区准格尔旗。

〔3〕桑干:即古漯水。今永定河之上游。相传每年桑椹成熟时河水干涸,故名。

〔4〕"柳叶"句:春秋楚人养由基,善射,去柳叶百步而射,百发百中。见《左传·成公十六年》及《战国策·西周》。银镝,金属箭头的美称。

〔5〕桃花:指桃花马。毛色白中有红点。梁简文帝《西斋行马诗》:"晨风白金络,桃花紫玉珂。"

〔6〕满月:农历每月十五日的圆月。此处喻弓拉满。

〔7〕连星:指宝剑的七星文。伍子胥之剑中有七星。见《吴越春秋》。剑端,剑锋。

〔8〕"不学"二句:用荆轲刺秦王事。战国时燕王喜太子丹,曾为质于秦,后逃归。时秦益强大,兵且及燕。燕王喜二十八年,燕太子丹使荆轲入秦,谋刺秦王,饯别于易水。荆轲歌曰:"风萧萧兮易水寒,壮士一去兮不复还。"见《战国策·燕策》。燕丹客,指荆轲。易水,源出易县(今属河北),南入拒马河。

送费六还蜀[1]

星楼望蜀道[2],月峡指吴门[3]。万行流别泪[4],九折切惊魂[5]。雪影含花落,云阴带叶昏。还愁三径晚[6],独对一清尊。

〔1〕此诗是作者在临海任上写的,写送费六还蜀,抒离愁别恨。一吴一蜀,两地阻隔,一腔离愁。情景交融,险阻引惊魂,阴晦增惆怅。费六:一本作"费元之"。馀未详。

〔2〕星楼:即落星楼,在今江苏南京东北。左思《吴都赋》:"飨戎旅于落星之楼。"蜀道:蜀中道路,指蜀地。

〔3〕月峡:明月峡的省称。在四川巴县境。峡首南岸壁高四十丈,其壁有圆孔,形若满月,故名。吴门:吴县为春秋吴国都城,故称。此指吴地。

〔4〕"万行"句:王僧孺《夜愁示诸宾》诗:"万行朝泪泻,千里夜愁积。"

〔5〕九折:即九折阪。在四川荥经西邛崃山,山路曲折险阻。

〔6〕三径:汉蒋诩舍前三条小路。汉赵岐《三辅决录·逃名》:"蒋诩归乡里,荆棘塞门,舍中有三径,不出,唯求仲、羊仲从之游。"此指作者寂寞的房舍。

秋日送别〔1〕

寂寥心事晚,摇落岁时秋〔2〕。共此伤年发〔3〕,相看惜去留。当歌应破涕〔4〕,哀命返穷愁〔5〕。别后能相忆,东陵有故侯〔6〕。

〔1〕这诗写临别时的感伤与依恋、劝慰和希望。情真意笃,纯朴殷实。

〔2〕摇落:草木凋残。宋玉《九辩》:"悲哉秋之为气也!萧瑟兮草木摇落而变衰。"

〔3〕年发:年齿与鬓发,年渐老则鬓发渐白,故用以指衰老。江总《伤顾野王诗》:"年发两如此,伤心独几时。"

〔4〕当歌:对着歌。曹操《短歌行》:"对酒当歌,人生几何。"

〔5〕哀命:哀叹命运。严忌《哀时命》:"哀时命之不及古人兮,夫何予生之不遇时。"

〔6〕"东陵"句:用邵平种瓜事。《三辅黄图·都城十二门》:长安城东出南头第一门曰霸城门,或曰青门。门外旧出佳瓜。广陵人邵平为秦东陵侯,秦破,为布衣,种瓜青门外。东陵,指东陵侯邵平。以其为前朝秦之侯,因称故侯。

别李峤得胜字〔1〕

芳尊徒自满,别恨转难胜〔2〕。客似游江岸,人疑上灞陵〔3〕。寒更承夜永,凉景向秋澄。离心何以赠,自有玉壶冰〔4〕。

〔1〕此诗写秋夜送别李峤的情景,先写离愁别恨,后写离别赠言。以尊空满、恨难胜、上灞陵、寒夜长、秋景凉,衬托离别的悲凉哀愁。抒写自然朴素,感情真实纯正。李峤:字巨山,赵州赞皇(今属河北)人。二十岁举进士,历仕高宗、武后、中宗三朝,官至中书令。诗多咏物之作,与苏味道、崔融、杜审言并称"文章四友"。得胜字:作诗拈韵,得"胜"字韵。

〔2〕难胜:难以承受。江淹《恨赋》:"千秋万岁,为怨难胜。"

〔3〕灞陵:长安送别之处。本作"霸陵",故址在今陕西西安东面。

汉文帝葬于此,故称。王粲《七哀诗》:"南登霸陵岸,回首望长安。"

〔4〕玉壶冰:玉壶盛冰。玉壶,美玉制成的壶。比喻高洁清廉。鲍照《代白头吟》:"直如朱丝绳,清如玉壶冰。"

在兖州饯宋五之问〔1〕

淮沂泗水地〔2〕,梁甫汶阳东〔3〕。别路青骊远〔4〕,离尊绿蚁空〔5〕。柳寒凋密翠,棠晚落疏红〔6〕。别后相思曲〔7〕,凄断入琴风〔8〕。

〔1〕作者早年,其父死在青州博昌任(县令)上,后奉母迁居兖州瑕丘(今山东兖州)。此诗当是这个时期的作品。诗中先写兖州的地理形势,次写凄景离愁,后写别后相思。藻饰华丽,蕴含丰富,即景兴悲,于华采中见真情。兖州:又称鲁郡,治瑕丘。今属山东。宋五之问:宋之问,排行第五,一名少连,字延清,汾州(今山西汾阳)人。上元进士,官至考功员外郎。

〔2〕淮沂:淮水和沂水。淮,即淮河,我国大河之一。源出河南桐柏山,东流入洪泽湖。沂,即大沂河,源出山东沂山,南流入江苏。《书·禹贡》:"淮沂其乂,蒙羽其艺。"孔颖达疏:"《地理志》云:'沂水出泰山盖县临乐子山,南至下邳入泗,过五郡,行六百里。'"泗水:也叫泗河。源于今山东泗水陪尾山,因其四源合为一水,故名。古时泗水至洪泽湖畔龙集附近入淮。后河道有所变迁。

〔3〕梁甫:又称"梁父",泰山下的一座小山。在今山东新泰西面。汶阳:县名。故城在今山东宁阳北。

〔4〕青骊:青骊马。毛色青黑相杂的骏马。楚辞《招魂》:"青骊结驷兮齐千乘。"

〔5〕绿蚁:酒上浮起的绿色泡沫。常作酒的代称。

〔6〕棠:有赤白两种:赤棠木理坚韧,实涩无味;白棠,亦称甘棠、棠梨,实似梨而小,可食,味甜酸。

〔7〕相思曲:古乐府曲名,原作《懊侬歌》。南朝陈智匠《古今乐录》:"《懊侬歌》者,晋石崇绿珠所作,惟'丝布涩难缝'一曲而已,后皆隆安初民间讹谣之曲。宋少帝更制新歌三十六曲,齐太祖常谓之《中朝曲》,梁天监十一年,武帝敕法云改为《相思曲》"。

〔8〕凄断:谓极其凄凉或伤心。琴风:琴的乐声。

游灵公观[1]

灵峰标胜境[2],神府枕通川[3]。玉殿斜连汉[4],金堂迥架烟[5]。断风疏晚竹,流水切危弦[6]。别有青门外[7],空怀玄圃仙[8]。

〔1〕此诗为作者游道观有感,抒仕途失意,空怀神仙的苦闷心情。诗先写道观的奇峭俊美,后以凄清、悲切的景物烘托自己的苦闷。景佳情凄,沉雄深厚。灵公观:道观名。

〔2〕灵峰:神仙居处的山峰。峰,一作"岑"。境,一作"地"。

〔3〕神府:神仙之宅。

〔4〕玉殿:神仙的宫殿。连汉:连接霄汉。阴铿《游咸阳诗》:"丰城疑连汉,桥星象跨河。"

〔5〕金堂:金饰的堂屋,指神仙居处。架烟:在烟云之上。沈约《栖禅精舍铭》:"兰房葺蕙,峤甍架烟。"

〔6〕"断风"二句:谓闻竹笛弦琴之声。晚竹,犹言晚笛。竹,指竹笛。危弦,急弦。李骞《释情赋》:"奏绿水于危弦。"

〔7〕青门:汉长安城东南门。见作者《帝京篇》诗注。

〔8〕玄圃:传说中昆仑山顶的神仙居处,中有奇花异石。玄,亦作"悬"。张衡《东京赋》"左瞰阳谷,右睨玄圃",《文选》李善注引《淮南子》曰:"悬圃在昆仑阊阖之中。'玄'与'悬'古字通。"《水经注·河水》:"昆仑之山三级:下曰樊桐,一名板松;二曰玄圃,一名阆风;三曰层城,一曰天庭。是为太帝之居。"

夏日游山家同夏少府[1]

返照下层岑[2],物外狎招寻[3]。兰径薰幽珮,槐庭落暗金[4]。谷静风声彻,山空月色深。一遣樊笼累[5],唯馀松桂心[6]。

〔1〕此诗写山家周围的景色,抒高洁坚贞的情怀。作者与夏少府同游山家,雅丽幽静的景色,旷阔清新的境界,令其心旷神怡,排遣了烦闷,抒发了心志。以景启情,静雅舒坦,清新隽永。山家:山野人家。夏少府:生平未详。少府,县尉别称。

〔2〕返照:夕阳。层岑:重叠的山峰。

〔3〕"物外"句:谓意欲超脱于尘世之外。张衡《归田赋》:"苟纵心于物外,安知荣辱之所如。"

〔4〕"兰径"二句：写山家兰径槐庭幽雅环境。幽珮，指兰草纫结之珮。屈原《离骚》："扈江离与辟芷兮，纫秋兰以为佩。"暗金，指黄色的槐花。

〔5〕樊笼：关鸟兽的笼子。比喻受束缚不自由的境地。

〔6〕松桂心：犹言归隐之心。孔稚圭《北山移文》："诱我松桂，欺我云壑。"

冬日宴[1]

二三物外友[2]，一百杖头钱[3]。赏洽袁公地[4]，情披乐令天[5]。促席鸾觞满[6]，当炉兽炭然[7]。何须攀桂树，逢此自留连[8]。

〔1〕此诗写冬日与朋友促膝欢宴的情景，抒发不羡功名、坚守节操的心志。笔触疏畅，情事融和，超逸而不颓废，清高而不鄙俗。

〔2〕物外友：超尘脱俗的朋友。

〔3〕杖头钱：指买酒钱。《晋书·阮脩传》："常步行，以百钱挂杖头，至酒店，便独酣畅。"

〔4〕袁公：指袁粲。南朝宋袁粲，字景倩，加中书令，又领丹阳尹。尝步屧白杨郊野田，道遇一士大夫，便呼与酣饮。见《南史·袁粲传》。句意谓如袁粲饮酒自适。

〔5〕乐令：指乐广。晋乐广字彦辅，有远识，尚书令卫瓘见而奇之，曰："此人之水镜，见之莹然，若披云雾而睹青天也。"出补元城令，迁侍中，代王戎为尚书令。赞曰："乐令披云，高天澄澈。"见《晋书·乐

广传》。

〔6〕促席:坐席互相靠近。左思《蜀都赋》:"合樽促席,引满相罚。"鸾觞:刻有鸾鸟花纹的酒杯。嵇康《杂诗》:"鸾觞酌醴,神鼎烹鱼。"

〔7〕当炉:面对火炉。典出文君当炉。见《史记·司马相如列传》。兽炭:做成兽形的炭。《晋书·外戚传·羊琇》:"琇性豪侈,费用无复齐限,而屑炭和作兽形以温酒,洛下豪贵咸竞效之。"此处指炭。

〔8〕"何须"二句:淮南小山《招隐士》:"攀援桂树兮,聊淹留。"留连,留恋不舍。意谓不恋于山林而恋于酒。

镂鸡子[1]

幸遇清明节[2],欣逢旧练人[3]。刻花争脸态,写月竞眉新[4]。晕罢空馀月,诗成并道春[5]。谁知怀玉者,含响未吟晨[6]。

〔1〕此诗先写旧练人雕镂鸡子,竞美争豪;后写怀玉者与诗酒为伴,冷清缄默。运用对比手法,写两种人的不同境遇,有讥讽意味。对照显明,含蓄蕴藉。镂鸡子:刻画花纹的鸡蛋。古代的一种风俗,流行于六朝、唐代寒食节。梁宗懔《荆楚岁时记》:"镂鸡子……古之豪家食,称画卵。今代犹染蓝茜杂色,仍相雕镂,递相饷遗,或置盘俎。"

〔2〕清明节:节气名,公历四月四、五或六日,我国有清明节踏青、扫墓的习俗。

〔3〕旧练人:熟练干练的老手。《文心雕龙·定势》:"旧练之才,则执正以驭奇;新学之锐,则逐奇而失正。"

〔4〕"刻花"二句:意谓旧练人在鸡子上刻花写月,竞美争豪。

〔5〕春:指酒。唐人名酒多带春字,故呼酒为春。

〔6〕"谁知"二句:谓孕育鸡蛋之鸡,未得报晨一啼,喻怀才者不得展其所能。语本《老子》:"是以圣人被褐怀玉。"王弼注:"圣人之所以难知者,以其同尘而不殊,怀玉而不渝。"

宪台出絷寒夜有怀[1]

独坐怀明发[2],长谣苦未安[3]。自应迷北叟[4],谁肯问南冠[5]?生死交情异[6],殷忧岁序阑[7]。空馀朝夕鸟,相伴夜啼寒[8]。

〔1〕仪凤三年(678)作者由长安县主簿迁侍御史,同年冬天因讽谏获罪,被捕下狱,此诗当作于此时。诗中抒写被捕后忧伤悲苦的心情,和对世态炎凉的慨叹。情真词切,凄怆沉郁。宪台:即御史台,后汉改称为宪台,后为同类机构的通称。出絷(zhí执):逮捕。

〔2〕"独坐"二句:谓下狱不寐而作歌。明发,达旦不寐。《诗经·小雅·小宛》:"明发不寐,有怀二人。"

〔3〕长谣:刘琨《答卢谌》诗:"何以叙怀,引领长谣。"

〔4〕北叟:指塞翁。《淮南子·人间训》:"近塞上之人,有善术者,马无故亡而入胡,人皆吊之。其父曰:'此何遽不为福乎?'居数月,其马将骏马而归,人皆贺之。其父曰:'此何遽不为祸乎?'家富良马,其子好骑,堕而折其髀,人皆吊之。其父曰:'此何遽不为福乎?'居一年,胡人大入塞,丁壮者引弦而战,近塞之人,死者十九,此独以跛之故,父子相

保。故福之为祸,祸之为福,化不可极,深不可测也。"此处以北叟喻己,寄望能因祸得福。

〔5〕南冠:春秋时楚人之冠。典出钟仪。见《左传·成公九年》。此借指囚犯。见卢照邻《赠李荣道士》诗注。

〔6〕"生死"句:见卢照邻《行路难》诗注。

〔7〕岁序阑:犹言岁暮。谢庄《齐孝武宣贵妃诔》:"白露凝兮岁将阑。"

〔8〕"空馀"二句:典出《汉书·朱博传》:"御史府中列柏树,常有野鸟数千栖宿其上,晨去暮来,号'朝夕鸟'。鸟去不来者数月,长者异之。后二岁馀,乃更拜博为御史大夫。"

冬日过故人任处士书斋[1]

神交尚投漆[2],虚室罢游兰[3]。网积窗文乱[4],苔深履迹残[5]。雪明书帐冷,水静墨池寒[6]。独此琴台夜,流水为谁弹[7]?

〔1〕此诗写亡友书斋的凄怆,寄以深切的哀悼。诗侧重描绘亡友书斋的景象,以蛛网积、窗文乱、苔藓深、履迹残、书帐冷、墨池寒,突出亡友人去室空的凄凉。结句以伯牙、钟子期知音相赏为喻,寄托了无限的哀思。借物兴悲,情凄词切。任处士:生平未详。处士,隐居不仕之人。

〔2〕神交:心意投合,深相结托而成忘形之交。投漆:比喻情投意合。语出《古诗十九首·客从远方来》:"以胶投漆中,谁能别离此。"

〔3〕游兰:交游的朋友。兰,《易·系辞上》:"二人同心,其利断金;

同心之言,其臭如兰。"此以兰喻朋友。

〔4〕网:指蜘蛛网。窗文:窗子的花纹。

〔5〕"苔深"句:崔豹《古今注》:"空室无人行,则生苔藓。"履迹,足迹。

〔6〕"雪明"二句:谓无复读书写字。雪明,典出孙康映雪读书。见《南史·范云传》。墨池,洗砚池。王羲之有云:张芝临池学书,池水尽墨。见《晋书·王羲之传》。

〔7〕"独此"二句:典出《列子·汤问》:"伯牙善鼓琴,钟子期善听。伯牙鼓琴,志在高山。钟子期曰:'善哉!洋洋兮若江河!'"句谓失去知音。琴台,指伯牙弹琴处。

送刘少府游越州[1]

一丘余枕石[2],三越尔怀铅[3]。离亭分鹤盖,别岸指龙川[4]。露下蝉声断,寒来雁影连[5]。如何沟水上,凄断听离弦[6]。

〔1〕这是一首送别诗,写送别刘少府,抒离愁别恨,写情写景,冷寂凄凉,语巧而词切。刘少府:生平不详。少府,县尉的别称。见王勃《白下驿饯唐少府》诗注。越州:唐属江南道,今浙江绍兴。

〔2〕"一丘"句:《汉书·自叙》:"渔钓于一壑,则万物不奸其志;栖迟于一丘,则天下不易其乐。"枕石,枕于石上,喻隐居山林。曹操《秋胡行》:"枕石漱流饮泉。"

〔3〕三越:即吴越、南越、闽越。此指吴越。怀铅:谓从事著述。

《西京杂记》:扬雄尝怀铅提椠,从诸计吏,访殊方绝域四方之语,作《方言》。

〔4〕"离亭"二句:谓送刘游越。离亭,送别的亭子。见杨炯《送丰城王少府》诗注。鹤盖,形如飞鹤的车盖。语本汉刘桢《鲁都赋》:"盖如飞鹤,马如游鱼。"龙川,左思《吴都赋》:"或涌川而开渎。"《文选》刘逵注:"钱塘县武林水所出龙川,故曰涌川。"

〔5〕"露下"二句:蝉声歇、雁南飞。时在深秋。

〔6〕"如何"二句:送别之地在长安。沟水,御沟水,环宫城而流之水。离弦,犹离歌。送别时所奏乐曲。

赋得春云处处生[1]

千里年光静,四望春云生。暂日祥光举[2],疏云瑞叶轻[3]。盖阴笼迥树,阵影抱危城[4]。非将吴会远,飘荡帝乡情[5]。

〔1〕唐调露二年(680),作者被除为临海丞。从侍御史出为地方小吏,在政治上是一大打击,"怏怏失志,弃官而去"(《旧唐书》本传),客居扬州,心境极不平静。此诗当作于这个时期。诗着墨于春云形象的描绘,以景喻情,他的心情如同春云一般飘悠、缭绕,抒发了对帝乡的绵邈的恋情。设喻形象,采饰华丽,情丝缠绵。赋得:即景赋诗者常以"赋得"为题。一无"赋得"二字。春云处处生:语出谢朓《望海诗》:"往往孤山映,处处春云生。"

〔2〕暂日:一作"堑日"。祥光:祥瑞的光。任昉《宣德皇后令》:"丰功无得而称,是以祥光总至,休气四塞。"

〔3〕瑞叶:犹玉叶。一种符瑞。崔豹《古今注》:"(黄帝)与蚩尤战

于涿鹿之野,常有五色云气,金枝玉叶,止于帝上,有花葩之象。"

〔4〕"盖阴"二句:谓云如车盖之笼树,又如战阵之围城。盖,车盖,《艺文类聚》天部引《易通卦验》曰:"谷雨,太阳云出,张如车盖。"笼,遮掩。迥树,远树。阵影,战阵的阴影。唐太宗《同赋含峰云诗》:"横天结阵影,逐吹起罗文。"危城,高耸之城。

〔5〕"非将"二句:语本曹丕《杂诗》:"西北有浮云,亭亭如车盖。惜哉时不遇,适与飘风会。吹我东南行,行行至吴会。吴会非我乡,安得久留滞。"吴会,秦汉会稽郡治在吴县,郡县连称为吴会。泛指今吴越一带。帝乡,京都。

在狱咏蝉〔1〕

西陆蝉声唱〔2〕,南冠客思侵〔3〕。那堪玄鬓影〔4〕,来对白头吟〔5〕。露重飞难进,风多响易沉〔6〕。无人信高洁,谁为表予心〔7〕?

〔1〕题下有序云:"余禁所禁垣西,是法厅事也。有古槐数株焉,虽生意可知,同殷仲文之古树;而听讼斯在,即周召伯之甘棠。每至夕照低阴,秋蝉疏引,发声幽息,有切尝闻。岂人心异于曩时,将虫响悲于前听?嗟呼!声以动容,德以象贤。故洁其身也,禀君子达人之高行;蜕其皮也,有仙都羽化之灵姿。候时而来,顺阴阳之数;应节为变,审藏用之机。有目斯开,不以道昏而昧其视;有翼自薄,不以俗厚而易其真。吟乔树之微风,韵姿天纵;饮高秋之坠露,清畏人知。仆失路艰虞,遭时徽纆。不哀伤而自怨,未摇落而先衰。闻蟪蛄之流声,悟平反之已奏;见螳螂之抱

影,怯危机之未安。感而缀诗,贻诸知己。庶情沿物应,哀弱羽之飘零;道寄人知,悯余声之寂寞。非谓文墨,取代幽忧云尔。"唐高宗仪凤三年(678),作者迁任侍御史,因多次上书讽谏,得罪了武则天,被诬以贪赃罪下狱。在狱中写了这首诗。诗托物寄情,抒发遭谗被诬,表明自己洁白无辜。托蝉起兴,借蝉自况,喻己心迹,抒己怀抱,比兴精确,感情凄婉深沉,是作者五言诗中的佳作。诗前序文言情并茂,与诗相得益彰。

〔2〕西陆:指秋天。《隋书·天文志》:"日循黄道东行,一日一夜行一度,……行东陆谓之春,行南陆谓之夏,行西陆谓之秋,行北陆谓之冬。"

〔3〕南冠:即楚冠,指囚犯。见卢照邻《赠李荣道士》诗注〔14〕。

〔4〕玄鬓:黑色鬓发,指蝉。古时妇女梳鬓发如蝉,叫蝉鬓,又蝉首色黑,故称玄鬓。何承天《上陵者篇》:"志气哀沮玄鬓斑。"

〔5〕白头:作者自指。当年作者虽年不满四十,但忧虑深重,头发也白了。又借《白头吟》曲名,其曲调哀怨。相传司马相如将聘茂陵人女为妾,卓文君作《白头吟》以自绝。此处隐含自己的悲愤。

〔6〕"露重"二句:喻自己陷于有翅难飞、有口难辩的困境。曹植《蝉赋》:"栖乔枝而仰首兮,漱朝露之清流。"

〔7〕"无人"二句:呼告雪冤。高洁,蝉居高枝,"饮露而不食",故称高洁。予心,我的心迹。

秋晨同淄川毛司马秋九咏〔1〕(选三)

秋蝉

九秋行已暮,一枝聊暂安〔2〕。隐榆非谏楚〔3〕,噪柳异悲潘[4]。分形妆薄鬓[5],镂影饰危冠[6]。自怜疏响断,荒林夕吹寒[7]。

秋水

贝阙寒流彻[8],玉轮秋浪清[9]。图云锦色净,写月练花明[10]。泛曲鹍弦动[11],随轩凤辖惊[12]。唯当御沟上,凄断送归情[13]。

秋菊

擢秀三秋晚[14],开芳十步中[15]。分黄俱笑日[16],含翠共摇风[17]。碎影涵流动,浮香隔岸通[18]。金翘徒可泛,玉斝竟谁同[19]。

〔1〕淄川人毛司马有咏九物之诗九首,作者于秋晨写下和作九首,成为咏秋组诗。此选其三秋蝉、其六秋水、其八秋菊三首。咏蝉诗借蝉自喻,表明高洁的品格与忧伤的心境。笔力畅达,情致曲折。咏水诗以云、月为陪衬,突出水之澄澈,并点染忧伤的别情。清丽雅致,情趣盎然。咏菊诗写菊之情态风韵,并联想重九饮菊花酒。神韵飘逸,鲜丽而工巧。三首均从六朝以形似之语咏物脱化出来,有所寄托,达到形神兼备,对咏物诗有所发展。淄川:汉般阳县地,属济南郡。南朝宋置贝丘县,隋改为淄川,1955年并入山东淄博市。毛司马:生平不详。司马,《周礼》夏官大司马之属官,唐制,节度使属僚有行军司马,又于每州置司马,以安排贬谪或闲散的人。

〔2〕"九秋"二句:谓时属深秋,聊栖一枝以自安。卢思道《听鸣蝉篇》:"轻身蔽数叶,哀鸣抱一枝。"

〔3〕"隐榆"句:春秋时楚孙叔敖进言曰:"臣园中有榆,其上有蝉。蝉方奋翼悲鸣,欲饮清露,而不知螳螂之在后,……"用"螳螂捕蝉,黄雀在后"的故事,谏阻楚庄王伐晋。见《韩诗外传》。

〔4〕"噪柳"句:潘岳《秋兴赋》:"蝉嘒嘒而寒吟兮,雁飘飘而南飞。"《文选》李善注:"毛诗曰:菀彼柳斯,鸣蜩嘒嘒。"悲潘,潘岳悲秋。两鬓斑白。暗以蝉喻鬓。

〔5〕薄鬓:指两鬓薄如蝉翼,古代妇女的一种发式。晋崔豹《古今注·杂注》:"魏文帝宫人绝所宠者,有莫琼树、薛夜来、田尚衣、段巧笑,日夕在侧。琼树乃制蝉鬓,缥眇如蝉翼,故曰蝉鬓。"

〔6〕"镂影"句:《续汉书·舆服志》:"武弁大冠,诸武官冠之,侍中、中常侍加黄金珰,附蝉为文,貂尾为饰,谓之赵惠文冠。"危冠,古时的高冠。

〔7〕"自怜"二句:谓秋蝉鸣于荒林,响断声寒。谢灵运《七里濑》诗:"荒林纷沃若,哀禽相叫啸。"

〔8〕贝阙:以紫贝为饰的宫阙。指河伯所居的龙宫水府。《九歌·河伯》:"鱼鳞屋兮龙堂,紫贝阙兮朱宫。"贝,一作"金"。寒流:清冷的河流。

〔9〕玉轮:月的别称。

〔10〕"图云"二句:谓水纹如锦之云图,水光如月下白练。图云,锦上描绘云的形貌。写月,谓映入水中的月影。

〔11〕"泛曲"句:暗用伯牙弹琴高山流水之典,见《列子·汤问》。鹍弦,用鹍鸡筋做的琴弦。宋苏轼《古缠头曲》"鹍弦铁拨世无双"句,王十朋集注:"段安节《琵琶录》:开元中,梨园则有骆供奉、贺怀智、雷清。其乐器,或以石为槽,鹍鸡筋作弦,用铁拨弹之。"

〔12〕"随轩"句：暗用车如流水马如游龙之典。见《后汉书·马皇后纪》。轩，古代一种前顶较高而有帷幕的车子，供大夫以上乘坐。凤辖，指车辖上的凤凰。《太平广记》卷四百引《续齐谐记·霍光》："汉宣帝尝以皂盖车一乘，赐大将军霍光，悉以金铰饰之。每夜，车辖上有金凤皇飞去。莫知所至，晓乃还，守车人见之。南郡黄君仲，于北山罗鸟，得一小凤子，入手便化成紫金，毛羽翅宛然具足，可长尺馀。"

〔13〕"唯当"二句：谓水边送别，别情似水。御沟，流经宫苑的河道。

〔14〕擢秀：谓草木之欣欣向荣。赵至《与嵇茂齐书》："吾子植根芳苑，擢秀清流。"

〔15〕十步：汉刘向《说苑·谈丛》："十步之泽，必有香草；十室之邑，必有忠士。"此处指菊花处处开放。

〔16〕分黄：呈现出黄色，指纷繁的菊花。笑：比拟花开。唐刘知几《史通·杂说上》："今俗文士谓鸟鸣为啼，花发为笑，花之与鸟，安有啼笑之情哉？"

〔17〕含翠：带着青绿色。孙楚《菊花赋》："飞金英以浮旨酒，握翠叶以振羽仪。"

〔18〕"碎影"二句：写菊花的姿态与芳香。涵流，沉浸于水流中。浮香，飘溢的香气。

〔19〕"金翘"二句：谓无人陪饮菊花酒。金翘，黄色菊花卷曲的秀瓣。此指菊花酒。作者《初秋登王司马楼宴赋》："酒泛金翘，映清尊而湛菊。"玉斝(jiǎ 甲)，玉制的酒器。

陪润州薛司空丹徒桂明府游招隐寺[1]

共寻招隐寺，初识戴颙家[2]。还依旧泉壑，应改昔云霞[3]。

绿竹寒天笋,红蕉腊月花[4]。金绳倘留客,为系日光斜[5]。

[1] 此诗是作者经润州时所作,写游览招隐寺的情景。时为冬天,寺庙景色却迷人,山泉林壑、云彩霞光、绿竹嫩笋、芭蕉红花,绚烂多姿,是隐逸的好去处。兴逸情幽,委曲温婉。润州:旧治即今江苏镇江。薛司空:生平不详。司空,官名,见杨炯《送郑州周司空》诗注。丹徒:唐为润州属县。故城在今江苏镇江东南。桂明府:生平不详。明府,官名,见卢照邻《同临津纪明府孤雁》诗注。招隐寺:在今江苏丹徒招隐山上。招隐山,一名兽窟山,相传为南朝戴颙隐居处。一说梁昭明太子萧统曾在此山读书。

[2] "共寻"二句:谓招隐寺即戴颙故居。戴颙,字仲若,南朝宋谯郡铚县人,逵子。初与兄勃隐居桐庐。勃死后,游江浙一带,传其父琴书雕塑绘画之艺,首创佛教雕塑藻绘,张彦远称其"范金赋彩,动有楷模"。

[3] "还依"二句:谢灵运《石壁精舍还湖中作》:"林壑敛暝色,云霞收夕霏。"

[4] "绿竹"二句:写寒冬之竹笋蕉花。红蕉,指红色的美人蕉。

[5] "金绳"二句:谓倘佛门留客,宜复以金绳系日。金绳,佛经谓离垢国用以分别界限的金制绳索。此处借指佛界。系日光斜,意谓系住斜日,不使落山。晋傅玄《九曲歌》:"岁莫(暮)景迈群光绝,安得长绳系白日。"

棹歌行[1]

写月涂黄罢[2],凌波拾翠通[3]。镜花摇芰日[4],衣麝入荷风[5]。叶密舟难荡,莲疏浦易空。凤媒羞自托[6],鸳翼恨难穷[7]。秋帐灯华翠,倡楼粉色红[8]。相思无别曲,并在棹歌中[9]。

〔1〕这是一首优美的相思曲,写驾舟游春女子对所爱的相思之情。先写女子的着意妆扮和幽雅的环境,烘托她的美貌;后写女子的羞涩、怨恨、猜疑,突出女子相思的深切。清丽委婉,生动细腻。棹歌行:乐府相和歌辞瑟调曲名。《乐府解题》曰:"晋乐,奏魏明帝辞云'王者布大化',备言平吴之勋。若晋陆机'迟迟春欲暮'、梁简文帝'妾住在湘川',但言乘舟鼓棹而已。"

〔2〕"写月"句:谓涂月形额黄。古人化妆于额上涂黄色,称额黄。梁简文帝《美女篇》:"约黄能效月,裁金巧作星。"

〔3〕"凌波"句:曹植《洛神赋》:"凌波微步,罗袜生尘。……或采明珠,或拾翠羽。"拾翠,拾取翠鸟的羽毛以为首饰。

〔4〕镜花:菱花镜。此处指菱花。芰:菱。一年生水生草本植物,叶棱形,花白色,果称菱角。

〔5〕"衣麝"句:谓衣香与荷香在风中混而为一。麝,麝香,此指香气。

〔6〕凤媒:汉司马相如爱慕卓文君,弹琴作歌示意,诗中有"凤兮凤兮从皇栖,得托子尾永为妃"之句,文君终与相如成为夫妻。见《史记·司马相如列传》。后即用"凤媒"表示自求婚配。

〔7〕"鸳翼"句:韩凭夫妇为康王所害,冢相向,有文梓生于二冢,枝错于上,有鸳鸯雌雄各一栖于上,晨夕交颈悲鸣。见干宝《搜神记》。

〔8〕"秋帐"二句:写女子疑男人在外为倡家所惑。倡楼,倡女所居处,妓院。

〔9〕"相思"二句:谓相思之情未另谱《相思曲》,已并入《棹歌》之

中。相思,兼指《相思曲》。梁武帝敕法云为《相思曲》。棹歌,曲名。《南史·羊侃传》:"(侃)性豪侈,善音律,自造《采莲》《棹歌》两曲,甚有新致。"

海曲书情[1]

薄游倦千里[2],劳生负百年[3]。未能槎上汉,讵肯剑游燕[4]?白云照春海,青山横曙天[5]。江涛让双璧,渭水掷三钱[6]。坐惜风光晚,长歌独块然[7]。

[1] 此诗当是出使海曲时所作。当时作者由侍御史出任地方小吏,"怏怏失志,弃官而去"(《旧唐书》本传)。诗写自己一生劳累,壮志未酬。辞采清丽,设喻新奇,含蕴婉曲,悲壮浑厚。海曲:汉县名,在今山东日照。书情:述怀。

[2] 薄游:为薄禄而宦游于外。

[3] 劳生:《庄子·大宗师》:"夫大块载我以形,劳我以生,佚我以老,息我以死。"此处以"劳生"指辛苦劳累的生活。百年:一生。

[4] "未能"二句:意谓未能在朝廷作事,亦未肯赴边地杀敌。壮志未酬,心中惆怅。槎上汉,如海边人乘槎上天河。见张华《博物志》。此喻入朝为官。剑游燕,携剑北游燕地,以事武功。唐以燕为边庭。

[5] "白云"二句:写海边春晓景色。春海,春日的大海。

[6] "江涛"二句:有思乡恋阙之意。江涛让双璧,秦始皇二十八年渡江沉璧,三十六年山鬼持之遮使者曰:"为我遗滈池君。"见《史记·秦本纪》。渭水掷三钱,《三辅黄图》:项仲山饮马渭水,日与三钱以偿之。

283

〔7〕块然:孤独的样子。《庄子·应帝王》:"块然独以其形立。"

蓬莱镇[1]

旅客春心断[2],边城夜望高[3]。野楼疑海气[4],白鹭似江涛[5]。结绶疲三入[6],承冠泣二毛[7]。将飞怜弱羽[8],欲济乏轻舠[9]。赖有阳春曲,穷愁且代劳[10]。

〔1〕此诗当是作者出使海曲经蓬莱所作。先写蓬莱佳境未能引发他的意兴,后写三度出仕,却官微力薄的苦恼。一腔哀怨,满纸悲愁。以景衬情,喻比巧妙,沉郁而悲凉。蓬莱镇:在今山东蓬莱。汉黄县地,属东莱郡,汉武帝于此望海中蓬莱山,因筑城以为名,唐贞观八年置蓬莱镇。

〔2〕旅客:行旅之人,指作者自己。春心:春景所引发的意兴。《楚辞·招魂》:"目极千里兮伤春心,魂兮归来兮哀江南。"

〔3〕边城:边海城镇。指蓬莱。

〔4〕野楼:郊野的楼房。海气:海上蜃气。光线折射或反射,把远处景物显示在空中或地面的奇异幻景,常发生在海上或沙漠地区。古人误认为是蜃吐气而成。蓬莱常见海市蜃楼。

〔5〕"白鹭"句:江水涌起的波涛似白鹭飞翔。枚乘《七发》:"波涌而涛起,其始起也,洪淋淋焉若白鹭之下翔。"

〔6〕结绶:佩系印绶,谓出仕为官。《汉书·萧育传》:"(萧育)少与陈成、朱博为友,著闻当世。往者有王阳、贡公,故长安曰:'萧朱结绶,王贡弹冠',言其相荐达也。"三入:应璩《百一诗》:"问我何功德,三入承明

庐。"此谓三度出仕。

〔7〕"承冠"句:潘岳《秋兴赋》:"斑鬓髟以承弁兮,素发飒以垂领。"冠,古代官吏所戴的礼帽。二毛,斑白的头发。因晋潘岳《秋兴赋序》:"余春秋三十有二,始见二毛。"又指三十馀岁。

〔8〕弱羽:羽毛未丰。喻自己力薄。鲍照《野鹅赋》:"践菲迹于瑶途,升弱羽于丹庭。"

〔9〕轻舠(dāo 刀):轻快的小舟。

〔10〕"赖有"二句:言以歌代劳。李百药《渡汉水》诗:"客心既多绪,长歌且代劳。"阳春曲,古代一种比较高雅难学的曲子。汉李固《致黄琼书》:"峣峣者易缺,皦皦者易汙。《阳春》之曲,和者必寡。"代劳,代抒其劳瘁忧苦之情。

冬日野望[1]

故人无与晤,安步陟山椒[2]。野静连云卷,川明断雾销[3]。
灵岩闻晓籁,洞浦涨秋潮[4]。三江归望断[5],千里故乡遥。
劳歌徒自奏,客魂谁为招[6]?

〔1〕这是一首思乡曲,写冬日清晨登山远望故乡,抒思乡之情。原野明净,云收雾散;听自然乐音,看秋水涨潮。心情本应畅朗恬逸,却为乡愁所缠绕,内心有无限哀伤。境界开阔明净,情思悲愁邈远,以乐景反衬哀情,哀伤更甚。

〔2〕"故人"二句:谓不见友人,独自登山。安步,缓步徐行。陟山椒,登山顶。

〔3〕"野静"二句：写川野云开雾散。《水经注·瀔水》："高峦截云，层陵断雾。"卷，收。断雾，残雾。

〔4〕"灵岩"二句：倘是实写，当是吴中景物。灵岩，一名砚石山。在今江苏吴县木渎镇西北。春秋末吴王夫差建离宫于此。晓籁，清晨自然界的声音。洞浦，吴地有洞浦。《水经注·瓠子河》："黄初中，贾逵为豫州刺史，与诸将征吴于洞浦，有功，封逵为羊里亭侯。"

〔5〕三江：古代各地众多水道的总称。此处当指《吴地记》所载的"三江"，即松江、娄江、东江，其汇流处在今江苏吴江北。

〔6〕"劳歌"二句：谓独自为客，无人送客，亦无人招魂。劳歌，送别之歌。客魂谁为招，化用楚辞《招魂》。

晚渡黄河[1]

千里寻归路，一苇乱平源[2]。通波连马颊[3]，迸水急龙门[4]。照日荣光净，惊风瑞浪翻[5]。棹唱临风断，樵讴入听喧[6]。岸迥秋霞落，潭深夕雾繁[7]。谁堪逝川上？日暮不归魂[8]。

〔1〕此诗写夜渡黄河所见所感。极写黄河的壮丽：惊涛骇浪、瑞云急风、棹歌樵唱、岸高水深、秋霞夕雾，相互辉映，壮阔俊丽。而后照应开头，一转笔锋，感叹光阴流逝，岁月蹉跎，归途艰辛。笔力矫健，气势磅礴，沉雄而深厚。黄河：中国第二大河。源出青海巴颜喀拉山。在山东省北部入渤海。

〔2〕"千里"二句：言归途渡河。归路，返乡的道路。一苇，《诗经·

卫风·河广》:"谁谓河广,一苇杭之。"孔颖达疏:"言一苇者,谓一束也,可以浮之水上而渡,若桴筏然,非一根苇也。"乱,横渡。《诗经·大雅·公刘》:"涉渭为乱,取厉取锻。"朱熹集传:"乱,舟之截流横渡者也。"平源,指黄河。

〔3〕马颊:即马颊河。古九河之一,今已湮,故道约在今河北东光北面,泊头南面。《尚书·禹贡》"九河既道",唐孔颖达疏:"马颊河势,上广下狭,状如马颊也……太史、马颊、覆釜在东光之北,成平之南。"

〔4〕龙门:即禹门口。在山西河津西北和陕西韩城东北。黄河至此,两岸峭壁对峙,形如门阙,故名。

〔5〕"照日"二句:写黄河之波浪。荣光,五色云气,古人以为吉祥之兆。《尚书·中候》:"荣光出河,休气四塞。"

〔6〕"棹唱"二句:写耳闻河中棹歌,岸上樵歌。棹唱,犹棹歌,行船时所唱的歌。樵讴,樵歌,樵夫唱的歌。

〔7〕"岸迥"二句:写岸上暮色。夕雾,傍晚的雾霭。

〔8〕"谁堪"二句:写日暮漂泊之感。逝川,语本《论语·子罕》:"子在川上曰:'逝者如斯夫!不舍昼夜。'"不归魂,客魂,作者自指。

宿山庄[1]

金陵一超忽[2],玉烛几还周[3]。露积吴台草[4],风入郢门楸[5]。林虚宿断雾,磴险挂悬流[6]。拾青非汉策[7],化缁类秦裘[8]。牵迹犹多蹇,劳生未寡尤[9]。独此他乡梦,空山明月秋[10]。

〔1〕此诗点染景物,连带历史,写盛衰之感、身世之叹。感情的抒发,含而不露,露而不俗,格调沉郁悲凉。

〔2〕金陵:今江苏南京。

〔3〕"玉烛"句:谓复经四时几次循环。即又经若干年。玉烛,谓四时之气和畅,形容太平盛世。《尔雅·释天》:"四气和谓之玉烛。"

〔4〕吴台:指春秋吴王所筑之姑苏台。在今江苏吴县灵岩山。伍子胥临死曰:"吾今日死,吴宫为墟,庭生蔓草,越人掘汝社稷。"见《吴越春秋》。

〔5〕郢门:郢都,春秋战国时楚国都城。今湖北江陵纪南城,楚文王定都于此。楸:楸树。落叶乔木。《九章·哀郢》:"望长楸而太息兮,涕淫淫其若霰。"

〔6〕"林虚"二句:写山林瀑布。

〔7〕拾青:汉夏侯胜曰:"经术苟明,其取青紫,如俯拾地芥耳。"见《汉书·两夏侯传》。《周书·儒林传论》:"前世通六艺之士,莫不兼达政术,故云拾青紫如地芥。"青紫,古时公卿服色,借指高官显位。汉策,非汉人所谓明经术即可取青紫。

〔8〕化缁:变黑,指衣服破旧。秦裘:用苏秦裘敝去秦事。见《战国策·秦策》。此句意谓像苏秦那样,黑貂之裘破旧,无所事而去秦。

〔9〕"牵迹"二句:谓生涯劳顿而运蹇招尤。多蹇,多所困厄。劳生,《庄子·大宗师》:"夫大块载我以形,劳我以生,佚我以老,息我以死。"寡尤,少犯过错。《论语·为政》:"子曰:'多闻阙疑,慎言其馀,则寡尤。'"

〔10〕"独此"二句:写夜宿山庄。篇末点题。

晚度天山有怀京邑[1]

忽上天山路,依然想物华[2]。云疑上苑叶,雪似御沟花[3]。

行叹戎麾远[4],坐怜衣带赊[5]。交河浮绝塞[6],弱水浸流沙[7]。旅思徒漂梗[8],归期未及瓜[9]。宁知心断绝,夜夜听胡笳[10]。

〔1〕此诗是作者于咸亨元年(670)从军西域时所作。诗写自己身在边疆、心在京都的悲愁,一面是对边地遥远、荒漠、旷阔的感叹,一面是自己似漂梗、听胡笳的凄怆,突出了对京都怀念之情。摹物中有情趣,类比中见悲凉。天山:唐时称伊州、西州以北一带山脉为天山,也称白山、折罗漫山。京邑:京都。

〔2〕"忽上"二句:言人在天山,心系京华。物华,指京都的景物。

〔3〕"云疑"二句:承上句,从天山之云与雪,联想长安之上苑叶与御沟花。上苑,上林苑,皇家的园林。御沟,流经宫苑的河道。

〔4〕戎麾:军旗。

〔5〕衣带赊:形容清瘦。《古诗十九首》:"相去日以远,衣带日以缓。"

〔6〕交河:见卢照邻《昭君怨》诗注。绝塞:极远的边塞边区。

〔7〕弱水:古水名。《尚书·禹贡》:"导弱水,至于合黎,馀波入于流沙。"古人往往认为水弱不能载舟,固称弱水。此处指新疆境内的河水。

〔8〕漂梗:随水漂流的桃梗,引申为漂泊者。见作者《晚憩田家》诗注。

〔9〕"归期"句:《左传·庄公二年》:"齐侯使连称管至父戍葵丘,瓜时而往,曰:'及瓜而代。'"言任期一年,今年瓜时往,来年瓜时代之。后因以"及瓜"指任职期满。

〔10〕胡笳:我国古代北方民族的管乐器。传说由汉张骞从西域传入,汉魏鼓吹乐中常用之。

夕次蒲类津[1]

二庭归望断,万里客心愁[2]。山路犹南属[3],河源自北流[4]。晚风连朔气,新月照边秋[5]。灶火通军壁,烽烟上戍楼[6]。龙庭但苦战,燕颔会封侯[7]。莫作兰山下,空令汉国羞[8]。

[1] 此诗写晚泊蒲类津所见所感。诗中以边地的广漠肃杀、战事的紧张,衬托征战生活的艰苦。作者怀着满腔热血,决心在边疆建功立业,为国争光。"莫作兰山下,空令汉国羞"二句,警策豪壮。全诗笔触雄浑,情韵高远。蒲类:古西域国名,在今新疆维吾尔自治区东部巴里坤湖(汉名蒲类海)附近。原为匈奴右部地,后属姑师。汉宣帝神爵二年(前60),汉军破姑师,以其地分置车师前后国、蒲类前后国等八国。东汉时,惟蒲类前国尚存。此指蒲类海。

[2] "二庭"二句:谓身在二庭,万里为客。二庭,唐代指西突厥分裂后的南北二部,咄陆可汗建庭于镞曷山西,谓之北庭;乙毗沙钵罗叶护可汗建庭于虽水北,谓之南庭。见《新唐书·突厥传下》。

[3] "山路"句:谓山路乃属南山。南山即祁连山。《汉书·西域传》:"西域南北有大山,……其南山东出金城,与汉南山属。"

[4] "河源"句:黄河于新疆有三源,二源北流,一源东流。

[5] "晚风"二句:写西域秋夜景色之荒凉。朔气,北方的寒气。边秋,秋天的边疆。

[6] "灶火"二句:言边塞防卫警急。灶火,《墨子·备蛾篇》:"门广

五步,悬火四尺一椅。五步一灶,灶门有炉炭。"军壁,军营壁垒。军队停歇之处皆为垒壁,故称。《周礼·夏官·量人》:"营军之垒舍。"郑康成注:"军壁曰垒。"烽烟,烽火台报警之烟。戍楼,边防守军的瞭望楼。

〔7〕"龙庭"二句:写杀敌立功之志。龙庭,匈奴单于祭天地鬼神之所。燕颔,东汉名将班超自幼即有立功异域之志,相士说他"燕颔虎颈",有封"万里侯"之相。后奉命出使西域三十一年,陆续平定各地贵族的叛乱,官至西域都护,封定远侯。见《后汉书·班超传》。后以"燕颔"为封侯之相。徐陵《出自蓟北门行》:"生平燕颔相,会自得封侯。"封侯,封拜侯爵。

〔8〕"莫作"二句:谓莫如李陵之战败降敌,而使汉国蒙羞。天汉二军,李陵自请领一队之军,到兰于山,以分单于之兵。上壮而许之,率步卒五千,至山下,匈奴以八万之众击之,矢尽而降,自言无面目报陛下。见《汉书·李陵传》。兰山,指兰于山。为匈奴境内之山,近龙城。汉国,汉朝。此处指唐朝。

远使海曲春夜多怀[1]

长啸三春晚,端居百虑盈[2]。未安胡蝶梦[3],遽切鲁禽情[4]。别岛连寰海,离魂断戍城[5]。流星疑伴使,低月似依营[6]。怀禄宁期达,牵时匪徇名[7]。艰虞行已远,昧迹自相惊[8]。

〔1〕此诗当是作者于仪凤四年(679)遇赦出狱后,北赴幽燕从戎出使海曲时的作品。作者当时为时世牵累,道路坎坷,宦途失意,即使厕身

戎幕,也思虑万端,忧患深重,这诗正反映了他的这种心境。以景结情,用典述情,悲切又凄切。海曲:汉县名,故址在今山东日照。

〔2〕"长啸"二句:谓晚春长啸以消忧虑。长啸,嘬口出声。《诗经·召南·江有汜》:"其啸也歌。"端居,平常居住。百虑,种种思虑。《周易·系辞》:"天下同归而殊涂,一致而百虑。"

〔3〕胡蝶梦:语本《庄子·齐物论》:"昔者庄周梦为胡蝶,栩栩然胡蝶也,自喻适志与,不知周也。俄然觉,则蘧蘧然周也。不知周之梦为胡蝶与,胡蝶之梦为周与,周与胡蝶则必有分矣,此之谓物化。"后因以"胡蝶梦"喻物我两忘的境界。

〔4〕鲁禽情:忧悲之情。鲁禽,海鸟鹢鹪。《庄子·至乐》:"昔有海鸟止于鲁郊,鲁侯御而觞之于庙,奏《九韶》以为乐,具太牢以为膳,鸟乃眩视忧悲,不敢食一脔,不敢饮一杯,三日而死。此以己养养鸟也,非以鸟养养鸟也。"成玄英疏:"昔有海鸟,名曰爰居,形容极大,头高八尺,避风而至,止鲁东郊。"

〔5〕"别岛"二句:见海岛戍城而生漂泊之感。寰海,大海。离魂,远游他乡的旅人。戍城,边城。

〔6〕"流星"二句:以星月映衬军旅孤寂之思。流星,指短时间发光的流星体。伴使,陪伴使者。依营,倚于军营。

〔7〕"怀禄"二句:谓其远行非为名利。怀禄,《汉书·叙传》:"怀禄耽宠,浙化不祥。"牵时,为时务所牵拘。徇名,舍身以求名。《庄子·盗跖》:"小人殉财,君子殉名。"

〔8〕"艰虞"二句:谓艰难出使,惊晦迹于海曲。艰虞,艰难忧患。昧迹、晦迹,隐蔽行迹。

早发诸暨[1]

征夫怀远路[2],夙驾上危峦[3]。薄烟横绝巘,轻冻涩回湍。

野雾连空暗,山风入曙寒[4]。帝城临灞涘[5],禹穴枕江干[6]。橘性行应化[7],蓬心去不安[8]。独掩穷途泪,长歌行路难[9]。

〔1〕此诗写诸暨沿途景物的险峻、昏暗、冷寒,兴世途艰难之叹。情景交融,沉雄深厚。诸暨:县名,今属浙江。战国时越邑,曾为越王允常都。秦置诸暨县,汉以后因之。
〔2〕"征夫"句:苏武《古诗》:"征夫怀远路,游子思故乡。"征夫,指作者自己。
〔3〕夙驾:平常的车乘。危峦:险峻的山峦。
〔4〕"薄烟"四句:写沿途山水景色。绝巘,极高的山峰。回湍,回旋的急流。入曙寒,拂晓风寒。切"早发"。
〔5〕帝城:京都。灞涘:灞水边。谢朓《晚登三山还望京邑》诗:"灞涘望长安。"灞,灞水,渭河支流。在陕西省中部。
〔6〕禹穴:相传为夏禹的葬地。在今浙江绍兴之会稽山。《史记·太史公序》:"二十而南游江淮,上会稽,探禹穴。"裴骃集解引张晏曰:"禹巡狩至会稽而崩,因葬焉。上有孔穴,民间之禹入此穴。此处指会稽山。
〔7〕橘性:橘树的习性。《周礼·考工记序》:"橘踰淮而北为枳……此地气然也。"比喻人由于环境影响而起变化。应化:顺应变化。
〔8〕蓬心:《庄子·逍遥游》:"今子有五石之瓠,何不虑以为大樽而浮乎江湖,而忧其瓠落无所容?则夫子犹有蓬之心也夫!"成玄英疏:"蓬,草名。拳曲不直也,……言惠生既有蓬心,未能直达玄理。"比喻知识浅薄,不能通达玄理。
〔9〕"独掩"二句:写无限失意之感。庾信《拟咏怀诗》:"唯彼穷途哭,知余行路难。"穷途泪,典出晋阮籍。《世说新语·栖逸》注引《魏氏

春秋》:"阮籍常率意独驾,不由径路,车迹所穷,辄痛哭而反。"行路难,乐府杂曲歌旧题。《乐府解题》曰:"《行路难》,备言世路艰难及离别悲伤之意。"

望月有所思[1]

九秋凉风肃,千里月华开。圆光随露湛,碎影逐波来。似霜明玉砌,如镜写珠胎[2]。晚色依关近,边声杂吹哀[3]。离居分照耀,怨绪共裴徊[4]。自绕南飞羽[5],空炙北堂才[6]。

[1] 此诗写秋月的清丽、明净和边地的肃杀、悲凉,抒乡思和怀才不遇的心情。景清情哀,凄清婉扬。望月有所思:梁刘孝绰有诗题曰《望月有所思》。

[2] 珠胎:蚌体中正在成长的珠子。此指明月珠。扬雄《羽猎赋》"割明月之珠胎",《文选》李善注:"明月珠,蚌子珠,为蚌所怀,故曰胎。"

[3] "晚色"二句:写关山月。晚色,一作"晓色"。关,指边塞。边声,指边境上羌管、胡笳、画角等音乐声音。

[4] "离居"二句:写思妇望月。离居,指征人思妇地分两处。怨绪,指思妇悲怨的情绪。裴徊,彷徨。

[5] 南飞羽:指乌鹊。曹操《短歌行》:"月明星稀,乌鹊南飞。绕树三匝,何枝可依。"

[6] 北堂才:指晋陆机。陆机《拟明月何皎皎》诗:"安寝北堂上,明月入我牖。照之有馀晖,揽之不盈手。"

寒夜独坐游子多怀简知己[1]

故乡眇千里,离忧积万端。鹑服长悲碎,蜗庐未卜安[2]。富钩徒有想[3],贫铗为谁弹[4]?柳秋风叶脆,荷晓露文团。乱金丛岸菊,馀佩下幽兰[5]。伐木伤心易[6],维桑归去难[7]。独有孤明月,时照客庭寒[8]。

〔1〕作者离乡背井、困顿潦倒、怀才不遇,寒夜独坐,思虑万端,百感交集,而心中的郁积,也只能向朋友倾吐。此诗正抒写了作者的这种心境,诗中活用典故,衬以萧杀的秋景,与愁深悲切的心情合而为一。细密精切,孤清沉郁。简知己:寄知心朋友。

〔2〕"鹑服"二句:写穷困。鹑服,破烂的衣服。鹑尾秃,故称。《荀子·大略》:"子夏贫,衣若县鹑。"蜗庐,形圆似蜗牛的简易庐舍。《三国志·魏书·管宁传》注引《魏略》:焦先"自作一瓜牛庐,净扫其中"。裴松之按,"瓜"当作"蜗"。

〔3〕富钩:晋干宝《搜神记》:"京兆长安,有张氏,独处一室。有鸠自外入,止于床。张氏祝曰:'鸠来,为我祸也,飞上承尘;为我福也,即入我怀。'鸠飞入怀,以手探之,则不知鸠之所在,而得一金钩,遂宝之。自是子孙渐富,资财万倍。"

〔4〕贫铗:《战国策·齐策四》,战国时,"齐人有冯谖者,贫乏不能自存",为孟尝君客,曾先后三弹其剑而歌曰:"长铗!归来乎!食无鱼!""长铗!归来乎!出无车!""长铗!归来乎!无以为家!"孟尝君一一满足其要求,而冯谖亦终助孟尝君成就大事。

〔5〕"乱金"二句：自明志节。乱金，指菊。唐太宗《秋日》诗："菊散一丛金。"一作"晚金"。馀佩，指兰佩。屈原《离骚》："扈江离与辟芷兮，纫秋兰以为佩。"

〔6〕"伐木"句：《诗经·小雅·伐木》："伐木丁丁，鸟鸣嘤嘤。……嘤其鸣矣，求其友声。"后因以"伐木"为表达朋友间深情厚谊的典故。

〔7〕维桑：《诗经·小雅·小弁》："维桑与梓，必恭敬止。"毛传："父之所树，己尚不敢不恭敬。"后以"维桑"指代故乡。

〔8〕"独有"二句：写孤寒之感。客庭，旅居者所在的庭院。

在军中赠先还知己[1]

蓬转俱行役，瓜时独未还[2]。魂迷金阙路，望断玉门关[3]。献凯多惭霍，论封几谢班[4]。风尘催白首，岁月损红颜。落雁低秋塞，惊凫起暝湾[5]。胡霜如剑锷，汉月似刀环[6]。别后边庭树，相思几度攀[7]？

〔1〕作者于咸亨元年(670)从军西域，在西域二三年，此诗作于这个时期。诗中先写行役艰辛、功名迟暮，后抒离情别绪。作者感于人世沧桑，满腹愁苦，又见景物凄凉，相思之情尤深。以事兴悲，以情写景，深切而悲凉。

〔2〕"蓬转"二句：谓从军期满未归。蓬转，蓬草随风飞转。喻人流离转徙，四处漂泊。行役，因公务而出外跋涉。此指从军。瓜时，《左传·庄公八年》："齐侯使连称、管至父戍葵丘。瓜时而往，曰：'及瓜而代。'"

〔3〕"魂迷"二句:切盼回京。金阙,天帝所居的宫阙。此喻指皇宫。玉门关,汉武帝置。因西域输入玉石时取道于此而得名。汉时为通往西域各地的门户。班超久居西域,上书请归曰:"臣不敢望到酒泉郡,但愿生入玉门关。"见《后汉书·班超传》。故址在今甘肃敦煌西北小方盘城。

〔4〕"献凯"二句:谓愧不能立功封侯。惭霍,有愧于霍去病。霍去病,汉河东平阳人,卫青姊子。年十八为侍中,善骑射,曾六次出击匈奴,涉沙漠,远至狼居胥山。封冠军侯,为骠骑将军。汉武帝为之建造府第,去病辞谢曰:"匈奴未灭,无以家为。"谢班,不及班,即愧不及班超。超出使西域二十八年,诸国莫不宾从,因封为定远侯。见《后汉书》本传。

〔5〕"落雁"二句:写边塞秋夜景色。秋塞,秋天的关塞。惊凫,受惊的野鸭。暝湾,黄昏时水流弯曲处。

〔6〕"胡霜"二句:伏知道《从军诗》:"试将弓比月,聊持剑学霜。"剑锷,剑刃。汉月,汉地的月亮。刀环,刀头上的环。以其为圆形,故以月为喻。

〔7〕"别后"二句:卢思道《从军诗》:"庭中奇树已堪攀,塞外征人殊未还。"此用其意,以表达相思之情。边庭,犹边地。

秋日山行简梁大官〔1〕

乘马陟层阜〔2〕,回首睇山川。攒峰衔宿雾,叠嶂架寒烟〔3〕。百重含翠色,一道落飞泉〔4〕。香吹分岩桂,鲜云抱石莲〔5〕。地偏心易远〔6〕,致默体逾玄〔7〕。得性虚游刃〔8〕,忘言已弃筌〔9〕。弹冠劳巧拙,结绶倦牵缠〔10〕。不如从四皓,丘中鸣一弦[11]。

〔1〕此诗先绘山川峻丽,后兴隐逸之意。作者登山眺望,一沛山川景色尽收目帘:奇峰寒烟、飞泉叠翠、桂树香风、轻云抱莲,致身其中,心旷神怡。挣脱羁绊,弃官归隐之心油然而生。状物语奇,情逸兴远。简:古代用以书写的竹片。此谓寄送书简。梁大官:生平未详。大官,古时对有一定社会地位的男子的尊称。

〔2〕乘马:一作"束马"。陟层阜:登上重叠的山岭。

〔3〕"攒峰"二句:写群山烟雾。攒峰,密集的山峰。叠巚,重叠的山峰。

〔4〕"百重"二句:写山间百叠瀑布。含翠色,带青绿色。指山色映入飞泉。飞泉,瀑布。

〔5〕"香吹"二句:写山中景物。岩桂,木樨的别名。清俞正燮《癸巳存稿·桂》引宋张邦基《墨庄漫录》云:"木犀花黄深而大,一种花白浅而小,湖南呼九里香,江东呼岩桂,浙人曰木犀。"石莲,莲形山石或山峰。

〔6〕"地偏"句:陶潜《饮酒》:"心远地自偏。"

〔7〕"致默"句:扬雄《解嘲》:"是故知玄知默,守道之极。"

〔8〕得性:谓合其情性。《诗经·小雅·鱼藻》"鱼在在藻"毛传:"鱼以依蒲藻为得其性。"游刃:《庄子·养生主》,庖丁为文惠君解牛,技艺精熟,受到称赞,庖丁云:"今臣之刀十九年矣,所解数千牛矣,而刀刃若新发于硎。彼节者有闲,而刀刃者无厚,以无厚入有闲,恢恢乎其于游刃,必有馀地矣。"

〔9〕"忘言"句:《庄子·外物》:"筌应所以在鱼,得鱼而忘筌。蹄者所以在兔,得兔而忘蹄。言者所以在意,得意而忘言。"筌,捕鱼器,竹制,有逆向钩刺。

〔10〕"弹冠"二句:典出《汉书·萧育传》:"萧朱结绶,王贡弹冠。"

见作者《蓬莱镇》诗注。

〔11〕"不如"二句：有归隐之意。四皓，指秦末隐居商山的东园公、甪里先生、绮里季、夏黄公。四人须眉皆白，故称商山四皓。鸣一弦，《晋书·隐逸传》："孙登，字公和，好读易，抚一弦琴。"此喻归隐。

晚泊江镇[1]

四运移阴律[2]，三翼泛阳侯[3]。荷香销晚夏，菊花入新秋。夜乌喧粉堞，宿雁下芦洲[4]。海雾笼边徼，江风绕戍楼[5]。转蓬惊别渚，徙橘怆离忧[6]。魂飞灞陵岸[7]，泪尽洞庭流[8]。振影希鸿陆[9]，逃名谢蚁丘[10]。还嗟帝乡远，空望白云浮[11]。

〔1〕此诗写初秋泛舟江上的所见所感，诗中首先描绘了夏末秋初江边的肃杀景象，后以蓬、橘为喻，抒写了飘零的身世和对京都的怀念之情。即景兴悲，怆凉忧伤，幽深绵远。江镇：临江的城镇。或说指润洲。今江苏镇江。

〔2〕四运：指四时，四季。殷仲文《南州桓公九井作》"四运虽鳞次"，《文选》注引《庄子》："阴阳四时运行，各得其序。"阴律：古代用音律辨别气候，用阴律代替阴气。

〔3〕三翼：古代的战船，因有大、中、小之分，故称三翼。《文选·张协〈七命〉》："尔乃浮三翼，戏中沚。"李善注："《越绝书》伍子胥《水战兵法内经》曰：大翼一艘，长十丈；中翼一艘，长九丈六尺；小翼一艘，长九丈。"此指轻舟。阳侯：古代传说中的波涛之神，借指波涛。《九章·哀

郢》:"凌阳侯之氾滥兮,忽翱翔之焉薄。"

〔4〕"夜乌"二句:写江镇暮景。粉堞,女墙。芦洲,长着芦苇的汝洲。

〔5〕"海雾"二句:写江镇之边防。海雾,江镇有海门,近海,故称海雾。边徼,边境。戍楼,边防驻军的瞭望楼。

〔6〕"转蓬"二句:写漂泊之感。转蓬,随风飘转的蓬草。曹植《杂诗》:"转蓬离根本,飘飘随长风。"别渚,送别处。渚,水中的孤洲。徙橘,遭受迁徙的橘树。《周礼·考工记序》:"橘踰淮而北为枳。"

〔7〕灞陵岸:王粲《七哀诗》:"南登灞陵岸,回首望长安。"灞陵,在今陕西西安东,汉文帝葬于此,故称。

〔8〕"泪尽"句:以湘妃之哭为喻。《九歌·湘夫人》:"帝子降兮北渚,目眇眇兮愁余。袅袅兮秋风,洞庭波兮木叶下。"

〔9〕鸿陆:《周易·渐》:"鸿渐于陆,其羽可用为仪,吉。"王弼注:"进处高絜,不累于位,无物可以屈其心而乱其志。"

〔10〕"逃名"句:《庄子·则阳》:孔子之楚,舍于蚁丘之浆(卖浆者),曰:是圣人之仆也,自埋于民,自藏于畔,其志无穷,其心未尝言,方且与世违。子路往视之,其室虚矣。郭象注:"果逃去也。"蚁丘,古代楚国山丘名,喻僻小之地。

〔11〕"还嗟"句:《庄子·天地》:"千岁厌世,去而上仙,乘彼白云,至于帝乡。"反用其典,谓帝乡不可到,空望白云而已。帝乡,天帝居处,喻指京都。

浮槎[1]

昔负千寻质,高临九仞峰[2]。贞心凌晚桂,劲节掩寒松[3]。

忽值风飙折,坐为波浪冲[4]。摧残空有恨,拥肿遂无庸[5]。渤海三千里,泥沙几万重[6]。似舟飘不定,如梗泛何从[7]?仙客终难托,良工岂易逢[8]?徒怀万乘器,谁为一先容[9]?

〔1〕题下有序云:"游目川上,观一浮槎,泛泛然若木偶之乘流,迷不知其所适也。观其根柢盘屈,枝干扶疏,大则有栋梁舟楫之材,小则有轮辕榱桷之用。非夫禀乾坤之秀气,含宇宙之淳精,孰能负凌云概日之姿、抱积雪封霜之骨?向使怀材幽薮,藏颖重岩,绝望于岩廊之荣,遗形于斤斧之患。固可垂荫万亩、悬映九霄,与建木较其短长,将大椿齐其年寿者。而委根险岸,托质畏途,上为疾风冲飙所摧残,下为奔浪迅波所激射。基由壤括,势以地危,岂盛衰之理系乎时,封植之道存乎我?一坠泉谷,万里飘沦,与波浮沉,随时逝止。虽殷仲文叹生意已尽,孔宣父知朽质难雕。然而遇良工,逢仙客,牛矶可托,玉璜之路非遥;匠石先谈,万乘之器何远?故材用与不用,时也!悲夫,然知万物之相应感者,亦奚必同声同气而已哉!感而赋诗,贻诸同疾云尔。"此诗抒写怀才不遇的感慨,作者以浮槎自况,为时世牵制,才华空怀,对摧残和埋没人才的现实,表示深深的不满。先写槎凌桂掩松的高洁节操,次写槎遭风、浪的摧残而变为无用,再写槎似舟如梗,漂泊不定,后写仙客、良工难逢,空怀才华。睹物伤情,托物述怀,喻比生动,形象鲜明。浮槎:飘浮在水上的树木。

〔2〕"昔负"二句:谓浮槎本为高山大木。陶潜《读山海经》诗:"逍遥芜皋上,杳然望扶木。洪柯百万寻,森散覆旸谷。"千寻,形容极高、极长。古以八尺为一寻。九仞,六十三尺。一说七十二尺。《尚书·旅獒》:"为山九仞,功亏一篑。"

〔3〕"贞心"二句:范云《咏寒松》诗:"凌风知劲节,负雪见贞心。"贞心,纯洁高尚的心。晚桂,秋冬的桂树。桂凌冬不凋。劲节,此指坚贞的节操。

〔4〕"忽值"二句：谓大木忽遭摧折而入水为浮槎。风飙，暴风。坐，因。

〔5〕"拥肿"句：《庄子·逍遥游》："吾有大树，人谓之樗。其大本拥肿，而不中绳墨；其小枝卷曲，而不中规矩。"后引申为大而无用。无庸，无用。

〔6〕"渤海"二句：谓四处漂泊。渤海，我国的内海，北至辽东半岛南端，南至山东半岛北岸。《列子·汤问》："渤海不知其几亿万里。"泥沙，郭璞《江赋》："或泛潋于潮波，或混沦乎泥沙。"

〔7〕"似舟"二句：谓漂浮不定。似舟，《庄子·列御寇》："泛若不系之舟。"梗泛，典出《战国策·齐策》。见作者《晚憩田家》诗注。

〔8〕"仙客"二句：谓际遇难逢。仙客，指海上乘槎之客。客乘槎上天河，见牛郎织女。典出张华《博物志》。良工，指匠石。匠石为巧匠，运斤成风。典出《庄子·徐无鬼》。

〔9〕"徒怀"二句：语出邹阳《于狱中上书自明》："蟠木根柢，轮囷离奇，而为万乘器者，何则？以左右先为之容也。"《文选》李善注："容谓雕饰。"万乘器，指栋梁之材。

边城落日[1]

紫塞流沙北[2]，黄图灞水东[3]。一朝辞俎豆[4]，万里逐沙蓬[5]。候月恒持满，寻源屡凿空[6]。野昏边气合，烽迥戍烟通[7]。膂力风尘倦[8]，疆场岁月穷[9]。河流控积石[10]，山路远崆峒[11]。壮志凌苍兕，精诚贯白虹[12]。君恩如可报，龙剑有雌雄[13]。

〔1〕此诗极写边疆景物的遥远、旷阔、荒漠和昏暗,映衬军旅生活的艰苦,突出了忠君报国的豪情壮志。"壮志凌苍兕,精诚贯白虹"二句,心志豁达,怀抱旷迈。全诗语言工致而精警,笔力苍劲而矫健。边城:一作"边庭"。

〔2〕紫塞:北方边塞。晋崔豹《古今注·都邑》:"秦筑长城,土色皆紫,汉塞亦然,故称紫塞焉。"流沙:沙漠。沙常因风吹而流动,故称。《尚书·禹贡》:"导弱水至于合黎,馀波入于流沙。"或说流沙即居延。

〔3〕黄图:指畿辅、京都。江总《云堂赋》:"览黄图之栋宇,规紫宸于太清。"灞水:渭河支流。在陕西中部。

〔4〕俎豆:古代祭祀、宴飨朝聘时盛食物用的两种礼器。《论语·卫灵公》:"俎豆之事则尝闻之矣。"味诗意,似自奉礼郎从军赴边。

〔5〕沙蓬:一年生草本植物,多生于沙丘。鲍照《芜城赋》:"孤蓬自振,惊沙坐飞。"

〔6〕"候月"二句:写军旅生活。候月,《史记·匈奴传》:举事而候星月,月盛壮则攻战,月亏则退兵。又载:汉高帝为冒顿围于白登,令士皆持满,傅矢外向,从解角直出,竟与大军合。持满,拉满弓。寻源,寻找黄河的源头。《汉书·张骞传》:汉武帝派遣张骞出使西域,寻黄河源头,后人称张骞为寻源使。又,《史记·大宛列传》:"然张骞凿空,其后使往者皆称博望侯。"凿空,开通。

〔7〕"野昏"二句:状边庭警备气氛。边气,边地的烟雾。指战争气氛。烽,古时边境报警之火。戍烟,边塞守军的燧烟。古人报警,白日举烟,曰燧烟;夜间举火,曰烽火。

〔8〕膂力:体力。梁荀济《赠阴梁州》诗:"肌肤积霜露,膂力倦风尘。"

〔9〕疆场:战场。场,一作"埸",边界。

〔10〕"河流"句:《山海经·西山经》:"积石之山,其下有石门,河水

303

冒以西流。"积石,即阿尼玛卿山。在青海东南部,延伸至甘肃南部边境。为昆仑山脉中支,黄河绕流东南侧。

〔11〕崆峒:山名,在今甘肃平凉西。相传是黄帝问道于广成子之所。

〔12〕"壮志"二句:表白心迹。苍兕,传说中的水兽名。此兽善奔突,能覆舟,其力无比。白虹,日月周围的白色晕圈。邹阳《狱中上书》:"昔者,荆轲慕燕丹之义,白虹贯日。"

〔13〕龙剑:古有宝剑名龙渊、龙泉。后因称宝剑为"龙剑"。雌雄:指雌雄剑。相传春秋时吴人干将铸二剑,雄号干将,雌号莫邪。见干宝《搜神记》。

宿温城望军营[1]

虏地寒胶折,边城夜柝闻[2]。兵符关帝阙,天策动将军[3]。塞静胡笳彻,沙明楚练分[4]。风旗翻翼影,霜剑转龙文。白羽摇如月,青山断若云[5]。烟疏疑卷幔,尘灭似销氛[6]。投笔怀班业[7],临戎想顾勋[8]。还应雪汉耻,持此报明君[9]。

〔1〕此诗写边塞寒夜的所见所感。先写帝王运筹,调兵遣将,次写军营周围明净悲凉的景色,后写从戎建功的志向和雪耻报国的决心。设喻精切,意象俊丽,即景生情,豪迈壮伟。温城:《晋书·唐彬传》载,北虏侵掠北平,以彬为使持节监幽州诸军事。彬至镇,复秦长城塞,自温城洎于碣石,绵亘山谷,且三千里,分军屯守。据此,温城当在幽州。故址

未详。

〔2〕"虏地"二句：谓北虏南下，边城报急。虏地，古时称北方外族所居之地。寒胶折，《汉书·晁错传》"欲立威者，始于折胶"，注引苏林曰："秋气至，胶可折，引弩可用。匈奴常以为候而出军。"夜柝，巡夜报更报警的柝声。

〔3〕"兵符"二句：谓将军领符出兵。兵符，古代调兵遣将用的一种凭证。帝阙，指帝都。天策，帝王的谋略。庾信《奉和平邺应诏》："天策引神兵，风飞扫邺城。"将军，唐十六卫、羽林、龙武、神武、神策等军，均于大将军下设将军之官。此处指高级将领。

〔4〕"塞静"二句：写交战前之平静。塞，一作"戍"。胡笳，我国古代北方民族的管乐器，传说由汉张骞从西域传入。楚练，《左传·襄公三年》："楚子重伐吴，……使邓廖帅组甲三百、被练三千。"孔颖达疏引贾逵曰："被练，帛也。以帛缀甲，步卒服之。"又引马融曰："被练，以练为甲里，卑者所服。"后以"楚练"泛指征衣。此指军士。

〔5〕"凤旗"四句：写夜战场面。翼影，旗上所画鸟翅的影子。霜剑，《西京杂记》：高帝斩白蛇剑，刃上常若霜雪。龙文，龙形的花纹。陶弘景《古今刀剑录》：后汉明帝，永平元年，铸一剑，上作龙形。白羽，箭。《孔子家语·致思》：孔路曰："由愿得白羽若月，赤羽若日。"断若云，又作"乱若云"。

〔6〕"烟疏"二句：写战争结束的氛围。卷幔，翻卷的帷幔。一作"卷裸"。尘灭，战尘消尽。销氛，消除恶气，平定虏祸。

〔7〕投笔：弃文就武。《后汉书·班超传》："（班超）家贫，常为官佣书以供养。久劳苦，尝辍业投笔叹曰：'大丈夫无它志略，犹当效傅介子、张骞立功异域，以取封侯，安能久事笔研间乎？'后立功西域，封定远侯。"班业：班超的业绩。汉明帝永平十六年，班超率三十六人出使西域，使西域五十馀城获得安宁。班超在西域三十一年，官至西域都护。

〔8〕临戎：亲临战阵。顾勋：晋陈敏谋反，顾荣"废桥敛舟于南岸，敏率万馀人出，不获济"，荣挥扇破之，其众溃散。见《晋书·顾荣传》。后因以"顾勋"指克敌制胜的勋业。一作"霍勋"。指霍去病勋业。

〔9〕"还应"二句：表示立功以答君王。雪汉耻，洗刷汉室的耻辱。此处以汉喻唐。《汉书·傅常郑传》："为圣汉扬钩深致远之威，雪国家累年之耻。"明君，贤明的君主。

咏怀[1]

少年识事浅，不知交道难。一言芬若桂，四海臭如兰[2]。宝剑思存楚[3]，金鎚许报韩[4]。虚心徒有托，循迹谅无端[5]。太息关山险，吁嗟岁月阑[6]。忘机殊会俗，守拙异怀安[7]。阮籍空长啸[8]，刘琨独未欢[9]。十步庭芳敛，三秋陇月团。槐疏非尽意，松晚故凌寒[10]。悲调弦中急，穷愁醉里宽。莫将流水引，空向俗人弹[11]。

〔1〕此诗写迟暮之年壮志未酬的嗟叹。作者内心充满被压抑的痛苦：怀着报效国家壮志，而苦于没有知己的推荐；世途艰辛，而不存机巧之心，不图安逸；岁月蹉跎，而又壮心不减。殷殷心迹，种种思虑，无处发泄，只能以酒浇愁，以歌咏叹。回还往复，起伏跌宕，蕴藉而细密，怆凉而苦痛。咏怀：阮籍以此为题作诗八十多首，此拟其题，自写怀抱。

〔2〕"少年"四句：谓少年失于择交。交道难，《后汉书·王丹传》："交道之难，未易言也。世称管、鲍，次则王、贡，张、陈凶其络，萧、朱隙其末，故知全之者鲜矣。"臭如兰，《周易·系辞上》："二人同心，其利断金。

同心之言,其臭如兰。"臭,香气。

〔3〕"宝剑"句:指为国效忠在朋交之上。春秋伍员与申包胥为交,员之亡,谓包胥曰:"我必覆楚。"包胥曰:"我必存之。"后伍员助吴国攻破楚国,楚申包胥赴秦国求救,在秦廷痛哭七日夜,终于使秦发兵败吴而存楚。《史记·伍子胥传》。

〔4〕"金锤"句:秦灭韩,张良悉以家财求客刺秦王,为韩报仇,以大父、父五世相韩故。得力士,为铁椎,重百二十斤,秦皇帝东游,良与客狙击秦皇帝博浪沙中。见《史记·留侯世家》。金锤,即金椎,古兵器之一,顶端有金属球形重物,用以打击。报韩,报效韩国。

〔5〕"虚心"二句:谓徒托交情,事与愿违。有难言之隐。有托,有所寄望。循迹,《淮南子·说山训》:"故循迹者,非能生迹者也。"高诱注:"循,随也。"无端,没有终极。

〔6〕"太息"二句:言世路艰险,蹉跎岁月。关山险,险隘山岭,指世路艰险。岁月阑,年光迟暮。

〔7〕"忘机"二句:谓形迹类忘机守拙,实逼处此。忘机,消除机巧之心。指甘于淡泊,与世无争。会俗,流俗。守拙,安于愚拙。陶潜《归园田居》:"守拙归田园。"怀安,《左传·襄公十八年》:王庚叹曰:"君王其谓午怀安乎,吾以利社稷也。"

〔8〕"阮籍"句:阮籍为散骑常侍,尝于苏门遇孙登,长啸而退。见《晋书·阮籍传》。

〔9〕"刘琨"句:刘琨,晋中山魏昌人,字越石。永嘉元年,琨为并州刺史,拜大将军。元帝称制江左,琨乃令长史温峤劝进,为幽州刺史段匹磾所拘,遇害。见《晋书·刘琨传》。刘琨《答卢谌书》:"排终身之积惨,求数刻之暂欢,譬由疾疢弥年,而欲以一丸销之,其可得乎?"

〔10〕"十步"四句:谓不以迟暮而变节。十步,汉刘向《说苑·谈丛》:"十步之泽,必有香草;十室之邑,必有忠士。"陇月,高山上的月亮。

江总《杂曲》:"关山陇月春雪深。"槐疏,槐树扶疏。《世说新语·黜免》:"桓玄败后,殷仲文还为大司马咨议,意似二三,非复往日。大司马府厅前有一老槐,甚扶疏。殷因月朔,与众在厅,视槐良久,叹曰:'槐树婆娑,无复生意!'……忽作东阳太守,意甚不平。"刘孝标注引《晋安帝纪》:"仲文后为东阳,愈愤怨,乃与桓胤谋反,遂伏诛。"凌寒,冒寒。《论语·子罕》:"岁寒,然后知松柏之后凋也。"

〔11〕"莫将"二句:叹知音之难遇。典出《列子·汤问》:"伯牙善鼓琴,钟子期善听。伯牙鼓琴,志在高山,钟子期曰:'善哉,峨峨兮若泰山。'志在流水,钟子期曰:'善哉,洋洋兮若江河。'"

在军登城楼[1]

城上风威冷,江中水气寒。戎衣何日定[2],歌舞入长安[3]?

〔1〕武则天光宅元年(684),徐敬业在扬州起兵讨武,以骆宾王为府属,骆作《讨武曌檄》。此诗为作者在扬州徐敬业军中所作。诗中抒写登临城楼的所见所感,以城风、水气的冷寒,暗示战争的严峻,并盼望讨武的胜利。运用对仗、设问,情景水乳交融,手法高超。

〔2〕"戎衣"句:《尚书》伪《武成篇》:"一戎衣,天下大定。"

〔3〕"歌舞"句:北齐祖挺《从军北征》诗:"方系单于颈,歌舞入长安。"长安,唐京都。今陕西西安。

于易水送人[1]

此地别燕丹,壮士发冲冠[2]。昔时人已没,今日水犹寒。[3]

〔1〕题一作"易水送别"。作者一生不得意,对武则天的统治多所不满,决心为重振唐室干一番事业,但其境遇沉沦压抑,心里彷徨苦闷,此诗借古喻今,反映了他的这种心境,表达了自己的志向,以此勉励友人。感情强烈深沉,文字洗炼,意味深长,含蓄而有馀韵。因此可以说它标志了唐诗五言绝句的成熟,标志了真正唐音的抒情诗开始登上文坛。

〔2〕"此地"二句:用燕太子丹于易水送荆轲入秦事。见作者《送郑少府入辽共赋侠客远从戎》诗注。燕丹,即燕太子丹。壮士,指荆轲。

〔3〕"昔时"二句:写古今同慨。

玩初月〔1〕

忌满光先缺〔2〕,乘昏影暂流〔3〕。自能明似镜,何用曲如钩〔4〕?

〔1〕作者同张二九咏为咏雁、咏雪、咏水、咏尘灰、玩初月、咏尘、咏照、挑灯杖、咏鹅杂言。此选三首,依《全唐诗》分题入选。此诗为哲理诗,状物以寓理。作者着眼于初月,立意于月性,由月之或圆或缺,或明或暗,生发开去,寄以哲理,一句一意,恰到好处。立意新颖,境界纯正。

〔2〕"忌满"句:谓月满后必缺。先,一作"恒"。

〔3〕"乘昏"句:写月色昏暗,影子飘忽。张正见《薄帷鉴明月》诗:"窗外光恒满,帷中影暂流。"

〔4〕"自能"二句:谓明似镜,自必正而直,不可曲如钩。自能,一作"既能"。

挑灯杖[1]

禀质非贪热[2],焦心岂惮熬[3]。终知不自润,何处用脂膏[4]?

〔1〕这是一首咏物诗。写挑灯杖不贪热、不怕灼、不自润的禀性,自明不羡权势、不图富贵、不畏煎熬的节操。咏物以言志,构思新巧,贴切生动。挑灯杖:一种用以拨弄灯心的工具。

〔2〕禀质:天赋的品性资质。

〔3〕焦心:谓被烧焦的杖。

〔4〕"终知"二句:《后汉书·孔奋传》:"时天下未定,士多不修节操,而奋力行清絜,为众人所笑。或以为身处脂膏,不能以自润,徒益苦辛耳。"脂膏,油脂。

咏鹅[1]

鹅,鹅,鹅,曲项向天歌[2]。白毛浮绿水,红掌拨清波[3]。

〔1〕此诗题又作"咏鹅杂言",据说是作者七岁时的作品。诗中描绘了鹅在绿水中浮游的优美形象。语言生动,色彩鲜明,是一首充满童趣的咏物诗。

〔2〕曲项:弯曲的脖子。

〔3〕红掌:红色的脚蹼。

忆蜀地佳人[1]

东吴西蜀关山远[2],鱼来雁去两难闻[3]。莫怪常有千行泪,只为阳台一片云[4]。

〔1〕作者曾从军和游宦蜀中,这位佳人可能是那个时候结交的。此诗当作于任临海丞期间,是一首相思曲。诗先写一吴一蜀,鱼雁难托;后写欢情一片,泪水千行,表达了对佳人的无限思念。语言清明简约,情思缠绵凄苦。

〔2〕东吴西蜀:吴地与蜀地。东吴,时作者在吴地。蜀,时佳人在蜀中。

〔3〕鱼来雁去:谓书信来往。鱼,指书信,乐府诗《饮马长城窟行》:"呼儿烹鲤鱼,中有尺素书。"雁,亦指书信,《汉书·苏武传》:"教使者谓单于,言天子射上林中,得雁,足有系帛书。"两难闻:谓彼此难以传递音讯。

〔4〕阳台:用宋玉《高唐赋》巫山神女事。指男女幽会之所。见王勃《杂曲》诗注。